# 如意盈門 1

風文創 275

暖日晴雲 著

# 目錄

# 自序

暖日晴雲

偶然間聽過一個故事，一個女人離婚，帶著自己的女兒生活。女人性子太軟，是屬包子的，誰都能上來踩一腳。女兒為了保護母親，不得不強硬起來，只是，因著年幼，沒人教導，這強硬的方向就選錯了，先是罵人，後是動粗，再後來，就成了那個年代提起來就讓人不屑的小太妹，再再後來，小太妹砍傷了人，坐了牢。

沒了女兒護著，當媽的年紀大了，生活越發淒涼；而當女兒的，坐過牢，一輩子也差不多毀了。

晴雲一直覺得，性格塑造命運。當媽的太包子，毀掉的不光是她一個人的命運，於是，晴雲就想寫一個改變性格，重新塑造人生、轉換命運的故事，再於是，就有了《如意盈門》這個故事。

《如意盈門》裡的沈夫人，和故事裡那個當媽的一樣，比菟絲花還菟絲花。沒嫁人的時候依靠父母，嫁人了依靠相公，相公靠不住了，就成了缺水的花兒，再也沒了往日的嬌豔；而沈如意和故事裡的那個女兒一樣，只是，她比那個女兒要幸運多了，即使前世她撞得頭破血流，卻又有了一次重來的機會。

上輩子，沈如意原本是侯門嫡女，卻因親娘沈夫人被厭棄，自小就跟著沈夫人在莊子上過了十幾年，幾乎要忘記自己原本的出身。最後卻又因為這出身，為庶出的妹妹擋災，被胡亂嫁給了中山狼，落得個孤苦慘死。

重活一世，沈如意發誓再不任人擺布，她要幫著娘親重回侯府，她要為自己尋個佳婿良人，越是有人不願意她活得幸福，她就越要過得一生如意。

只是，這一切的前提是，她能先改變自己親娘的性格。

都說為母則強，一個女人，很少有不喜歡自己孩子的。更多的母親，是將自己的孩子當成了自己的命。為了孩子，連死都不怕，更何況，只是一點兒小小的改變。順著沈如意的安排，沈夫人逐漸變得開朗，逐漸變了性子。蝴蝶搧一下翅膀，就有可能帶來千萬里外的狂風暴雨。

沈夫人和沈如意的改變，也給京城帶來了狂風暴雨。原本會孤獨終生的六皇子，因為沈如意，迎來了自己生命裡的春天。

上輩子和沈如意有牽扯的人，因為沈如意和沈夫人的改變，自身的命運也都發生了很大的轉折。有過得更好的，有過得不好的，可終歸是善有善報，惡有惡報。

性格塑造命運，性格決定命運，所以，才有了沈夫人和沈如意，才有了《如意盈門》。

希望看過這本書的人，都能喜歡晴雲塑造的為了改變自己命運而堅強起來的沈如意。當然，也希望看過這本書的人，也能喜歡寫了這個故事的晴雲。

# 第一章

沈如意睜開眼睛，屋子裡和以前一樣，半個伺候的人都沒有。她打量著屋子裡熟悉的家具，心下忍不住笑。人家都說，要死的人最喜歡回憶以前了。她三番兩次夢見小時候的屋子，是不是說，她就快要死了呢？

到時候，這偌大的一個王府，有沒有人會為她哭兩聲呢？

從她生病起，就再也沒有見過王爺了。倒是那韋側妃，耀武揚威地來了兩次，那可真是一個美人兒，難怪王爺會那麼喜歡，喜歡到連王府都交給她打理了。說出去，也不怕丟人。

也對，那位主兒是從來不怕丟人的。

哎，反正自己都要死了，還想著這個糟心的王府做什麼？有那時間，還不如細細地看看這個屋子呢，以後去了地府，說不定能布置個一模一樣的？

不過，人死了之後，去了地府，是要在地府住著，還是立刻就喝孟婆湯轉世呢？聽說人死了之後是要聽閻王審判，有功德的人下輩子就能投個好胎，作孽的人就得在地府裡受罪。

自己這輩子，雖然沒做多少好事，卻也沒做過半件壞事，將來是不是能投個好胎呢？若是真有下輩子，她定要對得起自己的名字，一輩子過得順心如意才行。

正胡思亂想著，就聽見門口傳來腳步聲。沈如意有些驚訝，之前幾次作夢，可都沒聽見動靜，這次的夢，是不是太長了點兒？

「姑娘醒了？」

有人推門進來，沈如意頓時愣住了，哪怕是過了十來年，她依然清楚地記得，這是到了莊子上之後，娘親給自己找的嬤嬤。

可是，嬤嬤不是死了嗎？

啊！對了，自己作夢夢見的是小時候的屋子，那嬤嬤肯定也還活著啊！

「姑娘？頭還疼不疼？」嬤嬤見沈如意一臉呆愣，就伸手摸了摸她額頭。「不燒了，謝天謝地，姑娘總算是醒過來了，夫人這幾天可是擔心得要命，昨兒還守了姑娘一夜，今兒實在是撐不住了，這才回去。」

嬤嬤一邊絮絮叨叨地說著，一邊拿了布巾過來給沈如意擦臉。

「姑娘餓不餓？這都昏迷快三天了，肚子裡半粒米都沒有，定是餓了吧？灶上一直煮著米湯，我讓人給姑娘端一些過來？姑娘別嫌棄米湯，雖然米湯沒滋沒味的，卻是最養人了，姑娘大病初癒，喝一碗米湯正好。」

沈如意眨眨眼，這個夢，比以前的那些可是真實多了。以前她就算是夢見了娘親、嬤嬤，那夢裡的人也都像是提線木偶，一個個很呆滯，哪像現在一樣，嬤嬤那表情，可真是活靈活現。

「嬤嬤，我想吃肉。」頓了頓，沈如意撒嬌。

算起來，她都很久沒吃肉了啊。自她生病後，韋側妃就說要淨一淨腸胃，每日裡只讓大廚房送兩碗稀米湯，讓她半點兒力氣都沒有。

「不行，妳病剛好，不能吃油膩的。」嬤嬤立刻將她的話駁回了。

沈如意很吃驚。人都說，日有所思夜有所夢，那作夢不是應該自己想什麼就是什麼的嗎？怎麼嬤嬤還能不聽自己的？

「等妳好了，嬤嬤做妳最喜歡的小酥肉好不好？」嬤嬤大約是瞧她一臉委屈，忙安慰道：「現在不行，只能喝米湯，要不然，嬤嬤給妳買一碟蜜杏兒？」

因不能吃肉，沈如意對這個夢很失望，也少了幾分說話的興致，只盯著嬤嬤瞧，現下自己的記性是越來越差了，指不定什麼時候就糊塗了，到時候記不得嬤嬤的相貌了，去了地府可怎麼找人？

嬤嬤嘮嘮叨叨地說了一大堆，端著盆子又走了。沈如意雖然著急，卻沒有力氣起身，只好眼睜睜地看著嬤嬤出門。

躺了一會兒，原本想著自己應該是回去了，可是再睜眼，還是在夢裡。沈如意忍不住皺了皺眉，這個夢，實在是太長了。這是不是說明，自己真的就快死了？

唔，自己若是死了，王爺肯定很高興，沒了自己，他就能再娶個得力的正妃。屆時韋側妃的好日子，怕是要到頭了。可這些，和自己都沒多大的關係了。

反正娘親死了，嬤嬤死了，娘家也沒值得她惦記的人了，嫁給王爺這些年連個孩子都沒有，她誰都不惦記。來的時候乾乾淨淨，走的時候也乾乾淨淨。

沈如意正發著呆，就聽床邊有驚喜的叫聲，轉頭就看見娘親坐在床邊，這會兒的娘親，也很年輕。

「如意，妳醒了？」

沈如意覺得自己身上有點兒力氣了，連忙撲到沈夫人懷裡。「娘！」

沈夫人抱著她哭。「妳可總算是醒了，妳將娘嚇壞了知不知道？妳要是再不醒，我就跟著妳去了……」

紅綢在一旁安慰沈夫人。「夫人快別說這喪氣話，姑娘醒過來了是好事，您應該高興！可不能再哭了，要不然，姑娘也要跟著哭了。」

沈夫人忙擦眼淚。「對對對，不能哭了，如意也不哭，都是娘不對，如意病好了，娘應該高興才對。」

沈如意還沒來得及說話，紅綢就端了一碗藥過來。「姑娘剛醒，這藥還得喝，宋大夫可是交代了，還得喝三天才行。姑娘，來，快喝了，再放下去就該涼了，越涼越苦。您這會兒喝完，奴婢給您拿蜜杏兒吃好不好？」

沈如意皺眉，醒著的時候要喝藥，怎麼作個夢還得喝藥？她現在是小孩子，有任性的資格吧？

她往後一仰就開始在床上打滾。「我不喝、我不喝！」

沈夫人是個性子軟、沒主意的人，又一向疼愛女兒，見閨女死活不喝藥，就轉頭猶豫地看紅綢。「要不然，等會兒再喝？」

紅綢就搖頭。「不行，再放會兒就涼了，這藥熱的次數多了，藥效就不好了，姑娘聽話，喝完了藥，我給妳做桂花炒米糕吃？」

沈如意滾得正開心，沒提防，一頭撞在床裡面的牆上。腦袋嗡的一下，疼得她一下子就叫出來了。

沈夫人大驚失色，忙將人抱過來。「快讓我瞧瞧，流血沒，疼不疼？哎呀，快請宋大夫過來。」

為了避免再喝藥，也生怕太勞師動眾了，沈如意忙擺手。「不用不用，娘，我不疼，我一點兒都不疼，妳看，都沒流血。」

有點兒不對勁，太疼了，怎麼不像是作夢呢？夢裡應該是感覺不到疼的吧？

沈如意偷偷地將手背在後面，掐了自己一把，她疼得忍不住，當即就齜牙咧嘴了。

沈夫人更擔心了。「怎麼可能不疼呢？雖然沒流血，但是起了這麼大一個包……別怕，讓宋大夫瞧瞧，給妳開點兒藥膏塗，不用喝藥好不好？」

「娘，真不疼了。」沈如意心慌慌，總覺得這個夢實在是太奇怪了，所有的人事物還有感覺，都和真的一模一樣。難不成，自己不是在作夢？

越想越迷茫，沈夫人更覺得女兒是撞出問題了，忙請來了宋大夫。

宋大夫捋著鬍鬚說：「脈弦細，氣血瘀阻所致……老夫這兒有一瓶藥膏，每日裡給小姑娘塗抹兩次就行了。」

沈夫人連連點頭，送走了宋大夫，就想要將沈如意後腦勺上的頭髮給剪掉一撮，沈如意誓死不從。

「剪了頭髮多難看啊，娘，我真的沒事，我是餓得想吃肉，我真的想吃肉！」

對上女兒，沈夫人一向更沒主意。想了想，剛才宋大夫好像說，也不是什麼大事。或者拿著竹籤，一點一點兒挑著替她抹上去？

沈如意這下不反對了，只要別剪了她頭髮就行。

日子一天天過去，沈如意越發覺得身子好多了，也有了力氣，再沒夢見王府的事情了。折騰這麼些天，她算是想明白了，她不是在作夢呢，不知道什麼原因，她在王府病逝後，竟是重回到過去。沈如意一向不愛為難自己，既是想不明白為什麼回來了，她就不去想了。

難得有這個機緣，她要想的是怎麼將這輩子過得和自己的名字一樣，一世如意。

「如意在想什麼？」沈夫人一邊做針線一邊柔柔地笑著問道。

沈如意發愁了，娘親是個讀《女誡》、《女則》讀傻了的女子，一輩子只知道順從，從不為自己抗爭，連被夫君趕出了侯府，也只聽話地帶著女兒住到莊子上，半句怨言都沒有。自己以後若是想過上好日子，是不是得先改改娘親這個性子？

只是，娘親都三十多了，這性子早就定下來了，能改嗎？

「娘，妳想不想回侯府？」沈如意挪到沈夫人身邊，仰著臉看她。「妳想不想爹爹？」

沈夫人手一抖，一針扎在手指上，驚慌地看沈如意。「如意怎麼突然問起這個？是有人讓妳問的？」

沈如意一邊伸手抹去沈夫人手指上的血跡，一邊搖頭。「我自己想問的。娘，我們為什麼不回侯府住著？您不是侯夫人嗎？我不是侯府的大姑娘嗎？」

上輩子的沈如意從不問這些問題，因為一問，後果就嚴重了，就跟這會兒一樣。

沈如意很無奈地替沈夫人遞帕子擦眼淚。「娘，您別哭啊，我不過就是問問，您要是不想說，那就不說了。」

沈夫人抽抽噎噎地哭了小半個時辰，都快哭暈過去了。

沈如意忍不住嘆氣。「娘，您別總是哭啊，哭又不能解決問題，我也長大了，府裡的事情，您也該和我說一些了。要不然，哪天回去了，我連府裡有多少人都不知道，萬一叫錯了，豈不是要丟臉？」

沈夫人終於開口了。「妳祖母今年五十有六了，妳是不會認錯的。妳有兩個叔父，一位今年三十，一位二十三，二叔父年紀大些，蓄有鬍鬚。」

沈夫人說的都是些無關緊要的事，沈如意上輩子已經見過這些人了，只是，為引著沈夫人多說說話，她還是做出很有興趣的樣子來。「那我可有兄弟姊妹？」

沈夫人的臉色立即就變得慘白一片，若是以往，沈如意定是和上輩子一樣，趕緊將話題岔開來。可這會兒，她不能岔開，娘親總是以為，她縮起來就沒人能傷害她了，可她卻不知道，那些人能將她的殼子給撬開。況且，她那殼子著實太小了，連自己都只是勉強護著，又怎麼多容得下他人？

可這個，不說出來，娘親是永遠都想不到的。她不是沒想過，帶著娘親遠離此地，跑到沈家找不到的地方去，可是，她是沈正信的女兒，何況她們孤女寡母的，能逃到哪兒去？

「娘，我可有兄弟姊妹？」沈如意又問了一遍。「父親是不是不喜歡我？這麼些年了，他從來不到莊子上來看咱們，他是不是已經將咱們給忘記了？」

沈夫人勉強笑著搖搖頭。「不會的，妳父親，他只是有些忙……」

沈如意恍然大悟地點頭。「就和前街方琴的爹爹一樣？可是方琴的爹爹是去做生意了，我父親也是去做生意了？您不是說，他是侯爺嗎？侯爺是可大的官兒，不用做生意吧？」

「雖然不用做生意，可是侯府有不少的莊子鋪子，他都要打理的。」

沈夫人像是為自己找到藉口，沈如意卻不願意讓她繼續自欺欺人。

「是嗎？那咱們住的莊子是不是也是侯府的？那父親怎麼不來打理這個莊子？娘，妳說，父親是不是另外娶了娘子？」

沈夫人的笑掛不住了，抬手輕拍了女兒一下。「胡說什麼呢！這種話，哪是妳一個小姑娘家能說的？」

「可是，方琴的爹很久沒回來，就是因為在外面另外娶了娘子，方琴的爹上次回來，還說是平妻呢！」沈如意撇撇嘴。「娘，平妻是什麼意思？方琴的娘只生了她一個，現下她爹說了，要是不讓那娘子進門，就要休了方琴的娘呢！」

見沈夫人的身子抖了抖，沈如意又嘆氣。「娘，妳說，父親是不是也有很多很多的娘子？」

「別胡說，娘子只能有一個。」沈夫人抿抿唇，伸手揉了揉沈如意的頭。「方琴的爹是糊塗了，他要真是弄出平妻，按我朝律法可是要吃官司的。妳父親是個懂禮的人，定不會這樣做。」

「沒有娘子，那肯定有很多小妾！」沈如意看一眼沈夫人，托著腮幫子嘆氣。「就和黃員外一樣，有十三房小妾。黃員外最寵愛八姨娘了，為了八姨娘，連自己的嫡女都能打一頓呢。」

沈夫人微微皺了皺眉，伸手戳戳沈如意的額頭。「妳今兒是怎麼回事？怎麼盡是說些這樣的話？」

「娘，我是在擔心啊。」沈如意悠悠地說道：「咱們兩個住在莊子上，已經有很多年沒見過父親了，妳說，他是不是有了很多很多小妾，就不要咱們母女倆了？」

「不會。」沈夫人搖了搖頭，可臉上的神情，卻是連自己都不敢確定。

「娘，再過幾年，我就該辦及笄禮了，妳說，要是父親不記得咱們兩個了，我的及笄禮是不是就要在這個莊子上辦了？」沈如意將胳膊挪到沈夫人的腿上，微微抬頭看沈夫人。

那可愛的樣子，就是滿心發苦的沈夫人看了，也忍不住笑。「妳一個小孩子，惦記這個還有點兒早，到時候啊，妳父親肯定會將咱們接回去的。」

「可是，我們和父親從沒見過，父親肯定不親近我。」沈如意微微嘟著嘴。

沈夫人搖頭。「不會，你們可是親父女，他不疼妳疼誰？放心吧。」

「娘，妳還沒說，為什麼妳會和我住在莊子上，而不是住在侯府裡呢？」沈如意搖搖頭。

哎，果然娘親是個不開竅的，都過到這種地步了，怎麼還相信那個男人呢？只能慢慢來了，只可惜，帶著自己這個拖油瓶，娘親就是想和離都沒辦法和離。

先不說娘親自己願不願意，只說和離之後自己定是要留在沈家的，光這一點，娘親死都不會願意的。

沈夫人並未回答沈如意的話，微微出神了一會兒，就笑著說：「小孩子別打聽那麼多，前幾日黃姑娘不是給妳下了帖子，今兒過來看妳嗎？快去打扮一下，等會兒黃姑娘來了，妳好迎一迎。」

「可兒又不是外人。」沈如意不動聲色地盯著沈夫人，很嚴肅地聲明。「娘，我不是小孩子了，再三年我就要及笄了。我不是小孩子了。」

沈夫人噗哧一聲笑出來，敷衍地點頭。「好好好，妳不是小孩子了，快進去打扮吧，姑娘大了，就該學著打扮了，我來給妳打扮？」

不等沈如意說話，沈夫人就叫了紅綢，吩咐她去準備一些胭脂水粉。雖然沈夫人自己平日裡是不怎麼用這些的，但也有些備著，紅綢很快就去拿了過來。

沈夫人很有興致地給沈如意梳妝，沈如意一邊翻看那些胭脂水粉的盒子，一邊問道：「娘，我的親事將來是誰作主的？」

「當然是妳父親了。」沈夫人笑著說道，手下頓了頓，又說道：「以後可不許說這些話了，女孩子家的，婚姻大事，父母作主，妳可不許再問了，要不然，我罰妳抄《女誡》。」

「好吧好吧，我不說了。」沈如意忙求饒。「可兒最喜歡吃紅豆酥了，娘一會兒讓嬤嬤做一籠紅豆酥？」

沈夫人笑著應了，沈如意有時候都有點兒搞不懂自己的娘親。若說她軟弱，她一個婦人帶著孩子，能在莊子上平平安安地活了這麼些年，雖然吃穿都很一般，但至少不缺衣少食。可你說她能幹吧，她又一向是自己沒主意，事事問人，多虧嬤嬤和紅綢、紅絡是忠心的人，要不然，說不定她們娘兒倆這會兒已經沒命了。

黃可兒是未時來的，一見了沈如意就飛奔過來。「如意如意，我剛得了一套首飾，妳快看，好看不好看？」說著，她喜孜孜地低頭讓沈如意看自己頭上的首飾。

「哇，真漂亮！」沈如意很真心實意地讚揚。「襯得可兒妳的頭髮烏溜溜的，臉色白嫩嫩的，這麼漂亮的首飾，一定要很多錢吧？」

黃可兒笑嘻嘻地點頭。「嗯，花了我十兩銀子呢，再多二十兩的話，還可以配一副耳墜和兩個鐲子，可是太貴了，我買不起。來，如意，這個送給妳。」說著，她取下鬢邊的壓鬢釵給沈如意。

沈如意忙擺手。「我不要，這麼貴重……」

「哎呀，不貴重，咱們倆是好姊妹嘛，妳要是覺得貴重，就送我一個荷包唄，我最喜歡妳做的荷包了。」黃可兒伸手將那釵替沈如意插上，笑咪咪地繞著她轉了兩圈。「真好看，不愧是我送的，妳可得一直戴著才行。」

沈如意也笑，伸手摸了摸那釵子，不再拒絕，挽著黃可兒的胳膊往院子裡走。「妳上次過來看中的那本書，我已經重新抄了一遍，抄寫的那本送妳，要不要？」

黃可兒立刻點頭。「要的要的，不說那本書好不好看，光是如意妳寫的字，也是值得收藏的。說起來，妳年紀比我還小呢，怎麼寫的字比我還好看呢？」

「因為我練得多啊。」沈如意眉眼彎彎。

黃可兒愣了一下，伸手去撓沈如意的癢癢。「妳說我很懶？妳居然說我很懶？」

「我可沒說，是妳自己領悟出來的。」沈如意哈哈笑著跑走，兩個人妳跑我追地鬧成一團。

「妳病了這麼些時候，我也沒來看妳，妳不怪我吧？」說了幾句話，黃可兒湊到沈如意身邊，有些愧疚地看著她問道：「我想過來的，只是……」

沈如意搖搖頭。「我知道妳家裡的情況，再說，妳也不是一次都沒來啊，我還沒醒過來的時候，妳不是來看我了嗎？妳看，我剛醒過來兩天，妳就又來了，要是不關心我，妳哪用得著過來？直接派個小丫鬟來問一聲就完事了。」

黃可兒沈默了一會兒，伸手攬了沈如意的肩膀。「多謝妳安慰我，果然還是如意最體貼了，要是方琴，肯定要鬧著讓我補償她了。對了，方琴這兩日也是家裡出了事情……」

沈如意點頭。「我知道的，方琴的爹爹，帶回來一個女人……」

上輩子，她大病初癒，沒見到自己的兩位好友，心裡很是不舒服，只是她一貫不愛將這些說出口，黃可兒和方琴也不願意說自己的家醜，心結沒來得及解開，時間久了，三個人就慢慢走遠了。

黃可兒嘆口氣，一臉鬱悶。「如意，妳說，這世上的男人，是不是都是薄情負心的？我爹是這樣，方琴的爹是這樣，妳爹……」

沈如意也搖頭。「也不都是這樣，只是咱們運氣不好，遇上了這樣的爹。妳看我家莊子上的張嬤嬤，她斷了一條腿，她相公還對她不離不棄的，整日裡十分妥貼地伺候張嬤嬤。」

「要是我也能遇上一個張大叔這樣的人就好了。」黃可兒繼續哀嘆。

沈如意一邊慢吞吞地打著絡子，一邊笑道：「妳還小呢，這會兒想這些太早了，再說，有黃伯母在，妳還怕將來找不到好人家？」

「說得也是，我娘最疼我了，定是不會讓我受委屈。對了，如意，再過幾天就是中秋節了，妳和沈嬸娘一起去我們家過中秋吧？」黃可兒興致勃勃地提議。「有這麼大的螃蟹喔，都是我娘派人專門到江南東路買的。」

「中秋節不好去你們家。」

黃可兒搖頭。「中秋節也沒說不讓人去別人家裡過節啊，妳們家裡只有妳和沈嬸娘，冷冷清清的，兩個人過節有什麼意思？我們家就熱鬧多了，可以讓三姨娘她們跳舞給咱們看啊。」

「哪裡冷清了，還有紅綢姊她們呢！妳別說了，妳也知道我娘的性子，肯定是不會答應的。」沈如意放下絡子，專門到門口去瞧了幾眼，這才回來低聲地問：「可兒，我想問妳，若是我想做生意，做哪樣生意最賺錢啊？」

沈如意回想起上輩子被接回侯府的時候，沈侯爺即用鄉下丫頭粗俗不懂禮的藉口，將自己身邊的丫鬟們都給打發了。

手上沒錢，身邊沒人，日子過得如何可想而知。既然逃不了，遲早是要回那個侯府的，沈如意就想早早打算，錢財雖然不是萬能，但少了這個，也是寸步難行。

她還想過，若是不想被侯府的人隨隨便便給嫁出去，要麼是在侯府來接自己之前，她將自己提前嫁出去——只是這個可行性太低了，成親這種大事，爹娘若是在世，那是必得參與的。哪怕是婚禮都已經完成了，只要那男人來說一句他不知情、他不願意，以侯府的地位，即便是和離，她都得跟著沈侯爺回去。

要不，她得為自己找個壓得住侯府的靠山。只是，現在她和娘親住在莊子上，距離最近的鎮子都要走上半個時辰，更別說回京城了。三、五天都走不到，大靠山哪會到這麼個沒名氣的村莊裡來？

機會不是在家裡坐著就能等到，她得自己找上門才行。可沒銀子，她怎麼回京？

不管她有多少辦法對付那男人，那男人始終占著最大的優勢——孝大於天。所以說來說去，目前還是掙錢最要緊。莊子的營生，剛好夠她們母女的日常開銷，想要賺錢就得另想辦法。

「妳想做生意？」黃可兒驚訝地問道。

沈如意點頭。「嗯，我缺錢花。」

「沈嬸娘同意了？」黃可兒猶豫地問道，以沈嬸娘的性子，不可能答應自己的閨女去行商賈之事吧？

果然，就見沈如意搖頭了。「還沒和我娘說呢，咱們兩個先商量商量，若是沒個賺錢的營生，就是我娘答應了也白答應啊，所以咱們兩個先商量好，我再去和我娘說。」

「這個做生意啊，我也不在行啊，要是方琴在就好了。」黃可兒愁眉苦臉地想了一會兒。「妳一提起這事，我也有些心動了，我手裡頭還有些零碎銀子，反正放著也是白白放著，不如賺點兒胭脂水粉的錢。」

「方琴這段時間怕是都沒空，不過，我倒是覺得，她和方伯母應該是早早為自己打算才好。」沈如意嘆口氣。想來也是，黃可兒亦是個大家閨秀，家裡的生意也沒沾過手，哪裡知道該做什麼？

「她爹還能寵妾滅妻？」黃可兒有些不相信。「那外頭進來的女人，再怎麼得寵，也不過是個小妾……」

「方琴的爹是商人。」沈如意打斷她的話。「黃員外雖然不是朝廷官員，有個員外的稱呼在身，自是要注意一些，可方家不一樣，方琴的爹也沒打算考科舉。」

黃可兒愣了一下，想爭辯兩句，可想到自家的情況，又閉上嘴了。

「那妳說，咱們要不要幫幫方琴？」黃可兒又往沈如意身邊湊了湊。雖然沈如意年紀最小，但她們三個湊在一起的時候，做什麼事情一般都是沈如意拿主意。

沈如意點點頭。「幫是要幫的，咱們好歹姊妹一場，只是怎麼幫，我心裡也還沒主意，妳且讓我想想，改天咱們下了帖子，叫上方琴一起，好好商量商量，指不定方琴就不樂意咱們幫忙呢！」

「那倒也是。」黃可兒嘆口氣，又開始感嘆。「妳說，這世上的男人，怎麼就這麼噁心呢？」

「妳管他噁不噁心，要我說，這世上噁心的事情千千萬萬，妳啊，就要想開一些，寧可噁心別人，別噁心了自己。」沈如意又拿起那絡子，一邊打一邊漫不經心地提議。「或者，咱們開個胭脂鋪子？我家這個莊子上，每年種的糧食只我和我娘用，多的也都是賣掉了，不如明年改種花兒，再淘換幾個胭脂方子，咱們做這個？」

黃可兒的眼睛立刻就亮了。「這個主意好，做好了，咱們自己也能用，縣上賣的那個胭脂，實在是不好用，我每次都得託人去城裡買，要是咱們做的這個能用，以後我就不用跑那麼遠了。」

賺大錢的生意，她是不大懂，但這個胭脂水粉，好歹是知道一些。進了侯府，別的沒學會，倒是學了不少做胭脂水粉的法子。

「回頭和方琴商量商量，咱們三個一起開鋪子。」沈如意也笑。

兩個人說說笑笑，鬧到了傍晚，黃可兒才告辭走人。

看著黃可兒的背影，沈如意也嘆氣。這世道，女人怎就活得那麼辛苦呢？

稍後，回去見了沈夫人，沈如意一臉疲憊地趴到沈夫人懷裡。「娘，妳說，這世上的男人，怎都這麼負心薄情呢？」

沈夫人愕然，好一會兒，伸手點沈如意的腦門。「回去將《女誡》、《女則》抄寫十遍，這樣的話，是妳能說的？小小年紀，跟誰學這些？妳若是再這樣不學好，日後就不許和黃可兒她們來往了。」

「不關可兒她們的事，可兒她們也很傷心的。」沈如意嘟著嘴揉揉額頭。「我只是不明白罷了。娘，妳說，我的父親，是不是連黃員外都比不上？好歹，人家黃員外還將妻女養在身邊呢。」

沈夫人臉色更不好看了。「妳是不是覺得十遍太少了？再加孝經十遍！不管他好不好，他是妳父親！」

「我寧可沒有這樣的父親！」沈如意站直身體，冷冰冰地扔下這句話，轉身就回了自己的房間。

娘親的性子已經定下來了，實在是不好改，不如就下一劑狠藥：要麼是要女兒，要麼是要丈夫，她不奢求娘親能幫自己，但求娘親回了侯府，能保護好她自己。

被扔在原地的沈夫人有些發愣，好半天才哆嗦了一下，臉色慘白地轉頭看陳嬤嬤。「如意這是怎麼了，怎麼忽然就這樣了？她這一病，就像是中了魔一樣……」

「姑娘長大了。」陳嬤嬤嘆氣，伸手扶了沈夫人。「夫人，您也得為姑娘打算打算了。」

「打算？」沈夫人有些迷茫。

陳嬤嬤端了熱呼呼的茶塞到沈夫人手裡。「是啊，女人這輩子，除了投個好胎，還得嫁個好夫婿才行。姑娘沒能投個好胎，怎麼也得嫁個好夫婿啊，您就忍心讓姑娘和您一樣，這輩子都受這樣的苦嗎？」

夜晚時分，沈如意從床上驚醒了過來，呆愣了一會兒，才伸手擦了擦額頭的汗。大約是今兒對娘親怒其不爭，有點兒氣著了，竟是又夢見前世娘親過世的事情了。

說起來，自己上輩子可和娘親一樣天真呢，從小讀著《女誡》、《女則》長大，從不會懷疑那男人，結果到了最後，她失去了娘親，失去了嬤嬤。

太痛了，才伸手撥開了眼前的迷霧，學會了成長。只是，悔之晚矣。用生命換回來的教訓，每當想起來，就讓人痛徹心腑。尤其是那失去的生命，還是自己一輩子最最親近的人。

喘了口氣，沈如意坐起身子，這會兒睡不著了，索性就起身到桌邊去，倒了一杯茶水。睡在外間的春花聽見動靜，含含糊糊地問道：「姑娘，怎麼了？可是要淨手？」

沈如意壓低聲音回道：「沒事，妳繼續睡吧，我喝杯水。」

春花那邊停了一會兒，又傳來窸窸窣窣的聲音，隨後她就繞過屏風，就著外面的月光去拿了沈如意手裡的茶杯。「大晚上的，天氣冷，姑娘的病又是剛好，可不能喝涼水，我去給姑娘兌點兒溫水，姑娘且等等。」

說著，春花就拿了茶壺出去。外面抱廈下生著小火爐，上面煨著熱水，涼開水裡兌上熱水，春花摸著茶杯，確定那水是溫溫的，這才端進來給沈如意喝。

喝了水，沈如意還是睡不著，就叫春花陪自己睡。「躺我旁邊，妳陪我說說話。」

春花笑咪咪地應了，去抱了自己的被子過來，順勢躺在外側。

「春花，若是哪天我和娘親回了侯府，妳要不要跟我過去？」沈如意小聲地問道。

春花開口說道：「我自然是跟著姑娘的，姑娘去哪兒，我就去哪兒。」

春花和春葉是沈夫人到了莊子上之後為沈如意選的人，規矩雖然差了些，卻對沈如意很好，心地憨厚忠實。上輩子她們沒跟著進侯府，倒是她們幸運了。

想著沈如意就有些猶豫，自己身邊沒人，若是不帶了她們兩個進去，怕是自己又要和上輩子一樣，孤苦無助了。只是帶了她們進去，自己現在還沒想到辦法自保呢，又如何肯定能保得住她們？

「春花，妳年紀也不小了，就沒想過，找個人嫁了？」沈如意翻個身，看著春花問道。

春花臉上滾燙，想伸手冰一冰，卻又不敢讓沈如意看出端倪，只支支吾吾地笑道：「姑娘小小年紀，哪能問這樣的事情？配人，也得夫人開了口才行，再說，我還想多陪姑娘幾年呢，姑娘可別趕我走。」

沈如意嘆口氣。「我娘那人，總是自欺欺人，只覺得這些年我父親對她不聞不問，並沒有傷害她，日後也定不會動她，更不會虎毒食子，可我總想著，他能狠心將我們母女倆扔在這裡十年不聞不問，怕是對我們母女是半分感情都沒有的，將來回了侯府，還不知道會怎麼折磨我們……」

「姑娘，不至於吧？」春花也有些猶豫。「到底是親父女……」

沈如意苦笑。看吧，連自己的貼身大丫鬟都不相信那男人是個黑心爛肺的，娘親那兒，怕是更不好說服她相信了。

「怎麼不至於？我們可是有十年沒見過面呢，他又有寵妾愛子，我不過是個女孩子家，他哪會惦記著我？妳看看鄰居劉老根家的幾個丫頭，那可也是親生的。」

春花還是有些遲疑。「可是我聽說，越是那些大家族，越是要面子。劉老根家是太窮了，又只得了一個兒子，這才將女孩子們看成是賠錢貨。可侯府不一樣啊，那麼大的侯府，總不至於缺了姑娘一口飯吃。」

「妳不明白，劉老根他們家沒錢，家裡的人也就爭幾口飯吃。侯府倒是有錢，可她們爭的也就更多，首飾、衣服、胭脂水粉，還有親事。劉老根能為了換幾袋糧食將他們家大丫頭給賣了，侯府就能為了一箱金子將我給賣了。」沈如意低聲嘟囔道。

春花有些驚訝。「姑娘您從哪兒聽說這些？您現在還小，都還沒及笄，離嫁人還遠著呢。再說，婚姻大事，可不光是侯爺一個人說了算的，還有夫人呢，夫人說不行，那也照樣不能結親啊，您啊，就別擔心了，夫人就您這麼一個寶貝女兒，將來定是會為您打算的。」

只是，沈如意說的話，到底是落在了春花心裡。

等天一亮，沈如意起床梳洗之後，既沒用早膳，也不去和沈夫人打招呼，只帶了幾本書，領了春葉去後山。

沈夫人在正堂等了半天，等回來這麼個消息，心裡實在是有些氣悶，轉頭看陳嬤嬤。「妳說，如意這一病，怎麼就成了這樣呢？這般不懂事！」

陳嬤嬤倒是沒說什麼，吃了早膳，就去叫了春花過來。「妳們姑娘去後山的時候，就只帶了幾本書，有沒有帶點心什麼的？」

春花笑著點頭。「倒是帶了幾塊餅，嬤嬤放心，姑娘可不會委屈了自己。再者，春葉也有兩手，這會兒可是秋天，隨隨便便找幾個果子就能飽肚了。」

陳嬤嬤白她一眼。「姑娘病剛好，哪能光吃果子。算了，等會兒我讓人去後山送點吃食。妳過來陪我和夫人說說話，姑娘這兩天，有些不大對勁。」

春花跟著陳嬤嬤進屋，給沈夫人行了禮，就安安分分地坐在板凳上，一邊給沈夫人分繡線，一邊嘀嘀咕咕地將昨晚沈如意說的那幾句話說出來。

「姑娘大概是和黃姑娘說了什麼吧，黃姑娘那年紀確實是不小了，到了要找人家的時候。」

沈夫人拿著繡繃，呆呆地坐著，好半天才問道：「她真是那麼說的？」

春花忙點頭。「是呀，姑娘還問我要不要跟她去侯府呢，我怎麼能不去呢？我和春葉，都是從小看著姑娘長大的，夫人對我們恩重如山，我們又不是那等忘恩負義的人。」

當年沈夫人和姑娘來莊子上的時候，正趕上年景不好，家裡幾個孩子餓得日夜哭號。若不是沈夫人提拔她們兩個上來給姑娘當大丫鬟，怕是家裡都要餓死人了。

沈夫人擺擺手，示意春花先出去，轉頭看陳嬤嬤。「嬤嬤，妳說，如意怎麼就……」

陳嬤嬤嘆口氣。「夫人，姑娘說得也有幾分道理，您就是不為自己想想，也要為姑娘想想。咱們不可能一輩子住在莊子上，姑娘年紀大了，雖說有您教導她讀書寫字，可您又不是專門的教養嬤嬤。姑娘可是侯府的嫡長女，若是半點兒禮儀都不懂，出門豈不是鬧了笑話？在這鄉下地方，您能請來教養嬤嬤？」

看沈夫人不說話，陳嬤嬤又接著說：「最重要的是姑娘的婚事，姑娘年紀不小了，咱們若是還在侯府，這會兒，就應該要給姑娘相看人家了。難不成，您是打算在這鄉下地方將姑娘給嫁了？可就是您願意，姑娘答應，那也得看侯府同不同意啊。侯爺那人，可從來不是個……」

陳嬤嬤輕咳了一聲，嚥下對男主子的評價。「侯爺若是想拿姑娘換權勢、換利益呢？您也不是沒見過，這京城中，拿自家閨女換東西的，可不是一家兩家。」

小門小戶家的女兒尚且能換回幾袋糧食，大門大戶家的更是能換來不少東西。

沈夫人面色蒼白，連連搖頭。「不會的、不會的，夫君不是那樣的人……」

「夫人，到了這時候，您還自己騙自己嗎？」陳嬤嬤嘆口氣。「以前老奴不願意給您講明白，是因為想明白了，這日子就難過了。」

要不然怎麼說難得糊塗呢？

「姑娘以前不開竅，奴婢就想著，最壞也就您這樣了。」就算是嫁個不好的人家，姑娘自己和夫人一樣，將《女誡》印在骨子裡，怕是也不會覺得日子苦的。

可是現在姑娘想明白了，陳嬤嬤就知道，夫人也不能跟以前一樣了。姑娘想過得更好，夫人就是不能為姑娘出力，也不能扯了姑娘的後腿。

「可是，夫君是天……」沈夫人喃喃地說道。

陳嬤嬤又忍不住嘆氣，小時候的夫人也是很聰明伶俐的人，怎麼就成了這樣呢？只是一想到去世的盧老爺和盧夫人，陳嬤嬤又有些了然。

盧老爺過世，只剩下盧夫人和她相依為命，那會兒夫人已經和侯爺訂了親。盧夫人生怕夫人因為失怙被人說沒教養，或是品行不對，被侯府給退親，就整日裡將夫人拘起來讀《女誡》，這讀得多了，可不就將人給讀傻了？

「夫人，是姑娘重要還是侯爺重要？妳難道要眼睜睜看著侯爺將姑娘給害了嗎？」就是不忍心，陳嬤嬤也只能用這話砸開沈夫人的殼子了。

沈夫人一臉惶恐。「不會的，夫君不會這樣做的。」

「若是不會，他會將您和姑娘扔在莊子上十年，不聞不問，任由妳們自生自滅嗎？」陳嬤嬤又問道。

沈夫人身子晃了兩下，含了一上午的淚珠，終於落下了。

# 第二章

這兩天沈夫人總是瞧著沈如意欲言又止，沈如意知道，大約是自己之前說的那些話起作用了。對上沈夫人那可憐兮兮的樣子，沈如意只能強迫自己轉移視線，不去看不去想。

反正不能心軟，這會兒讓娘親難過，只是那麼幾天的事情。可若是自己狠不下心，卻是害了娘親和奶娘兩條性命。

中秋那天，雖說之前沈如意拒絕了，但黃可兒還是送來了請帖。

拿著那請帖，沈如意嘆氣。「看看吧，連我這麼一個手帕交，都知道中秋節送個帖子，送幾個月餅，街坊鄰居，見了面也要道賀一聲中秋，送些果子點心什麼的，侯府卻是什麼都沒有。不光是這中秋，連過年的時候，別說是節禮了，連問候一聲都是不曾有的。」

沈夫人有些訕訕。「妳父親是侯爺，他也是有差事的……」

「是呀，他是有差事，是要忙，一個侯爺麼，哪能整天待在後院張羅要給哪家送節禮不是？可這吩咐一聲的工夫，他總是有的吧。」沈如意嗤笑了一聲。「黃員外中秋節之前，可是去銀樓訂了好幾套首飾送給黃伯母呢。」

沈夫人捏著帕子說不出話，原先沈如意說這樣的話，她定是要罰沈如意抄寫《女誡》的。以前，沈如意都會乖乖聽話。可現在不管用了，她上回說罰的，到現在如意一個字都還沒寫呢。

如意聽話的時候，她說的話就有分量。可如意不聽話了，沈夫人也毫無辦法，她就這麼一個閨女，恨不得整日捧在手心，別說是打罵了，連句重話都捨不得說。抄寫《女誡》，這可是最重的懲罰了，頂多是抄寫的遍數不一樣。

打不得，罵不得，沈夫人就不知所措了，猶豫地看陳嬤嬤。

陳嬤嬤忙笑道：「姑娘別氣了，夫人現在是想不明白，等過幾天就能想明白了。」

沈夫人瞠目結舌，自己不是這個意思啊。

「但願娘親能真的想明白，別到時候回了侯府，還是一味地以為那位侯爺真是位顧念舊情的人，到時候，咱們幾個可是死都不知道怎麼死的。」沈如意看了沈夫人一眼，嘆口氣說道。

這話說得有些重，沈夫人的臉上瞬間就沒了血色。「如意，妳怎麼能這麼說呢？妳父親他……」

「娘是想說，他不是那麼狠心的人？」沈如意笑道。

沈夫人忙點頭。「虎毒還不食子呢，妳父親又不是那等惡人。上次我就想和妳說了，妳擔心回去之後，會被妳父親給胡亂許人，這是不可能的，妳父親不會想要賣女求榮的名聲……」

「娘，偽君子可比真小人更可怕。」沈如意打斷她的話，皺著眉有些不高興。「他是擔不起賣女求榮的名聲，但他可以給我找個表面光鮮、內裡腐爛的婚事。您只想想您自己，這些年，在莊子上過這樣的日子，您的這門親事，是好還是壞？妳嫁給了一個侯爺，以前，是不是很多人說您是有福氣的？」

沈夫人嘴唇動了動，她爹死得早，孤女寡母相依為命，若非老侯爺當年守諾，怕是她的這門親事就要吹了。出嫁之前，街坊鄰居，多少人說她好福氣。

可是，老侯爺一過世……

就像是陳嬤嬤說的，她自己守了十年的活寡，難不成還想要女兒以後走她的老路，繼續守十年的活寡？但《女誡》又說：「夫不御婦，則威儀廢缺；婦不事夫，則義理墮闕。」若是自己違背了夫君的話，這可是違背天地大義。

但是沒了夫君，她頂多是和現在一樣守活寡。可沒了女兒，她活著還有什麼意思？

「如意，妳別惱，娘想明白了。」眼看沈如意轉身要走，沈夫人忙拉住她。「娘真的想明白了，妳才是娘的心肝寶貝，是娘最重要的人，不管什麼時候，娘都是最看重妳的，娘不會讓任何人傷害妳。」

沈如意眼睛頓時亮了。「娘，妳真的想明白了？那若是父親說，讓咱們兩個悄悄地回府呢？」

沈夫人有些疑惑。「難不成咱們還要大張旗鼓地回去？」

沈如意嘴角抽了抽，隨即想到，算了，娘親能說出之前那番話，就已經是很大的改變了。總比上輩子，什麼都聽那個男人的強。她本來性格就已經這樣了，現在說要改變，一時半會兒，也不會馬上就和以前不一樣。

「自然是要大張旗鼓啊，您是父親的原配嫡妻，我是侯府的嫡長女，咱們兩個又不是犯了錯出府的，憑什麼要靜悄悄地回去？」沈如意笑道，伸手捏了捏沈夫人的掌心。「您忍心，以後別人一提起我，就說是侯府那個上不了檯面的人？」

雖然不明白靜悄悄回去，和上不了檯面是怎麼聯繫上的，但沈夫人知道，這會兒得順著自家姑娘說話才行。「那肯定不行，妳是侯府的嫡長女，怎麼也得有點兒派頭才是。」

沈如意笑得眼睛都彎起來了，沈夫人也跟著笑起來——看了乖女兒幾天的臉色，現下終於見了個笑臉，心裡又酸又軟。這可是自己最寶貝的女兒，自己怎麼會捨得她傷心難過呢？

「娘，那妳現在能和我說說，妳是為什麼帶著我出了侯府的吧？對了，當初妳怎麼會嫁給那……嫁給父親呢？外祖家裡，不是什麼顯赫人家吧？」沈如意熱絡地靠在沈夫人身邊，這些天冷著沈夫人，不光是她不好受，自己也不好受呢。

提到這個，沈夫人臉色還是有些不自然，卻不再和以前一樣沈默了。「我和妳爹的婚事，是妳外祖和妳祖父在世的時候訂下來的。妳外祖雖出身寒門，卻自幼聰慧，不到三十就做了正三品的戶部侍郎，按照這趨勢，四十進內閣是穩穩的。妳祖父很是欣賞他，就為我和妳父親訂了親。

「只是妳父親不大喜歡我，妳祖父在的時候還好，妳祖父過世之後，他就以守孝為由，將我們母女倆送到了莊子上。」沈夫人有些尷尬，對女兒說這種夫妻之間的事情，著實有些開不了口。

但女兒這兩天忽然變得很……怎麼說呢，就很有氣勢一樣，自己不知不覺便將話都說出來了。

沈如意可不知道沈夫人心裡的疑惑，她這會兒可是鬆了一大口氣。就說嘛，以自家娘親這種性子，不大可能是犯了錯被趕出府的。既然是以守孝為名義，那回去的理由，可就光明正大了。

守孝守了十年，侯府若當真還要臉面，那說不定自己和娘親回去，還是占了優勢的。這輩子，一定不能和上輩子一樣靜悄悄地被接回去。否則不知道的，還以為是自己和娘親犯事了呢。

「娘，妳覺得，咱們什麼時候回侯府比較合適？」想了一會兒，沈如意側頭問道。

沈夫人猶豫了一下。「妳當真想回去？回去之後，日子可不同了，要天天早起去請安，要和府裡的妯娌姊妹們打交道，事情很多，咱們住在莊子上，自由自在的，不是很好嗎？」

「娘，我也喜歡住在莊子上，就咱們兩個，每天想什麼時候起床就什麼時候起，想吃什麼就吃什麼，不用給人請安，也不用勾心鬥角。可是，娘，我今年十二了，再過三年就要及笄了，辦了及笄禮後，就該嫁人了。若是可能，我也想一輩子不嫁人，只陪著娘親，可是，侯府會放著我這麼好用的棋子不去用嗎？」

沈如意很無奈，靠在沈夫人的肩頭，低聲說道：「或者，我和娘出家去當道姑？可就是去當道姑，父親一句話，我都得立刻還俗，跟著他回府。與其等著他主動找上門，咱們什麼也不知道，不如咱們自己回去。」

「說起來，妳這是怎麼了？自醒來，就一直認定妳父親將來會把妳嫁給一個不好的人。」沈夫人微微皺眉，伸手摸了摸沈如意的額頭。「妳以前可從不曾說過什麼嫁人的話，女孩子家自己說這個不好，以後別提了知道嗎？」

「我也不想提的，是因為和娘親說話，這才說的嘛！」沈如意抱著沈夫人的胳膊。「我病著的時候作了個噩夢，夢見父親將咱們接回了侯府。一開始，我和娘親都很高興，以為是苦盡甘來，可沒想到，父親是要讓我嫁人，嫁給一個很殘暴的人，父親捨不得姨娘生的妹妹，就拿我去做人情……」

沈夫人張大了嘴，一臉震驚。「這個，妳想太多了，妳父親……」

「娘，妳都已經十年沒見過父親了，怎麼確定，他絕對不會做這種事情呢？和姨娘生的妹妹相比，我從未和父親相處過，一個是養在身邊的掌中寶，一個是養在莊子上的野草，妳要是父親，會更喜歡哪個女兒？」沈如意抬頭看著沈夫人，慢吞吞地問道：「一個是心愛的女人生的孩子，一個是討厭的女人生的孩子，妳要是父親，會更喜歡哪個？」

沈夫人總覺得這幾天她過得有些渾渾噩噩，不對，也不能說是渾渾噩噩，是有點兒驚心動魄？似乎也不對，是有些糊裡糊塗？伸手敲了敲自己的腦袋，沈夫人覺得，活了小半輩子，竟是今兒才發現，自己蠢笨得很，連句話都快不會說了。

「夫人，可是累了？」旁邊陳嬤嬤問道。

沈夫人搖搖頭，往窗外看了一眼，今兒黃可兒和方琴又來找如意玩耍，現下三個小姑娘正坐在外面吃螃蟹，不知道黃可兒說了句什麼，小姑娘們笑得開懷。

沈夫人也忍不住笑，笑完了，轉頭看陳嬤嬤。「嬤嬤，妳說，之前如意說她作的那個夢……我這兩天總想著，是不是如意作了那樣的噩夢，這段時間才會變了性情。可妳說，她小小年紀，這些年也沒見過侯爺，想來是早就忘記侯爺長什麼樣子了，怎麼就會作這樣的夢呢？」

陳嬤嬤頓了頓，有些不確定地說：「大約是菩薩預警？」

沈夫人也有些拿不準，但到底是擔心女兒。「我總擔心，她這樣偏激，會移了性情。雖說我是答應她，以後不會盡信侯爺的話，可她到底是侯爺的女兒，萬一日後……我怕她吃虧，女兒家的名聲相當重要，不光是在這男女的事情上，還有這孝道，萬一如意回府之後，心裡存著對侯爺的怨恨而不肯聽話，那傳出去，壞的可是如意的名聲。」

「我瞧著姑娘不像是那偏激的人。」陳嬤嬤笑著搖頭。「姑娘聰明著呢，您瞧瞧，除了前兩天，姑娘要您發了個誓，這幾日姑娘是不是還和以前一樣？」

沈夫人猶豫了一下，點點頭。「倒也是，不過我到底是不放心，不如咱們這兩天，到寺院裡去住幾日，一來我好謝謝菩薩預警，讓如意作了那樣的夢；二來，也求菩薩能保佑如意平安如意。」

陳嬤嬤選好了日子，就去院子裡找沈如意。

「姑娘，夫人讓老奴叮囑您幾句，這螃蟹雖然好吃，卻有些涼，姑娘家要少吃一些，吃了之後要喝些黃酒。」

黃可兒比較活潑，連忙點頭。「陳嬤嬤妳就放心吧，我們都會注意的。」

「老奴知道，不過是叮囑一句。對了，黃姑娘、方姑娘，妳們過幾天有空沒？」陳嬤嬤笑著問道。

方琴笑著給陳嬤嬤倒了一杯黃酒。「怎麼，嬤嬤可是有什麼事情吩咐我們？」

「可不敢當。」陳嬤嬤忙擺手，端了那杯酒抿了一口，才又說道：「我們夫人過幾天想去福緣寺上香，姑娘也跟著去，想著到時候若是能多去幾個人也熱鬧些，所以就讓老奴過來問問。」

「什麼時候去？」黃可兒忙問道，能出門玩她就最開心。

方琴也看著陳嬤嬤，自家最近的糟心事兒多，若是能和娘親一起出門散散心，說不定娘親也會高興一些。

「三日後，那天是個好日子，老奴專門找人問了，三日後也是好天氣呢。」陳嬤嬤忙說道。

方琴點點頭。「那我們回去問問，若是能去，就派人來和嬤嬤說一聲，咱們到時候一起去。」

陳嬤嬤笑咪咪地點頭，喝完了那杯黃酒就起身走了。

沈如意笑盈盈地支著下巴看方琴。「說起來，我還有件事情想要拜託琴姊姊呢。」

方琴微微挑眉，看著沈如意不說話。黃可兒也好奇地湊過來。「什麼事情？我能幫得上忙嗎？」

「能的，我前幾日和我娘說作了個噩夢，大約是因為這個，我娘才想去上香。我想拜託琴姊姊和可兒，幫我說說話。」沈如意大致說了一下所謂的噩夢。

「我從不相信這世上有無緣無故的好處，我那父親將我們倆扔在莊子上十年不聞不問，哪天若是接回去，那定是心懷鬼胎、別有用心的。妳們也都知道我娘的性子，在她眼裡，全天下都沒有壞人，大家都是好人，就是做了壞事，也是另有苦衷值得原諒的。」沈如意嘆口氣。「所以我現在就想點醒她，讓她多提防我那父親的心思，這樣也不至於哪天我被賣了，她還幫著那惡人數錢。」

方琴皺眉。「天底下的男人，果然沒一個是好東西！」

黃可兒則是有些疑惑。「如意，妳父親說要來接妳們了嗎？妳怎麼會作那樣的噩夢？」

「還不都是因為可兒。」沈如意沒好氣地放下手，趴在桌子上一臉鬱悶。「前段時間可兒總是念叨及笄禮要怎麼舉辦，在這裡辦及笄禮，那肯定是要當爹的在場啊，我父親又沒死，我就想著自己及笄的時候，是不是要回侯府，想得多了，就作那樣的噩夢了。」

黃可兒恍然大悟。「難怪妳這幾天都有些悶悶不樂的。算了，煩心的事就先別說了，之前如意妳不是說要開胭脂鋪子嗎？趁著這會兒方琴也在，咱們定下來吧？」

方琴擺手。「那咱們就真的決定開鋪子？反正咱們手頭也不缺那幾個錢，就算是賠了，也絕不會落到餓肚子的地步。那就在縣裡開，如意手上有胭脂配方，再加上以後這莊子產的各色花兒，占四分紅；我出鋪子，占三分；可兒妳出人手行不行？剩下的三分是妳的。」

「先這樣分，看看這生意能不能做。不能做的話，分了也白分。能做的話，就像琴姊姊說的，咱們得找個靠山，到時候再具體細分。」沈如意想了一下說道。

不知「大名府」這地方的知府夫人是誰來著？

真後悔上輩子沒出門打探過這些東西，剛及笄就被接進侯府，出嫁之後又被困在王府，外面的消息所知甚少，到了這會兒，後悔都來不及了。

「不如我出鋪子吧？我手上哪有什麼人手啊。」黃可兒猶豫了一下說道。

方琴嘆氣。「咱們是姊妹，我說出來也不嫌丟人了，若是以前，我還能說從我們家掌櫃裡面挑幾個人出來，咱們任意選，看中哪個選哪個。可是現在，別說是掌櫃了，就是夥計，我都不敢放心用。」

黃可兒有些吃驚。「已經到了這地步？」

沈如意也很關心地看方琴。「妳爹爹是打算將妳們母女倆趕出門？」

「趕出門倒好了。」方琴冷笑了一聲。「他又是想要好名聲，又是想要我娘騰地方，糟糠之妻不下堂，我娘伺候了祖父母直到他們過世，她又生了我這個女兒，平日裡也是賢慧持家，他可找不到藉口休妻。現下就只折騰我娘，要麼是折騰死了，要麼是我娘受不了提出和離。他想得倒美，我只要活著，就絕不會讓他得逞！」

沈如意想了想，往方琴身邊挪了挪。「那妳娘是什麼打算？耗到底還是打算和離？」

「自然是耗到底了。」方琴斬釘截鐵地說。「當年我爹出門做生意，還是我娘拿了自己的嫁妝給他當本錢的，這些年，他在外面享福，我娘卻在家吃苦，這偌大的家業，怎麼說也要有娘的一半，怎麼能便宜那狐狸精？」

說著，方琴的情緒又低落下來了。「再說，還有個我呢，我娘怎麼會和離？」

到時候，只剩方琴一個人在方家，那不就被狐狸精捏在手裡了？方琴的娘就這一個女兒，怎麼會捨得扔下方琴？

這種事情，沈如意是頗有同感的，若非有她這個沈如意，她都想讓娘親和離了。就算是嫁個農夫，也比一輩子守著活寡強。

「琴姊姊，若是方伯母不願意和離，那現在最重要的就是保住自己的名聲。」沈如意端著杯子，微微側頭看方琴。「方伯母沒有嫡子，那個女人進了門，必不會甘心只當個妾的……」

方琴點點頭。「妳說的我都明白，妳放心吧，我和我娘沒那麼傻，那女人既然是進門當了妾，以後會怎麼樣，都是我娘說了算。我娘已經派人去江南那邊買揚州瘦馬去了，不就是一個兒子嗎？除了那女人，別人也是可以生兒子的。」

「要找那種能徹底控制的。」黃可兒也提醒道。「可別最後讓那人脫離了妳娘的掌控。」原先她娘也是找了人來分八姨娘的寵愛，結果可好，那位新上任的九姨娘，比八姨娘還不是東西。

方琴端著酒杯朝黃可兒示意了一下。「多謝。」

黃可兒不在意地擺擺手，學著沈如意剛才的樣子，撐著手托著腮幫子嘆氣。「咱們姊妹，哪需要說什麼謝謝。咱們也算是同病相憐了，如意是有爹相當於沒爹，我娘是時時刻刻提防著姨娘們造反，妳娘是等了這麼些年，卻等到這麼個事兒，實在是糟心透了。」

說完，她使勁晃腦袋。「算了、算了，說起這些事情我就不高興，來來來，咱們不說了，今朝有酒今朝醉，好好地喝一場，若是喝醉了，今兒就歇在如意這兒。」

方琴很豪氣地端著酒杯和她碰杯。「來，喝！」

沈如意捏著杯子看她們喝，她年紀小點兒，平常這種喝酒的事情，方琴和黃可兒都比較照顧她，不會讓她喝太多。

方琴心裡憋著事，黃可兒則是捨命陪君子，最後兩個人都喝醉了。

沈如意讓下人將她們扶回房間後，自己則去找了沈夫人。

「娘怎麼想去上香了？」

「就是出門走走。對了，快到妳的生辰了，今年的生辰禮，妳想要什麼？」沈夫人笑著摸了摸沈如意的頭。

沈如意微微側首，靠在沈夫人身上。「娘送我什麼我都喜歡。對了，娘，外祖母在世的時候，和誰家走得比較近呢？」

沈夫人皺著眉想了好一會兒。「這個，也沒見和誰家走得比較近，妳問這個做什麼？」

「不做什麼，那外祖父在世的時候，和哪位大人感情比較好呢？」沈如意又問道。

沈夫人這次連想都沒想。「這個我就更不清楚了，妳外祖母一向不過問妳外祖父在外面的事情，我那時候年紀又小，怎麼可能會知道這些？」

沈如意嘆口氣，難怪上輩子她們倆在莊子上待了十幾年，連個詢問的人都沒有。等她們回京了，人家才知道，哦，原來沈侯爺還有個嫡妻和嫡女啊。

「娘，我想和琴姊姊，還有可兒她們去開胭脂鋪子。」

沈夫人的第一反應就是皺眉。「女孩子家的，怎麼能做這種……」

「娘，莊子上產的東西，剛好夠咱們吃喝。」沈如意打斷沈夫人的話。「咱們若是回京，不能讓侯府的人瞧不起，得買衣服首飾吧？得準備給下人的打賞吧？就是租馬車，也是一筆不小的開銷，咱們去哪兒弄這些錢？」

沈夫人有些底氣不足。「那個，我還有些首飾……」

「您帶出來的那些，是您的嫁妝吧？」沈如意笑著看沈夫人。「娘的嫁妝，怎麼能隨意花出去呢？您都存著吧，等哪天我出嫁了，娘也好給我當嫁妝啊。」

「小小年紀就說出嫁什麼的，也不嫌臉紅！」沈夫人虎著臉戳沈如意的腦門。

沈如意半點兒不在意。「說說怎麼了？又沒有外人聽見。我已經和可兒她們說好了，明年您讓莊子上的人，將田裡都種上花兒吧。改天我列個單子，娘派人看顧著。」

沈夫人有些惱，她現在發現自家閨女變得不聽話了！以前不聽話，頂多是為不能吃什麼或者是不能出門鬧脾氣什麼的，現在的不聽話，都想管家裡的生計了。

「夫人，姑娘現在大了，若是在府裡，這個年紀也該學著管家了。」陳嬤嬤端著托盤進來，笑咪咪地將話題岔開。「說起來，小姑娘家也就這兩、三年能好好學管家，等及笄了就該訂親，訂了親就該做嫁衣什麼的了。」

沈如意和陳嬤嬤對視了一眼，笑著摟住沈夫人的胳膊。「娘，妳是不是擔心我賠錢啊？沒關係的，妳之前不是說，妳還有幾件首飾的嗎？若是我真賠錢了，到時候說不定就得借妳的首飾用了。」

沈夫人強笑著點點頭。「好，娘給妳備著，妳若是要用，就和娘說一聲。」

若不是因為她不得侯爺喜歡，女兒怎麼會落到這個地步？明明是侯府嫡長女，是名門千金，現在卻要為幾個銀錢耗費心思。就像陳嬤嬤說的，她不能幫女兒，至少也別給女兒扯後腿才行。再說，之前她可是答應過如意，以後有事，都只聽如意的呢。

「娘是這世上對我最好的人了，我最喜歡娘了。」沈如意笑著撒嬌，和以前一樣，倚在沈夫人身上說話。「過幾天就是娘的壽辰了，我給娘做長壽麵好不好？唔，我親自給娘做壽宴，不光是要做麵，還有菜！」

沈夫人也跟著笑。「好好好，那我就等著了。」

逗樂了沈夫人，沈如意這才起身告辭。

陳嬤嬤送了沈如意出去，走到廊簷下，才笑著開口。「姑娘大了……」

沈如意噗哧一聲笑了出來，這段時間，陳嬤嬤但凡開口幫她說話，頭一句一定是「姑娘大了」。

陳嬤嬤大約也是想到這個了，忍不住跟著笑了起來。「是老奴多嘴了。」

「嬤嬤可別這麼說，若是沒有嬤嬤幫著我，怕是娘親兩、三年都不一定能想明白呢。」

陳嬤嬤點點頭。「就是因為夫人這脾氣太固執了，所以老奴以前從沒想過，要改了夫人的性子。不管怎麼樣，老奴定會護著她平平安安就是了。再者，府上那位王姨娘，也是個聰明的人，夫人這樣的正房，對她來說才是最好的，侯府不是那等沒規矩的人家，以妾當妻，可是大罪。」

所以，只要府上的那位還受寵，夫人就一定能活得好好的。以她家夫人的性子，在莊子上才能過得更好，所以，陳嬤嬤從沒想過要去改變什麼。

至於沈如意，侯府想不起她來正好，等及笄了，她和夫人挑個寒門士子，想來侯府也不會不答應，正好可以不用給太多嫁妝，說不定侯府還要偷著樂呢。

可沈如意前段時間說了那話，陳嬤嬤才忽然想起來，若是侯府打算將沈如意給賣了呢？

果然是老糊塗了，竟是從沒想過這個問題。幸好姑娘得了老天保佑，大病一場，竟是得了菩薩的預警。

「嬤嬤只是在莊子上過的時間長了，習慣這安逸，所以才沒想到罷了。」沈如意輕笑了一聲，上輩子，陳嬤嬤雖然沒死，卻也和死了差不多，後半輩子躺在床上，怕是……自己那會兒自顧不暇，也沒能保住陳嬤嬤。

「若非因黃家和方家的事兒，我自己也是想不起來這些的。」沈如意斂了笑容，嘆了口氣。「男人若都是這樣，我那父親，又怎麼可能會是個好的？」

陳嬤嬤嘴唇動了動，卻沒說話。

沈如意也不在意，停下腳步擺了擺手。「嬤嬤不用送我了，去照顧娘親吧，我娘那裡，還請嬤嬤有空多開解她，那侯府著實不是個好地方，她若是想不明白，指不定咱們一群人，都要不明不白地丟了性命。」

「不能不回侯府嗎？」陳嬤嬤猶豫了一下問道。

沈如意扯著嘴角笑了笑。「嬤嬤，除非是我死了，否則這輩子不可能不回侯府的。頂多是在侯府待的時間長短的問題，若是事情順利，咱們在侯府待到我出嫁就行了；若是不順利……還是待到我出嫁。」

陳嬤嬤點了點頭。「老奴明白了，姑娘放心吧，夫人那裡，有老奴。」

回了房間，沈如意也沒多少睡意。躺在床上翻來覆去地想以後的計劃，以府裡那人的聰明，是定不會讓娘親死去，然後讓侯府換一位更厲害的主母。所以，上輩子娘親的死，肯定不會是因為自己礙眼了。一個總是要嫁出去的姑娘，就是礙眼又能多久？那人，不會想不明白這個。

那是因為什麼呢？

對了！婚事！

沈如意猛地坐起身子，春花聽見了動靜便在屏風那邊問了一句。

沈如意忙壓低聲音回道：「沒事，剛恍惚了一下，嚇到了，現在沒事，妳只管睡著吧，別過來了。」

春花嘟囔了一句，不久就沒聲音了。

沈如意又躺下，娘親難得一次反對父親的話就是在自己的婚事上，隨後娘親才過世了，那麼看來是這門親事有問題。翻來覆去想了大半個晚上，沈如意還是半點兒有用的訊息都沒想起來。她上輩子就跟被關起來的雀兒一樣，一開始被接到侯府，膽小懦弱，只顧著將自己和娘親縮回到殼子裡，只求侯府裡的人不笑話她們倆，哪有膽子去打探外面的消息？

等出嫁了，四王爺又是個暴戾不講理的人，直接將她關在後院，連屋門都很少踏出去，更不要說是府門了。這種情況下，以她上輩子的性子，能打探出來什麼事情才是奇了。

想太多的後果就是這樣，沈如意一大早被春花叫起來，連眼睛都快睜不開了。

「沒睡好？」

黃可兒和方琴兩個人精神特別好，笑咪咪地湊過來和她說話。

「昨晚上是不是作噩夢了？」

「沒有，就是想事情想入神了。」沈如意打個呵欠，吩咐一邊收拾床鋪的春葉。「等會兒讓廚房做些爽口的菜，可兒和琴姊姊用完了得趕緊回去呢。」

「說起來，我今兒忽然發現一件很重要的事情。」

黃可兒拍手，正犯睏的沈如意都被她嚇了一跳。「妳想起什麼重要的事情了？」

「我和方琴都比妳年長，為什麼妳只叫她琴姊姊，叫我的時候卻叫可兒？」黃可兒雙手扠腰，擺出凶神惡煞的樣子來，只是她本來就長得嬌俏，這樣子倒是更可愛些。

方琴在一邊忍不住笑。「那自然是因為我更像姊姊一些，妳太幼稚了，所以連如意都不願意叫妳姊姊。」

黃可兒立刻張牙舞爪地撲向方琴。「才不是！我也是很溫柔、很體貼的大姊姊！」

方琴也不甘示弱，伸手在黃可兒胳肢窩下撓癢，兩個人笑著抱成一團。

沈如意有氣無力地回頭看她們。「就這樣妳們還說自己是姊姊呢，時候不早了，都趕緊去用膳吧，然後我派人送妳們回去，記得去上香的事情啊。」

黃可兒嘟嘟嘴，湊到沈如意跟前擠眉弄眼。「小妹妹是看我們冷落了妳，所以不高興了，然後就想趕我們走？」

方琴起身優雅地打理了一下頭髮。「我倒是覺得，如意是在嫌棄妳。」

兩個人重新鬧成一團，沈如意看了一會兒，也忍不住笑出來，跟著撲過去撓兩個人。

「妳們兩個我都嫌棄！快點兒收拾啦，等會兒要用膳！不許再搗亂了！」

笑鬧了好一會兒，三個人才算是收拾齊整，一起往正堂去了。

沈夫人早早就起床了，這會兒笑咪咪地看三個人進門。「晚上睡得好不好？」

黃可兒和方琴忙給沈夫人請安，只是禮行到一半就被沈夫人給扶起來了。

「快坐吧，這會兒天氣還有些冷，妳們可得多穿件衣服，別凍著了。我讓人準備了一些毛栗，都是今年剛收的，莊子上正好有小公雞，也養得差不多大了，等會兒妳們帶些回去。替我向妳們的娘親問聲好。」

兩個人忙點頭應了，用了早膳後，就坐了馬車回去。

隨後，兩家都送了口信，說是後天正好閒著，就一起去上香。

# 第三章

沈如意重生之後就沒出過門，這次難得出來，又遇上難得的好天氣，秋高氣爽，索性就將車簾給掀開，趴在車窗看著街上來來往往的人群。

沈夫人有些不高興，將車簾給拽下來。「出門在外得有個姑娘家的樣子，這樣像什麼話？坐好了，別東張西望的。」

沈如意伸手指指外面的小姑娘家。「人家都還在外面走路呢，我不過是看看，又有什麼要緊？」

「那怎麼一樣……」沈夫人皺眉。

沈如意笑了笑。「有什麼不一樣？大家不都住在一個鎮子上嗎？家裡都是靠種田吃飯，有什麼不一樣？若真說起來，說不定我還不如人家呢，至少，人家有父兄。」

沈夫人臉色白了白，沈如意忙又坐過去抱著她胳膊撒嬌。「我看見外面有賣椒鹽金錢酥，娘不是最喜歡吃那個了嗎？我讓春花去買一些回來給娘吃好不好？」

對上唯一的寶貝女兒，沈夫人是一點兒辦法都沒有。哪怕女兒想要她的命，她也是半點兒不會猶豫。這會兒女兒又是撒嬌又是討好的，沈夫人心裡那股氣瞬間就消去了一大半，她有些沒好氣地看著沈如意。「車上不是帶有點心嗎？妳肚子餓了？」

「沒有，娘喜歡吃，所以才想買。」

沈如意笑咪咪的，嬌嫩的臉頰跟花瓣一樣粉粉白白，透著瑩潤的光澤，讓沈夫人一顆心軟成了一灘水。「好，那就買一些。」

說著，沈夫人叫停了馬車，喊了外面的春花去買點心。

馬車就在原地等著，沈如意見沈夫人不計較了，又想掀開車簾去看。今天確實是個好日子，且正好遇上集會，街邊都是擺攤賣東西的人。

原本，這場景沈如意是一點兒都不陌生的。只是，自十五歲進了侯府，一直到死去，別說是這熱鬧的場景了，沈如意甚至都沒見過外人。

重生之後她又忙著想辦法去改變娘親的性子，在家裡愁悶了幾天，看見這熱鬧，心情驀然就有些飛揚起來了。

「娘，妳瞧，那邊有賣花的啊，這個季節了，竟然還有花兒賣，不知道是不是全是桂花？」

沈夫人探著身子看了看。「也不全是桂花吧，菊花、金茶花、木芙蓉、羊蹄甲，這不都是秋天開的花兒嗎？妳要不要買兩朵戴著？」

「要！」沈如意忙點頭，沈夫人又吩咐春葉去買花。

春葉剛走，只聽砰的一聲，沈如意一個沒坐好，猛地就往前面撲了一下，前面正好是車門，一腦袋撞上去，額頭瞬間就紅了一大片。

「怎麼回事？」沈夫人大驚，一邊摟了沈如意，一邊揚聲問道。

紅綢還在外面站著，這會兒急忙忙打開車門去看沈夫人和沈如意。「夫人和姑娘沒受傷吧？是有人撞上了咱們的馬車。」

紅綢話音剛落，就聽一個男人的聲音從外頭傳來。「裡面的人沒事吧？實在是對不住了，在下剛才急著趕路，沒來得及拉住馬兒，這才撞了貴府的馬車，還請見諒。若是有受傷，還請給在下一個賠罪的機會，在下送你們去醫館。」

本來就是集會，路上人多，那人又急著趕路，馬兒便走得有些快，且要躲著路人，一不小心，就這麼撞上去了。

沈如意揉著額頭，這一下撞擊力道之大，沒一會兒就起了紅腫。只是，光這塊有點疼，並不礙事，所以沈如意搖了搖頭，轉頭看沈夫人。

沈夫人雖然心疼女兒，卻一向不愛與人為難，她一邊伸手替沈如意揉額頭，一邊應道：「並不礙事，公子若是有急事，只管去辦，我們這裡沒什麼大礙的，就不耽誤公子了。」

「夫人見諒，」那聲音倒是挺好聽的，大約是真有急事，頓了頓才說道：「這樣吧，我留個小廝在這兒，讓他護送夫人去醫館，回頭我再去向夫人請罪。」

「不要緊，你也不用留人。」沈夫人搖搖頭，想著外面瞧不見，又說道：「真沒什麼大事，你只管去忙吧。我們也有別的事，並不用去醫館。」

見沈夫人拒絕，那人也沒有多說什麼，又賠了一次罪，這才翻身上馬走人。

沈如意掀開車簾往外看，正好瞧見那人的背影。唔，身形還挺不錯的，寬肩瘦腰，脊背挺直，兩條腿也長，身穿月白色衣服，只看背影，似是美男子。就是不知道正面如何，正想著，冷不防那馬上的人忽然回頭，兩個人就對上了視線。

好一會兒，沈如意才放下車簾，伸手拍了拍臉頰。太丟臉了，都幾十歲的人了，看見美男子竟然還會看呆！說起來，這美男子，還有點兒眼熟啊，是誰呢？自己上輩子見過嗎？

沈夫人頗為擔憂地說：「是不是太熱了，妳的臉怎麼那麼紅？額頭還疼不疼？要不然還是回去買點兒藥吧？」

「不疼了。」沈如意忙搖頭，伸手捂了捂自己的臉。「快中午了，是有點兒熱，咱們還是趕緊趕路吧，別讓方伯母和黃伯母在山上等急了。」

看春花和春葉她們都回來了，沈夫人也趕忙吩咐車夫繼續趕路。

同一時間，馬背上的人看著馬車走遠，才轉頭問小廝道：「那姑娘，你認識嗎？」

「少爺，我怎麼可能會認識人家姑娘？」

那人皺著眉摸摸下巴。「是嗎？怎麼看起來有點兒眼熟呢？」

「如意，妳怎麼現在才來？」

剛到了福緣寺，黃可兒就蹦蹦跳跳地出來，笑嘻嘻地拉住沈如意。

「今兒是我大哥送我和我娘過來的，我大哥從京城回來，可是帶了不少好東西呢，還有妳和方琴的分兒，我今兒都帶過來了。走，咱們去瞧瞧！」

三個小姑娘是從小玩到大的，黃可兒的兄長黃家志也算是從小一起長大，自是不用太避嫌了。黃可兒索性讓人到廂房去搬了兩個箱子出來。「這是我哥從京城帶回來的，咱們一起看，等會兒誰相中了什麼就拿走，也省得一個個分了。」

沈如意笑著點頭。「那正好，咱們能全部都看一遍。」

到了亭子裡，讓人將箱子裡的東西都拿出來，黃家志就開口說：「這套泥人兒是京城西邊的一個市場上買的，那個市場很大，和咱們鎮上一樣有集會，咱們鎮上是逢一逢九，那邊是逢四才有，一個月就三回。這個扇套是在繡女坊買的，好看吧？」

黃可兒湊過去和方琴說話。「方琴，妳看這個，和妳那個荷花扇子是不是很相配？都是粉色的，下面還綴著荷花墜兒呢，這個歸妳吧。」

方琴不客氣地收下了。一旁的沈如意則一邊漫不經心地挑著東西，一邊問黃家志。「京城大不大？是不是人很多？你都去了哪些地方？我之前聽娘說過，京城的王府都是建在一起的，你見了沒有？還有侯府，你聽過侯府的事情嗎？」

黃可兒和方琴都知道沈如意的身世，見她問侯府，只當她是心裡不甘，到底是血脈親人，平時嘴上說著討厭沈侯爺，這會兒又來打聽侯府的事情。

黃家志有些遺憾地嘆口氣。「我倒是沒見到侯府，那些街道，都是有侍衛守著的，等閒人連那條街都進不去，更不要說到王府門前看看了。不過廣平侯府的事情，我還真聽說了一些，聽說前陣子廣平侯府的老夫人做壽，他們家為了給老夫人祈福，這段時間都在施粥呢，說是要施夠一百天。」

黃可兒瞪大眼睛。「侯府那麼有錢啊？」

沈如意笑了一下，又看向黃家志。「還有呢？不光是侯府的，還有別的人家，有什麼大事發生嗎？」

「唔，還有啊，妳讓我想想。」黃家志仰著臉想了半天。「侯府的就這一件，其他的有大長公主的兒子和王右相家的嫡長女成親了，那場面極大，王家姑娘的嫁妝送了半天都沒送完，一百多抬！」

黃可兒和方琴都對這個感興趣，忙湊在一起追問：「都有些什麼？你看見了嗎？」

沈如意胳膊支在桌子上，瞇著眼睛想事情。京城裡貴人多，但是能壓住廣平侯和四王爺的不多，大長公主正好就是其中一個。之前她想找靠山的時候，第一個想到的就是大長公主。

但是，大長公主並不好接近，財權不缺，又備受皇上疼愛；她的夫君是皇上心腹，兒子年輕有為，女兒嫁了個文武雙全的世子爺，這一生都順遂得不得了。別說沈如意沒辦法接近大長公主了，就是有辦法，她也拿不出能讓大長公主喜歡的東西來。

不過，倒是可以從大長公主身邊的人下手。大長公主育有四名孩子，長女前兩年出嫁，長子今年成親，尚有一幼子和一幼女。

這個幼子是不能去接近的。但凡當娘的，對接近兒子的女人都是很警惕的。若她沈如意是沈侯爺愛若珠寶的女兒，大長公主說不定還能看上眼。可惜，她沈如意是京城外的莊子上長大的。

那麼，討好一個七、八歲的女孩子，該從哪兒下手呢？

「如意，妳說好不好？」

黃可兒興奮地拍了拍沈如意的胳膊，沈如意被驚醒。「啊？」

「等用了午膳，我們去後山踢毽子？這個毽子可是從京城買回來的呢，剛才我哥說了，是從鬥雞身上買下來的尾毛，看，好看吧？咱們一會兒去試試，看好不好用。」

沈如意看了一眼黃可兒手裡的毽子，笑咪咪地點頭。「真好看，光是放著都好看，只用來踢，實在是可惜了點兒。」

方琴笑著說：「有什麼可惜的？就是再好看，也不過是一個毽子，難不成就因為它好看了，所以就能變成金子了？還不是該怎麼踢就怎麼踢？」

黃可兒愣了一下才嘆道：「方琴這話說得可真有道理啊，嗯，它再怎麼好看，就是一個毽子，一個毽子還能有什麼別的作用？可不就是用來踢的？」

沈如意笑著點頭。「那好，用了午膳，咱們去後山踢毽子。」

聽說，那位小郡主挺喜歡玩耍的，不大喜歡詩書，不知道喜不喜歡踢毽子。

待沈夫人和黃夫人等人去大殿裡上了香，也就差不多到了用午膳的時候。別看福緣寺位置偏遠，甚至還在鎮子外面，但名聲著實不小，這個素齋，做得也是很可口。

用了素齋，大人們要去聽住持唸經，小姑娘家們，就拿著毽子到後山去玩耍了。

「主子，前面有人。」身穿青衣的小廝仰著脖子往上面瞧了瞧，轉頭和身後馬上的人說話。

馬背上的人皺著眉，擦了一把汗，翻身下來。「這山路太難走了，騎著馬反而更慢。你說，慧心大師怎麼會來這麼個破地方呢？」

「慧心大師是得道高僧嘛。」那青衣的小廝笑嘻嘻地說：「得道高僧出門遊歷，自是不會挑地方，再說，大名府是副都，也算是很繁華，就連青山鎮這樣的小鎮也熱鬧到不行，慧心大師為什麼不能來這兒啊？」

那少年轉頭拿扇子在小廝的頭上敲了一下。「我不過是抱怨兩句，就你話多！」

「小的是怕主子到時候得罪了慧心大師啊。」那小廝忙笑道，拽著馬韁繩跟著走，一邊說道：「對了，主子，剛才小的聽見上面有人說話，咱們不如先問問？萬一慧心大師不在這兒，咱們豈不是白跑了一趟？」

「咱們打聽多少回了，都說慧心大師來了福緣寺，消息應該是不會出錯的。」那少年捏著扇子皺眉往上看，到底是心裡不大肯定，又說道：「走吧，問問也好，免得進去了真找不到人。」

主僕兩人一前一後地從後山爬上去，好不容易爬到山上，那少年也微微有些喘。
小廝見前頭有幾位姑娘，笑嘻嘻地上前見禮。「幾位姑娘好，我們主子來是想拜訪慧心大師，也不知道慧心大師這會兒在不在，姑娘若是知道，還請告知一聲。」
黃可兒疑惑不解地看方琴。「福緣寺有個慧心大師？」
「剛才娘親她們說去聽講經，是聽誰講的？」方琴也有些不確定。
沈如意倒是知道。「娘親說是聽住持講，但小沙彌沒說是誰要講經。不過，這慧心大師是什麼人？福緣寺似乎沒有這位大師吧。」
那少年好不容易喘勻了氣，也打理好了衣服，一轉頭瞧見沈如意，就是一臉驚訝。「是妳！」
沈如意也有些吃驚，竟是太巧了，這少年可不就是上午撞了她們家馬車的那人？
那少年趕緊給沈如意行禮。「實在是對不住了，上午那會兒，我確實是有急事，這才撞了貴府的馬車，因著在下的錯，傷了姑娘，在下實在是失禮了。」
「不礙事，你也不是故意的。」沈如意笑著擺擺手，又還了禮。「公子是來找人的？那位慧心大師，我們也沒聽過，公子可以到寺裡問問。」
那少年點點頭，卻沒離開，看了看沈如意的額頭，猶豫了一下問道：「姑娘府上何處？等在下回去了，就派人過去送些藥膏，姑娘因著在下受傷，在下若是不為姑娘做些什麼，實在是心有不安。」

「不用了，你真不用放在心上，並不是什麼大傷。」沈如意忙擺手，笑著說道：「已經求了寺裡的師父給了活血化瘀的藥膏，公子不必放在心上。」

見沈如意三番兩次地推拒，那少年也不再糾纏。「那好，不過我欠著姑娘一個人情，姑娘若是有事，可派人去找我。」想了想，又說道：「京城什錦大街有一家墨寶軒，姑娘可派人去和掌櫃傳句話，說一聲找二公子就行。」

沈如意笑著點點頭，並未應下。

等那少年和他那小廝進了福緣寺，她才忽然想起來，什錦大街的店鋪，可不是一般人能開的。似乎聽侯府的某位姑娘說過，什錦大街鋪子的背後主子，都是有一定身分的人，所以，也從來沒人敢在什錦大街鬧事。

難道這個少年，並非普通人？

但沈如意也就這麼想想，她上輩子見過的男人屈指可數，更不清楚什錦大街都有些什麼鋪子，後面分別都是哪些主子，這個二公子，誰知道是哪家的人？

就算她知道，無緣無故的，她也不能求著一個男人幫忙啊。

「咱們再來比賽，剛才是如意贏了，等會兒我一定要贏如意。」黃可兒沒心沒肺的，笑嘻嘻地讓人繼續去點香。

「這次咱們比雙飛燕！我練習這個很久了！」

方琴也不反對。「咱們還是放點兒彩頭吧，要不然這樣空贏著有什麼意思？妳不是很喜歡我這個鐲子嗎？今兒我就用我這鐲子當彩頭。」

黃可兒連忙應了。「那我就用我的簪子當彩頭吧，這個簪子可是我哥從京城給我買回來的，我戴了還沒幾天呢。」

沈如意捏了捏自己的耳墜。「我用這個當彩頭，雖然它有點兒小，可這是我親手做的。」

「不拘大小。」方琴笑著說道。

等丫鬟點上香，一聲令下，三個人又開始踢毽子。

一群人說說笑笑的聲音傳到前頭，那小廝笑著湊到那少年跟前。「少爺，剛才那小姑娘，長得可真漂亮啊。」

少年斜睨他一眼。「再胡說就撕爛你的嘴，可別壞了人家姑娘的名聲。」

小廝做了個捏住嘴的動作，頓了一會兒又說道：「不過我現下瞧著那姑娘倒有點兒眼熟，少爺你說，是不是長得好看的姑娘都有點兒像啊？啊，對了，我想起來了，她長得和廣平侯府裡的姑娘有幾分相似！」

那少年皺了皺眉。「你這麼一說，我也想起來了，還真有幾分相似。」

他走了幾步，又搖頭笑道：「大概就像你說的，長得好看的人都有點兒一樣，不過是和廣平侯家的姑娘有點兒像，別大驚小怪了。」

「少爺，我想起來一件事。」那小廝卻壓低聲音，湊到少年身邊說道：「這姑娘，說不定還真和廣平侯有幾分關係。」

那少年頓時有些吃驚。「你的意思是，這姑娘是廣平侯的……唔，外室女？」

「少爺你說什麼呢，就是外室女，那也應該是在京城，哪會出現在大名府！」小廝撇撇嘴，壓低聲音繼續說道：「廣平侯夫人不是從沒在眾人面前出現過嗎？我聽說，廣平侯夫人重病纏身，十年前被送出京休養了，廣平侯夫人走的時候，只帶走了自己的女兒。」

那少年挑挑眉，小廝繼續笑道：「說不定，這姑娘就是廣平侯的嫡女了。」

少年皺眉想了一會兒，伸手拿扇子在那小廝腦袋上敲了一下。「行了行了，也不知道你從哪兒打聽到這麼多小道消息，以後可不許說出去！就算這姑娘是廣平侯府的嫡女，和咱們有什麼關係？廣平侯府的事情，咱們可不能插手，別人家的事情，咱們聽聽就行了。」

雖然福緣寺離家不算是太遠，但沈夫人等人上完香之後，還想著再上明兒的頭一炷香，索性就留下來了。黃夫人和方夫人因不放心家裡的事情，聽完經之後，就帶著各自的女兒離開了。

沈如意接過小丫鬟手裡的小腳盆，放到沈夫人跟前。「娘，今兒我幫妳洗腳吧。」

沈夫人忙往裡面靠坐了一下，將腳伸出去。「今兒怎麼想起來給娘洗腳了？」

沈如意笑咪咪的，也不說話，拿了布巾一下一下地替沈夫人擦腳。「娘，聽說寺裡來了個慧心大師，妳知道那個慧心大師是什麼人嗎？」

今兒遇見的那個少年，穿著打扮很是不俗，說話的時候也帶著點兒京城的口音，指不定就是京城裡有些身分的少爺。這樣的人，跑來一個小鎮子找慧心大師，那位慧心大師定不是普通人。

「妳說慧心大師啊？」沈夫人也笑。「我也只是知道一點兒，慧心大師在京城很有名望，很多人家都去聽他講經。妳祖父過世的時候，本來妳父親還想請慧心大師過去，不過，正好慧心大師出門遠遊了，沒趕得上。」

「既然慧心大師很有名望，怎麼還會去做超渡這種事情呢？」沈如意有些不解，也不是說超渡這種事情低下，畢竟辦水陸法會、超渡亡魂這種事情，還是需要真本事，沒本事的人根本做不了這一行。可這種事情，是很累人的。七天還算是比較少的，有些人家還要做半個月、一個月，甚至七七四十九天，這樣就更加累人了。所以越是有名望的大師，越是不會輕易去做這種事情。

「慧心大師很少作法事，也就是先皇過世那會兒，在法華寺作過法事。」沈夫人笑著說道：「後來京城很多人家就想請慧心大師，不過慧心大師只應過兩、三家。」

沈如意微微挑眉，所以沈侯爺去請的時候，哪怕是慧心大師在，也是要說不在？

這麼想來，沈侯爺的地位，似乎沒有自己想像中那麼高啊。不對，也不能這麼判斷，京城裡權貴人家多，侯爺雖然看著挺尊貴，但從爵位上來說，侯爺上面有國公，國公上面有郡王，郡王上面有親王，真算起來，侯爺簡直不算事兒。

也不對，現在不是計較沈侯爺地位高低的時候。慧心大師既然那麼有名望，想來在京城也是有幾分地位，自己若是能搭上慧心大師這條線，那回京的時候，還不是說成就成了？

只是，一般說來，這樣的高人，是不會插手俗世中的事情。再者，自己和娘親也沒什麼東西能打動慧心大師，慧心大師憑什麼白白幫忙？

好吧，就算是慧心大師菩薩心腸，願意幫忙，那要怎麼幫？難不成要慧心大師直接上門給沈侯爺送去一句話？別開玩笑了，沈侯爺那人能將妻女扔在莊子上十年不聞不問，怎麼看也不是心軟的人。憑什麼別人一句話，他就要將自己看著不順眼的人給接回去礙眼？

就算是慧心大師開口了，沈侯爺難道不會想藉口給拒絕？別到時候慧心大師沒幫上忙，反而是自己這邊引起了沈侯爺的注意，提醒沈侯爺來處理自己妻女兩個。

「對了，娘，慧心大師給人批命嗎？」沈如意抬頭看著沈夫人，一邊換了乾布巾給她擦腳，一邊問道：「若是批命的話，咱們明兒求慧心大師算個命？」

「應當是批命的吧。」沈夫人也有些拿不準，沒出嫁之前，她沒見過慧心大師，出嫁之後，她幾乎沒出過侯府的大門，更不要說見慧心大師了。對於慧心大師，也僅僅是夫君去請的時候說過幾句。

「也不知道慧心大師批命有沒有什麼要求。」

說完後，沈如意出去洗過手，又換了盆水回來給自己泡腳。她側頭和沈夫人說：「娘，今天晚上咱們兩個一起睡吧？」

「嗯，好，我讓人去拿妳的被子過來。」沈夫人笑盈盈地應道。

沈如意坐在凳子上，兩隻腳在盆子裡踩來踩去，腦子裡還想著慧心大師的事情。

自己想要光明正大地回京，想要沈侯爺來接自家妻女，這個事情難度不小，得一步步策劃才行。再者，她現在也只是有個大致的盤算，並沒有明確的計劃，若是輕舉妄動，怕是會壞了事兒。

可現在，機會就在眼前，若是不抓住，又實在是太不甘心了。

「對了，娘，妳說，慧心大師既然這麼有名望，那他在京城的時候，肯定有很多人去聽他講經吧？」沈如意轉頭問道。「那祖母她們會不會也去聽慧心大師講經？」

沈夫人手裡的動作停了停。「如意，妳想做什麼？慧心大師是得道高僧……」

「我知道啊。」沈如意眨眨眼。「我也沒想做什麼，娘也說了，慧心大師是得道高僧，怎麼可能會聽我說話呢？唔，咱們只求慧心大師給咱們批個命，然後求慧心大師別將咱們的事情說給祖母聽。」

沈夫人不解地眨眨眼，如意不是一直想回京的嗎？怎麼不願意讓慧心大師將她們的消息帶回京城？

「好了，時候不早了，娘，咱們趕緊睡吧。」沈如意笑咪咪地說完，很俐落地滾到床裡面，裹著被子對沈夫人眨眨眼。「明兒一早得起來上香呢，娘到時候可別遲了。」

沈夫人忙點頭，熄了燈，就躺在沈如意旁邊，也跟著閉上了眼睛。

# 第四章

早上沈如意醒過來的時候，沈夫人已經不在了。她讓人拿了點心，又喝了一碗粥，這才慢吞吞地出門，找了個小沙彌直接問情況。「慧心大師在嗎？」

小沙彌雙手合十行了禮。「慧心大師不見客的。」

「唔，那慧心大師住在哪兒？我在外面瞧一眼也好啊，我聽說慧心大師很有本事的。」沈如意笑嘻嘻地說道，將手裡的點心盒子塞給小沙彌。「你告訴我，這個給你當謝禮好不好？你放心吧，我定不會去打擾慧心大師的，我就是好奇，想瞧瞧，若是進不去，我就不去了。真的，我不騙你！」

她本來年紀就不大，十二、三歲的孩子身形又嬌小，早上還特意梳了雙丫髻，看起來更是帶著幾分可愛。

小沙彌拎著點心盒子想了想，才伸手指了個方向。「那有人守著的院子，妳可別胡亂往裡面闖。」

沈如意忙點頭應了，當著小沙彌的面，蹦蹦跳跳地往那邊去。臨近了院子，這才穩下腳步，繞著那院子走了兩圈，仰頭看院牆，前門果然有兩個和尚守著，既然正門進不去，只能走別的道兒。

左右瞧瞧沒什麼人，沈如意就打算爬牆了。打小住在莊子上，哪怕是娘親看得再嚴，也總要偶爾放她出去和莊子上的小孩子玩耍，雖然她沒爬過牆，可是看別人家的孩子爬過啊。這事情，應該是簡單得很，不就是抱著樹往上爬嗎？哼哼，她就是不會，一會兒也能摸索出來。

找到一棵和牆很近的樹，沈如意開始努力抱著樹，兩隻腳往上蹬，還沒蹬上去，就感覺身子一沈，又往下墜了墜！她咬咬牙，重新開始努力。

此時，站在不遠處亭子裡身穿紫衣的青年忍不住笑起來。「這丫頭可真好玩，不會爬樹還非得在這兒磨蹭，倒是夠堅定的。這都掉下來幾回了？她都不覺得疼嗎？」

站在他旁邊，身穿石青色衣服的青年掀起眼皮看了一眼，面無表情地轉頭繼續喝茶。

那紫衣的人笑了一會兒，過來坐在石桌旁邊。「你這次，打算離京多久？」

石青色衣服的青年並未說話，只把玩著手裡的玉珠子，垂著眼簾盯著石桌。

紫衣青年有些無奈。「你也不能老是不回京啊，府裡一大堆的事情……」

對面的好友看了一眼，紫衣青年立即閉嘴，端著茶杯抿了一口，又轉頭去看還在努力爬樹的小姑娘。「算了算了，你也老大不小了，自己心裡也有成算，我就不說了，免得說多了你還心煩。對了，大長公主的二兒子，昨天也過來這邊說是要找慧心大師，你自己看著辦吧，要是不想回京，就躲著點兒。」

石青色衣服的人這才點點頭，將手裡的玉珠子隨意塞在荷包裡。「走吧，去見見慧心大師。」

兩個人離了亭子，往院子走去。

沈如意是第八次從樹上掉下來，從一開始的爬不上去，到現在能爬兩步高，手心都快磨破皮了。

站在樹下，沈如意皺眉看那牆頭，春葉她們僅被自己支開一會兒，還有娘親等會兒聽完了早課也是要回去的，到時候找不到自己就麻煩了。可現在她進不去院子，怎麼見慧心大師？

正想著，就瞧見不遠處走來兩個人。只一眼，沈如意就愣住了。

身穿石青色衣服的那個人，她再熟悉不過了，竟是她上輩子的相公——當今四皇子，日後的瑞親王！

他怎麼會在這兒？

一時間，沈如意整個腦子都是空白的，根本不知道自己在想什麼，或者說，應該想什麼，只呆愣愣地瞧著那人走近，意味不明地看了她一眼，然後又走遠。

倒是他旁邊的那個紫衣青年，看著她笑了笑。

神志逐漸回魂，沈如意臉上還是有些茫然。這人，怎麼會在這兒？他不是在京城嗎？他身邊的那個人是誰？自己上輩子怎麼沒見過？

想著沈如意又自嘲地笑了一下，上輩子自己那樣子，連院門都不出，怎麼可能會見過他身邊的人？

「姑娘、姑娘，您怎麼跑這兒來了？」

沈如意正發怔，忽然身後傳來春花的喊聲，她一轉頭，就瞧見春花滿臉大汗地跑過來。

沈如意這才想起來，自己剛才是在爬樹！再想到之前那個人臉上的笑，她整個人都有些不好了，剛才那人的笑，是嘲笑吧？

自己爬樹的蠢樣子，被人看見了！若是不認識的人，沈如意才不會在意，可是剛才，她上輩子的相公全看見了……

沈如意滿腦子都是想這些，完全沒注意到，春花已經看見了她的手。

「哎呀，姑娘這是怎麼弄的，是摔倒嗎？怎麼都破皮了！快快，姑娘，咱們回去，上次黃公子去了然大師那裡拿來的藥膏還有，我給妳塗一些。怎麼就弄成了這樣呢？都是我和春葉不好，要不是我們兩個前後錯開去了廚房，也不會沒人跟著姑娘，讓姑娘摔跤了。」春花很是自責。

沈如意抿抿唇，莊子的人不多，好人家的女孩子不會無緣無故去賣身當奴婢的，底子不清白的人，沈夫人和陳嬤嬤也都不敢要。再加上買人也是一筆不小的開銷，沈夫人一向喜靜，所以沈如意身邊的丫鬟也就四個。因兩個小丫鬟還沒長開，規矩也沒學好，所以出門的時候，沈如意就只帶著兩個大丫鬟。

這樣一來，沈如意想要將人給支使開，也就非常容易了。若是在侯府……

沈如意踮著腳拍了拍春花的肩膀。「不要緊，不過是磨破了一些，妳怎麼過來了？可是娘親聽完早課了？」

「不是，奴婢去廚房端了點心回來，見姑娘和春葉都不在，就問了門口的小沙彌，他說姑娘往這邊來了。」春花拉著沈如意的手，小心翼翼地避開掌心傷口所在的位置，轉身帶了沈如意往回走。「早課還沒結束，我剛才瞧見紅綢她們在大殿門口守著呢。」

沈如意點點頭，心不在焉地跟著春花往回走，心裡仍想著那人到底來這邊有什麼事情？難不成，也是為了慧心大師而來？

上輩子，她怎麼不知道還有這麼一件事？說起來，慧心大師出現的時機也挺奇怪的，福緣寺雖然在清河縣也算出名，可是在大名府算得了什麼？更不要說，京城出名的寺院，沒有十個也有七、八個。上輩子慧心大師來過福緣寺嗎？

琢磨了一會兒，沈如意忽然想起來，自己今兒的目的還沒達到呢，誰知道慧心大師會在這兒待多久，就這麼兩天工夫就有兩撥人來找了，萬一慧心大師不耐煩，提前走了怎麼辦？

「姑娘？」察覺到沈如意停住了腳步，春花忙也跟著站住，轉頭疑惑地看沈如意。

沈如意擺擺手。「先別回去，之前不是說，那個慧心大師挺有名的嗎？我剛才來這兒就是想看看那個慧心大師長什麼樣子，現在我還沒看見呢。」說著臉上就帶了點兒調皮的神色。

春花愣了一下，隨即忍不住露出笑容。姑娘大病一場之後，就變得十分穩重懂事，不光是夫人和陳嬤嬤擔心，她和春葉也很是擔心。現下見姑娘終於又活潑起來了，自是十分高興。

「姑娘想見慧心大師？那咱們去求門口的小沙彌說一聲？」

聊勝於無，說不定慧心大師這會兒正無聊，然後就想見個人呢？

於是，沈如意又和春花一起繞回院門，只是她們兩個還沒開口，那守門的小沙彌就雙手合十笑道：「兩位施主請進吧，大師已經等了一會兒。」

沈如意有些吃驚，大師怎麼會知道自己要過來？不會是弄錯人了吧？

「是等我們嗎？」沈如意問道。

小沙彌笑著反問：「施主是沈姑娘吧？」

見沈如意點頭，小沙彌笑道：「那就沒錯了，兩位施主請進吧，別讓大師等急了。」

院子裡的石桌邊，坐著一個年約四、五十的和尚，不高不矮，不胖不瘦，眉毛花白，鬍子半長，眼神和藹。

和尚手裡捏著棋子，抬頭看沈如意。「沈姑娘，過來坐會兒吧。」

那和尚笑著吩咐那小沙彌。「帶這姑娘到那邊吃些點心、喝些茶。」

小沙彌看了一眼春花，對那和尚行了禮，轉身請春花過去。「姊姊過去坐會兒吧，妳放心，那邊能瞧見這兒的，大師是看妳們家姑娘有眼緣呢。」

這樣的得道高僧對自家姑娘有眼緣，那可是大機緣！春花忙點頭跟著那小沙彌走，說什麼也不能影響了姑娘的機緣。

「沈姑娘可會下棋？」那和尚示意沈如意坐下。

真到了跟前，沈如意反而有些鎮定了，反正，該來的總要來的，不該來的也不會來，菩薩既然讓她有了從頭再來的機會，說不定就不會讓她早早死了？

「不大會。」規規矩矩地坐在和尚對面，沈如意小心翼翼地打量他。「您是慧心大師？」

和尚輕笑了一聲。「沈姑娘在外面撲騰了半天，不就是為了見我嗎？」

沈如意瞪大眼睛，臉色通紅，敢情自己在外面辦的那點兒事，人家都知道？好嘛，這次丟人丟大了，不光是丟到上輩子的相公跟前了，竟是連自己想要抓住的靠山都知道了！

「我……」嘴唇動了動，沈如意卻一句話都沒說出來，能說自己是想偷偷進來裝作好奇的樣子混個臉熟嗎？可是天底下誰會有這麼執著的好奇？

「沈姑娘，貧僧給妳批個命吧。」慧心大師將手裡的棋子放下，笑咪咪地看沈如意。「沈姑娘的八字，可否說一下？」

沈如意有些懵，請高人批命這麼容易？自己還沒開口高人就先開口了？自己會不會是那種貴得要死，讓高人都不得不小心的命？

懷著一點兒說不清、道不明的心虛，沈如意報了自己的生辰八字，慧心大師閉眼掐指，好半天才在沈如意忐忑的等待中睜開眼睛，笑著點頭。

「沈姑娘涅槃重生，乃富貴之命，一輩子順心如意，得享榮華。」

「涅槃重生？」沈如意呆呆重複了一遍。

慧心大師摸了摸鬍子，慢條斯理地點頭。「沈姑娘並不用擔心，佛渡有緣人，沈姑娘能得佛祖青睞，也是有緣。」

「有緣？」沈如意又重複了一遍，忽然就福至心靈。「既然我和佛祖有緣，那麼我想拜大師為師，可否？」

慧心大師略有些驚訝地挑了挑眉，沈如意頓了頓，將自己的情緒往下壓了壓，以免說話的時候顫抖。「大師也說了，我和佛祖有緣，我以後，想潛心修佛……」

反正嫁人也沒意思，若是自己成了慧心大師的弟子，可就沒人敢逼著自己嫁人了。到時候就是自己想嫁人，也不是沈侯爺一個人說了算的。

再說，當尼姑也沒什麼不好的，除了不能吃肉不能成親，若是佛法研究得好，怕是連宮裡的貴人都得讓幾分。

不等沈如意說完，慧心大師就打斷了她的話。「沈姑娘俗世有未了的緣分，若是想潛心修佛，可初一、十五茹素，自己抄寫一些佛經，並不用拜師，更不用出家。」說著，他笑了笑。「況且，沈姑娘就是想出家，也得拜比丘尼大師才是。」

「可是我……」沈如意有些急切。

慧心大師擺擺手。「沈姑娘，貧僧聽說，沈夫人僅有一女？」

沈如意愣了下，那滿腔熱情就像是被潑了冷水。是啊，娘親還在，自己怎麼能出家呢？

「求大師指點。」沈如意雙手合十，起身行了大禮。「信女現在該怎麼辦，信女不想坐以待斃，我想掌握先機，還求大師給信女指一條明路。」

慧心大師搖搖頭，雙手合十站起身，誦了一聲佛號，才伸手要扶沈如意。「沈姑娘請起，貧僧乃是出家之人，並不可過多……」

沈如意沒敢起來，雙手合十再次拜下。「信女不求其他，只求大師指點信女一條明路。」

慧心大師又誦了一聲佛號，並不勉強沈如意，低頭看著她說道：「明年四月十八日，是皇太后的生辰，當今聖上最是喜愛純孝之人。」說完，轉身就回房間去了。

沈如意在地上跪了一會兒，才呆愣愣地起身。皇太后的生辰……純孝之人？是說，自己可以利用這次機會？思緒轉得飛快，沈如意朝慧心大師的房間行了三個禮，朝春花招招手，主僕二人離開了慧心大師的院子。

「姑娘，剛才您和慧心大師聊什麼呢？」春花好奇問道，她聽不見自家姑娘和慧心大師說的話，卻可以瞧見兩個人的動作，姑娘最後都跪下了，是有事情求慧心大師嗎？

「本來想求慧心大師給我娘也批個命，但慧心大師說沒見到人，看不了面相，批得不準，所以不願意。」沈如意隨口糊弄了一句，腦子裡將慧心大師說的幾句話來來回回地想。

春花得了答案，見沈如意正想事情，也不去打擾，只拉了她回院子。

沈夫人聽完早課剛剛回來，聽春花說了慧心大師的事，連忙將沈如意摟過去。「大師可有給妳批命？」

沈如意點點頭。「大師說我一輩子富貴順心，娘親不用擔心了吧？」

沈夫人笑得滿臉燦爛，連連點頭。「好好好，我就說，如意是個命好的，合該一輩子享福才是，這樣我就放心了，以後如意一定能過得很幸福。」

沈如意趴在沈夫人懷裡，垂下眼簾，心想就是要過得幸福，也得先將自己的婚事給弄明白了才行。這嫁人就是女人的第二次投胎，她第一次沒選好，第二次可一定要睜大眼睛。

再者，還有娘親，她總不能自己一個人去過好日子了，將娘親留在侯府受罪吧？

「娘親，回去之後，我們繡佛經吧？」沈如意仰頭看沈夫人。「祖父的祭日快到了，我聽妳說過，以前祖父在的時候，對妳是很好的，咱們也沒有多的東西，就多繡幾幅佛經孝敬祖父也成啊。」

沈夫人笑著點頭。「這個主意好，其實我以前每年都是抄寫幾卷佛經，供奉在福緣寺為妳祖父祈福，既然妳想繡佛經，那咱們回去就繡幾幅。」

既然之前沈侯爺是以守孝為藉口將娘親送到莊子，那回京的理由，就在這孝字上頭作文章。到時候，不知道沈侯爺會是什麼表情？

對了，朝廷每過幾年都有表揚節婦、烈婦、孝婦的考察，若是表現好，不僅有聖旨褒揚，還會被立碑，若是娘親能得了皇上的讚揚，那豈不是就有保命符？

慧心大師的話，難道是這個意思？

沈如意眼睛頓時亮了，這個事情可比去找靠山可靠多了。這世上可沒有什麼無緣無故的恩惠，就是血脈至親都不一定會幫襯你，說不定還會害了你，何況不是血脈親人的，怎麼可能會無緣無故就出手幫你？

況且，沈夫人和沈如意不過是兩個女人，再聰明也是女人！就算是沈如意以後嫁得好，能給助力，可當前還沒出嫁皆言之過早。而沈侯爺是誰？手握實權的侯爺！誰會傻得去得罪一個侯爺，就為了幫襯兩個沒有關係的女人？

可若是皇上下旨表揚了沈夫人的孝順，情況可就不一樣了。

沈如意越想越覺得這是個好主意，這會兒可是打心底感激慧心大師了。果然是得道的高僧，一句話竟是將她這困局給解開了。

「我記得娘親的雙面繡是最好的了，咱們不如繡雙面繡？」

不是沈如意看自家人好，而是沈夫人那手繡活確實是極好的，毫不誇張地說，連宮裡的繡娘都比不上她的手藝。

沈夫人微微皺眉。「雙面繡啊，那個比較費時間……」

「不要緊，咱們在莊子上，什麼也不多，就時間多得很。」沈如意忙說道。「況且，娘不是要教我雙面繡的嗎？娘親一邊自己繡一邊教我，這不正好嗎？」

沈夫人想了下，這提議好，忙又點頭。頭一炷香上了，早課也聽了，母女倆開始準備收拾東西回莊子。

慧心大師回了房間之後，即見房中有兩人已在等候他。他微微低頭算是行了禮，隨後在身穿石青衣袍的青年面前坐下。

「四爺此次來找貧僧，可是有什麼要事？」

這名石青衣袍的青年乃當今四皇子李承瑞；而他身旁十八、九歲一襲紫衣的青年名喚常石，是四皇子舅家的嫡子，也就是四皇子的表兄弟，素來與四皇子交情甚篤。

只見常石笑嘻嘻地端著茶杯給自己倒了茶。「大師，剛才那位沈姑娘，你知道是哪家的人？」

慧心大師笑了一聲。「聽聞十年前，沈侯爺將自己的髮妻和嫡女送出京城了，這姑娘的年紀，正對得上。常大人……」

常石連忙擺手。「快別叫我常大人了，寒磣我來著，大師就叫我常石吧。」

慧心大師並未說話，四皇子一邊在桌子的棋盤上擺了棋子，一邊漫不經心地問道：「慧心大師這次出京，就是為了這沈姑娘？」

「否，貧僧來這福緣寺，是為了避開成國公世子。」慧心大師忍不住苦笑了一下。「成國公夫人過世，成國公世子想要貧僧去辦這水陸法會……」

四皇子了然點頭。「難怪，不過大師現下可以放心了，我出京之前，成國公世子已經擇定下葬的日子了。」

慧心大師沒說話，四皇子又將那棋子一個個收了回去。「大師要在這兒停留多久？」

「這個貧僧尚未決定，不過應該不會太久。劉二公子不是個能藏住話的，只瞧今兒跟過來的沈姑娘就知道了，貧僧喜好清靜，所以大概這幾天就會離開吧。」

四皇子點點頭。「正好我閒著也是沒事，這兩天就過來陪大師下下棋、說說話？」

「不煩勞殿下了。」慧心大師忙搖頭。「貧僧每日裡要誦經，怕是會怠慢了殿下。」

四皇子挑了挑眉，似笑非笑地看了一眼慧心大師，慧心大師表情卻沒什麼變化。四皇子也覺得有些無聊，索性站起身。「時候不早了，我還有事，就不打擾大師了，大師若是得了空，就早些回京吧，父皇可是很想念大師。」

慧心大師誦了一聲佛號，起身送了四皇子和常石出門。

走遠了，常石才開口。「慧心大師出京之前，可是進過宮的，之前我聽欽天監的人說，星象有異，慧心大師是不是就為這個來的？」

四皇子微微皺眉。「慧心大師常常進宮，不光是這次出京之前進宮。對了，那沈姑娘，你再找人算她的命格。」

常石應了一聲，兩個人緩步下山。

慧心大師在院子裡站了一會兒，回房去找了筆墨紙硯，提筆寫了一封信，封好之後叫來一個小沙彌。「去叫了明過來，就說我有事讓他進京一趟。」

第二天劉二公子再帶小廝來的時候，慧心大師已經不在了。劉二公子目瞪口呆。「昨天不是還在嗎？」

「是呀，昨天下午，慧心大師才決定繼續遊歷去，晚上讓廚房準備了乾糧，今兒一大早就走。」穿著深黃色袈裟的和尚雙手合十，笑得十分和善。

劉二公子乃京城大長公主的幼子，別說是大長公主夫妻了，就連皇上也對這個外甥多有照顧，昨兒這位劉二公子的名帖一拿出來，連住持都要恭恭敬敬的，就算寺門砸了，他也得供著這位。

劉二公子卻看不出半點兒善意，他幾乎要氣急敗壞了。「這算什麼！我昨天明明說還要再來拜訪大師的！」

那和尚輕咳了一聲。「這個……公子走後，還有兩個人來拜訪慧心大師。」

劉二公子皺了皺眉。「是誰？」

「貧僧也不認識，只聽大師叫其中一個常大人，另一位李四爺。」說完，和尚恭恭敬敬地行了禮。「劉二公子可還有其他吩咐？若是沒有，貧僧這就告辭了。」

劉二公子擺擺手，那和尚剛轉身走了沒幾步，劉二公子忙又喊道：「你可知道慧心大師去了哪兒？是往哪個方向走的？」

「貧僧不知，慧心大師並未說要去哪兒，慧心大師是直接下山了，至於下山後走哪個方向，貧僧也不知。」和尚回身說了一句，瞧劉二公子這次是真的沒問題了，這才又轉身離開。

劉二公子摸了摸下巴，慧心大師才走這麼一會兒，自己若是追過去，應該追得上吧？可問題是，誰知道慧心大師是走哪個方向？

說起來，慧心大師突然離開青山鎮，是因為昨兒來拜訪的那兩個人？李四爺、常大人……該不會是自己想的那兩個吧？可他們兩個不是好好地待在京城嗎？怎麼會出現在這兒？

想了一會兒想不明白，劉二公子有些鬱悶，自己好不容易打聽到慧心大師的蹤跡，這才跟到這裡。結果，慧心大師還沒答應自己的請求，就被人給逼走了，實在是太晦氣了。這會兒，自己又得重新開始打聽慧心大師的行跡了。

又是失望又是憤恨，劉二公子恨不能一腳將攔著自己路的石頭給踢穿。

他那小廝不停地安慰說：「主子別傷心啊，咱們能找到慧心大師一次，就能找到第二次，趁著這會兒時間還早，咱們趕緊著人打聽一下慧心大師的去向，指不定今兒就能追到慧心大師呢！」

# 第五章

「春花，拿個點心怎麼這麼久？」沈如意放下針線，端了桌子上的茶杯，側頭問進門的春花。

春花笑盈盈地將托盤放在桌子上。「奴婢剛瞧見陳嬤嬤了，陳嬤嬤說，門口有人遞了帖子，夫人正猶豫要不要見呢。」

「帖子？誰家的？」沈如意疑惑地問道。這來人能讓沈夫人猶豫，可見不是平日裡來往的人家，那會是誰？

「是四皇子。」春花鬼鬼祟祟地東張西望了一番，這才湊到沈如意跟前低聲說道：「夫人是不想見的，畢竟莊子上就夫人和姑娘兩個主子，實在是不方便見客，再說，四皇子也不是什麼小貓小狗，隨隨便便就能打發了，所以正犯難呢。」

「四皇子？」沈如意吃驚，上輩子可沒這個事，難不成是因為之前那一面？那他的來意是什麼？

沈思良久，沈如意心煩意亂，看春花還站著，忙問道：「夫人見了嗎？」

春花忙點了點頭。「只能見啊，不過，夫人讓陳嬤嬤去叫了其他嬤嬤等人，好歹有幾個人在院子裡守著，也不用擔心傳出什麼來。」

「我們也過去瞧瞧。」沈如意站起身。

春花忙擺手。「姑娘可不能去，陳嬤嬤特意囑咐奴婢了，讓您一定不能去前面呢，雖然您年紀還小，還沒及笄，但到底是已經開始學規矩了，這外男能不見還是不要見為好。」

「可前兩天咱們去福緣寺，不還見了黃少爺嗎？」沈如意不在意地擺手。

春花笑著搖頭。「那可不一樣，黃少爺和姑娘也算是一起長大的，就跟親兄妹差不多了，哪有那麼多的顧忌？再說了，黃家和方家，不都有那個意思嗎？姑娘就更不用避著了。可這個四皇子可不一樣，咱們以前沒見過，這會兒就不好隨隨便便去看。」

沈如意也知道這個道理，可是小羊羔一樣的娘親和野狼一樣的四皇子，她能放心將這兩個人放在一起嗎？

「那咱們不光明正大地去看，就偷偷去。」想了想，沈如意說道。「妳別露了行跡，也不許說出來，咱們就躲到後面看看，不讓那四皇子發現不就得了？」

春花拗不過沈如意，只好跟著沈如意悄悄地去前面的正院。因莊子上的人並不多，所以沈如意很輕易地就溜了進去。

沈夫人開著門，在正堂裡接待四皇子李承瑞，而沈如意帶著春花躲在隔壁花廳，正好能聽見正堂裡傳來的話音。

「不知道沈夫人居住在此，我來的時候未曾拜訪，失禮了。」四皇子客氣地說道。

沈夫人長久不和這些個貴人打交道，頗有些生疏，頓了一下才笑道：「四殿下事務繁忙，若是因為來這兒耽誤了殿下辦差，臣婦才不安心呢。」

四皇子微微搖頭。「並無什麼重要差事，沈夫人在這青山鎮住了多久了？」

「已有十年。」沈夫人不知道他問這句話的意思，不過她在莊子上住多久的事情，只稍微一打聽就能打聽出來的，所以她就據實以告了。「乾明十年的時候，侯爺派人送我到莊子上的，我這些年，都在莊子上為老侯爺祈福守孝。」

「夫人可曾想過回京？」四皇子又問道。

沈夫人有些吃驚。「回京？」

「夫人在莊子上住了十年，就沒想過要回京嗎？」四皇子點點頭，端了桌子上的茶杯，也不喝，就端在手上。

沈夫人猶豫了一下，笑著搖搖頭。「當初我來莊子上的時候，曾發誓要為老侯爺守孝十年，再加上八十一天的祈福唸經，有三千七百多天，現下時候不到，我不能回京。」

原先隔壁偷聽的沈如意還很是緊張，生怕自家娘親的回答出了錯。雖然她們要回京，但絕對不能借了四皇子的力回京，這輩子，她是半點兒都不想和四皇子有什麼關係。

只是沒想到，娘親的回答竟是這麼完美，這傳出去，那可不是沈夫人被沈侯爺丟在莊子上十年不聞不問了，而是沈夫人孝大於天，為守孝寧願十年不回京。

知道的人多了，沈夫人孝順的名聲就坐實了，除非是沈侯爺明言自己寵妾滅妻，不願意看見嫡妻，所以要將妻女扔到莊子上，否則，連沈侯爺也不得不承認，沈夫人是個十分孝順的人。

最重要的是，這三千七百多天，正好留出了一些寬裕的時間。不過說到底，要守孝多久，還是沈夫人說了算。

這簡直就是意外驚喜了，沈如意回魂之後，頭一次發現，自家娘親原來並不是一無是處，她只要願意去想，就能機敏聰明起來。

原本沈夫人什麼時候回去，算是沈家的私事。四皇子即使身分再高貴，也不好插手沈家的事情。可他既然問了，就不是白問。

不就是要藉著沈夫人，以便日後拉攏或對付沈侯爺嗎？果然和上輩子一樣，為了那個位置，不管什麼人他都敢利用。就連她們母女這樣被趕出家門的人，也能被四皇子榨出一些利益來。

露出個嘲諷的笑容，沈如意按下心裡的各種思緒，不管四皇子是為了什麼而來，總之，她是不能如了他的意，更不能上了他的賊船。

「夫人好毅力。」四皇子驚嘆了一聲。「三千多天呢，夫人孝心可鑑，感動天地，可昭日月，在下佩服。」

沈夫人有些不好意思。「並不是什麼大事，為人子女，守孝本就是應當的，當不得殿下誇獎。對了，殿下此次過來，可有什麼要事？」

「也不是什麼大事，就是聽說沈夫人在此，所以過來拜訪一下。對了，聽聞沈夫人和沈侯爺的嫡長女也隨夫人住在莊子上？」四皇子抿了一口茶，佯裝不在意地問道。

沈夫人笑著點點頭。「我出京的時候，原想著莊子上生活艱難，不願意帶著她，誰知道那小小的人兒，就會說要為祖父守孝，要陪著我，並且伺候長輩，我著實欣喜，就將她帶了過來。」

自己孝順的名聲打出去了，也得為女兒討個好名聲。

「令千金也是個孝順的人。」四皇子點頭稱讚道。

沈夫人臉上的笑容這才真誠了幾分。「殿下過獎了，她一個小孩子，受不得這些。」本想多誇讚幾句，但眼前這可是外男，閨女的名聲再好，也不能藉著男人的嘴說出來。

「如此孝順的孩子，我倒是想見一見。」四皇子悠然放下茶杯，總算是說出今兒過來的目的。

沈夫人有些驚訝，四皇子笑道：「我和沈侯爺也有幾分交情，說起來沈夫人大約不知道，我往日也是叫沈侯爺一聲叔父的。令千金既是沈侯爺的嫡長女，那也就和我妹妹差不多了。」

以四皇子的身分，叫沈侯爺一聲叔父，那可是大大的抬舉。

沈夫人遲疑了一下，搖了搖頭。「殿下來得不巧，前兩日天氣變冷，她有些著涼了，怕是這會兒不能過來給殿下請安了。」

一來沈夫人沒有攀龍附鳳的心思，二來沈夫人也拿不準這四皇子是什麼意思，他一個外男，這會兒真不好見如意的面。何況，四皇子忽然無緣無故地來青山鎮做什麼？鎮上最近沒什麼大事發生。來因不明，沈夫人就更不放心了。

「那倒是可惜了。」四皇子很惋惜地搖搖頭，起身朝沈夫人拱手。「我這就告辭了，過幾日我會回京，沈夫人若是有什麼要辦的事，可讓人到鎮上的常府找我。」

既是決定要走慧心大師指的那條路了，沈如意整日裡也就不再想搭上哪個靠山了。每日裡除了抄寫佛經，就是和沈夫人坐在一處繡佛經，另外就是想辦法賺錢，她是不懂得做生意的人，但方琴從小耳濡目染，還是有幾分經驗。

一直折騰到來年春天，三個人合夥的胭脂鋪子才算是開張了。也不知道是不是因為春天到了，姑娘們喜歡打扮，這一開張，生意還是不錯的。

生意上的事情，沈如意也不大懂，經營方面只聽著方琴的指令就行，而她只管想胭脂方子，讓人做出來。

一轉眼到了三月，她就開始籌劃宣揚沈夫人孝順的事蹟來。她既是本著朝廷表彰孝婦為目的，這事自是籌劃得越大越好。

只是，京城到底是沈侯爺的地盤，她若是出頭太早，怕是還沒達到目的呢，就先被沈侯爺一棍子給打死了。

當今太后喜聽戲，沈如意原本打算請人將自己娘親守孝十年的事情編個戲折子，然後送到司樂坊，可之後一打聽，才知道這司樂坊演的戲，至少得提前半年開始排演。她這會兒送過去，已經是有些晚了。

隨後沈如意就想到沈侯爺的對頭，畢竟在朝廷當官，因著利益多寡，不可能連一個對頭都沒有，哪怕沈如意上輩子不知道，這輩子也能打聽出來。

她特意去找了陳嬤嬤商量，陳嬤嬤對沈夫人最是忠心，知道這事若是辦得好了，夫人一輩子就穩當了，哪怕沈侯爺再不喜自家夫人，也得將夫人給供起來，所以應允得特別痛快。

於是第二天陳嬤嬤就和自家男人雇了馬車直奔京城，該找誰，該怎麼說，該如何打動人家，沈如意之前都一一交代好了。現在沈如意可不管這事情會不會讓侯府有什麼損失，不過是些內宅事情，就算沈侯爺被人參了寵妾滅妻，也不過罰俸罷了。

若是可能，她還要祈求老天爺開眼，讓沈侯爺直接被罷官削爵最好呢！

「今兒有個自稱是廣平侯夫人奶嬤嬤的人上門來求見了。」雍容華貴的婦人笑盈盈地替站在面前的男人更衣。「我閒著無聊，就見了見。」

「廣平侯夫人？」男人微微挑眉。

婦人點點頭。「是啊，不是假冒的，帶著廣平侯夫人的帖子呢，上面蓋的確實是廣平侯夫人的私章。」

男人好笑地挑了挑嘴角。「私章？」

「你也不想想，當年廣平侯夫人是怎麼出京的，那廣平侯怎麼可能會讓她帶著一品侯夫人的鳳冠霞帔和印章？」婦人也彎了彎嘴角。

男人若有似無地哼了一聲。「找妳有什麼事？」

「你一定想不到。」婦人笑得眉眼彎彎，伸手在男人的衣領上點了點。「這沈夫人，原本我是很瞧不上眼，女人家麼，若是沒有娘家依靠，自己強硬些，也能過得很不錯，她倒好，明明占著優勢，卻被人連閨女一起扔出了京城，十年都在莊子上過，實在是太懦弱了些。」

男人沒接話，背著手往外走，婦人跟上。

「不過昨兒那奶嬤嬤的一番話，倒是讓我對這女人刮目相看了。」

「怎麼，那沈夫人準備站起來了？」男人不在意地問道，撩了衣服下襬，在餐桌前坐定。

婦人點點頭，給他端了茶杯。「我竟是沒想到，這沈夫人不鳴則已，一鳴驚人。原來她也不是逆來順受的人，大約是瞧著十年來那沈侯爺都想不起她們母女，所以對沈侯爺也冷了心吧，竟是要玉石俱焚了。」

「玉石俱焚？」男人有些好奇。

婦人想了一下，又搖頭。「也不算是玉石俱焚吧！若是她一輩子待在莊子上，不光是她自己要毀了，她那女兒，估計這輩子也沒什麼出頭的希望了，所以只要她回來，哪怕是侯府落敗了，至少她女兒還是個官家千金，嫡長女呢，算起來，只要侯府沒有被抄家滅族，她這賭注也算是贏了。」

男人能在朝堂身居高位，也是個聰明人，聽了自家婆娘一番話，腦袋一轉就想明白了。

「她是想請咱們對付沈侯爺？寵妾滅妻的罪名？」

婦人眨眨眼沒說話，男人伸手摸了摸下巴。「她憑什麼認為我們會幫她？就算我們和沈侯爺不對盤，那什麼時候出手，怎麼出手，也是我們自己的事情，非親非故的，我們為什麼要幫她？幫了她，對我們有什麼好處？更何況，這朝堂上的事情，說著容易，辦起來可不容易，我若是要參沈侯爺寵妾滅妻，這證據得有，還得打點御史臺，我們憑什麼白白幫別人？」

「能讓沈侯爺吃虧，那就是我們的好處啊。」婦人挑眉笑道。「而且，你猜錯了，沈夫人可不是讓我們和沈侯爺對著幹，再說，這次她可不是讓人來求你，而是讓人找我。」

男人有些吃驚。「對付沈侯爺，求妳一個婦道人家？」

婦人不滿地皺了皺眉。「婦道人家怎麼了？別小看婦道人家，這事情我若真是應了下來，那可是不費你一點兒工夫。只要我過幾天往宮裡走一趟，給太后娘娘送上壽誕賀禮，那就算成了。」

男人又伸手摸了摸下巴。「太后娘娘的壽誕？是打算讓妳在太后娘娘面前替她哭訴一番？」

「都說了你別小瞧婦道人家，人家沈夫人有主意呢。光是回京有什麼難的？只要帶著閨女自己回來，沈侯爺難道還能不讓她們母女進門？」

婦人嗤笑了一聲。「將嫡妻嫡女關在府門外，不用你，明兒這朝堂上就滿是參沈侯爺的摺子了。人家沈夫人對這個方法可是沒看上眼，她啊，可是想風風光光回京呢，回京還不算，還要有個倚仗，讓沈侯爺不敢輕易動她。」

不等男人詢問，她就笑著繼續說下去。「沈夫人這奶嬤嬤，帶來了一件東西，這件東西是沈夫人給太后娘娘的賀禮，是一幅雙面繡，有十尺長，繡的是佛經。

「而且，沈夫人這奶嬤嬤口口聲聲說道，他們家夫人之前曾經發誓，要在莊子上為沈老侯爺守孝三千七百多天，因著這時間不到，所以不能進京為太后娘娘賀壽，只能託人送上一幅雙面繡，恭賀太后娘娘壽誕。」

男人瞇了瞇眼。「是打算讓太后娘娘讚揚她一聲孝順？」

「這可不就是一件特別容易的事兒？我只消說上那麼一、兩句話，就能給沈侯爺添那麼大一個麻煩，你說，這事兒划算不？」

男人想了一會兒，挑起嘴角笑。「光這樣怎麼能行？太后娘娘就算是稱讚她一聲孝順，不過是一句白話，稍不注意，就可能被沈侯爺給倒打一耙，不僅是會丟了這名聲，更是要擔上蒙蔽太后娘娘的罪名。妳既然打算出手，咱們就玩一把大的。」

婦人沒說話，男人笑了笑。「正好前段時間，淮陰縣出了個節婦，皇上正打算讓人造貞節牌坊，發聖旨褒揚那節婦，本朝一向有褒揚節婦和孝婦的慣例，沈夫人既然是個孝順的人，一守孝就守了十年，這個孝婦的名頭是跑不了了。」

「這個估計有些麻煩吧？」婦人皺了皺眉。「說到皇上跟前，那就是朝堂上的事情了。更何況，這節婦不是由當地人舉薦、當地官府上摺子，就是自家人上表請的，沈夫人可是沈侯爺的嫡妻，沈家沒什麼表示，咱們卻上了這樣的摺子，皇上看了會如何想？更何況，這事可比你參沈侯爺寵妾滅妻麻煩得多了，你剛才不還說，沒好處就不願意去做嗎？給了沈夫人這個表彰，那可是給沈家臉上貼金子的，咱們不僅沒有半點兒好處，那可是白出力為沈正信那老匹夫做好事了。」

「誰說是咱們要上摺子？」男人笑著擺擺手。「大名府清河縣的知縣，是何大人的門生，何大人當年可是和沈夫人的父親盧大人同年。那沈夫人既是能求到妳面前，也不是個太蠢笨的人，咱們只要將消息給遞過去，該怎麼辦，沈夫人自會去想辦法。」

婦人想了一下，笑著點頭。「果然還是夫君聰明，一下子就想起來該用哪條人脈了，若是我自己，怕是想到腦袋發疼都想不起這外面的事情該如何插手。」

「外面的事情，自有爺們頂著，妳想那麼多做什麼？」男人不在意地笑道：「只要妳管著這府裡的事情，讓我無後顧之憂，那就是幫了我的大忙。這次的事情也一樣，咱們雖然沒能得什麼好處，但沈正信從此後宅不寧，他這仕途，怕是也走不長遠了。太后那邊，妳也不必多替沈夫人說話，咱們兩家不對盤的事情，誰都知道，萬不能讓太后娘娘知曉咱們是要插手別人家的後院內宅。」

婦人笑著點頭。「我明白該怎麼做，夫君就放心吧。」

沈如意若是知道，自己想白了頭髮都想不出解決辦法的事情竟在這夫妻兩人談笑間就解決了，怕是要目瞪口呆，回不過神來。

不過，當陳嬤嬤一回來說，她在京城只用一天的時間就辦妥此事了，也足夠沈如意震驚了。「嬤嬤，妳是說，高夫人帶妳去拜訪了何夫人？何學士的夫人？」

就算沈如意上輩子再怎麼沒接觸過外面的事情，她也知道自己及笄那年，何學士可是進了內閣當首輔。想到此，沈如意立刻又想起另外一件事情，自己和娘親初回侯府的時候，並不曾聽聞沈侯爺要將自己嫁給瑞親王的事情。還是過了半年多，她那個庶妹要成親了，沈侯爺才倉卒地訂下親事。

莫非，自己和娘親能回侯府，也是借了這位何大人的光？

她再細聽陳嬤嬤敘述這何大人和外祖父竟有一層關係，要是她知道外祖父生前還有這麼一條人脈留下，她怎麼樣也不會扔在一旁，任由那情分逐漸轉淡轉薄，再不復存。可想想沈夫人那性子以及過世的外祖母那性子，沈如意又有些了然。

外祖母當年生怕沈夫人嫁不出去，別說是讓沈夫人出門見客了，怕是她自己都不會上別人家的門。寡婦門前是非多，這孤女寡母的，更是要避嫌了。

這麼一想，沈如意就有點兒惋惜又有點兒慶幸；惋惜的是自己以前竟然一直不知道還有這麼一個大靠山在，慶幸的是還好在她出嫁之前發現了。

只是，想來那何大人也不是好巴結的人。和自家外祖父的感情，怕也不過平平，要不然上輩子娘親過世，自己嫁人，這位何大人怎麼就一聲不吭呢？

好吧，仔細想想，人家何大人這樣做又是正常的。

雖然在官場上，同年的關係是很受重視，但也有句話叫人走茶涼。外祖父早早就過世了，又沒有留下子嗣，剩下這個女兒太過於懦弱，朝堂上的事情半點兒幫不上忙，何大人從來不過問也是情有可原。

「是，何學士的夫人可真和藹。」陳嬤嬤笑著點頭，又拿出自己貼身藏著的東西。「姑娘快看，那位何夫人一聽說我是盧侍郎女兒的奶嬤嬤，就賞了我見面禮。對了，何夫人還讓我帶了東西回來給夫人呢。」

說著陳嬤嬤又急慌慌地跑出去，沒一會兒就抱著個包袱進來了。「何夫人說，這些年她上了年紀，總是病歪歪的，從不知外面的事情，又想著夫人是在莊子上守孝，就不曾派人來問過，現下夫人守孝快結束了，就讓我帶了禮物回來。」

沈如意彎起嘴角笑了笑，上了年紀？像何夫人這樣跟著何大人一步一步往上爬的，是越活越人精，怎麼可能會半點兒不知道外面的事情？不過是不願意沾手罷了，得罪了沈侯爺，對何大人有什麼好處？

只是現在，可不一樣了，自家娘親若是得了朝廷的褒揚，那是侯府都得利的事情。沈侯爺就算是心裡怨懟，也不得不承何大人這個人情。

官場上，哪有永遠的敵人或朋友？指不定這會兒是朋友，下一刻就是敵人了。

事情出乎意料地順利進行，超出了沈如意的想像，原本她還以為，自己至少要花上兩、三年的時間慢慢籌劃，才有可能完成這件事情。按照她的計劃，先是今年得了太后娘娘的誇獎，然後逼得沈侯爺不得不將她們母女給接回去。

可沒想到，不過是讓陳嬤嬤到京城跑了一趟，事情就全部完成了！

「有勞嬤嬤了。」沈如意高興得不得了，伸手抱著陳嬤嬤的胳膊，將頭靠在陳嬤嬤的肩膀上。「還是陳嬤嬤最能幹了，這下子，咱們只要安心等著就行，再不用耗費心思去籌謀什麼了。」

陳嬤嬤也笑，沈夫人算是她一手帶大的，沈夫人能過得好，她比任何人都高興。

「呀，我竟是忘記了一件事情！」沈如意正笑著，忽然站直身體，一臉驚慌。「哎呀，嬤嬤上京的時候，我只準備了高夫人那份禮物，何夫人那裡可是什麼都沒準備啊。」

那雙面繡是要當壽誕賀禮送給皇太后，至於高夫人的見面禮，是沈如意耗費心思準備的，因為沒錢，還不能顯得太寒磣，那就只能在心意上下功夫了。

「哎，姑娘忘了，您還讓老奴準備了這麼多的佛經呢。」陳嬤嬤渾然不在意，笑著說道：「原本老奴也很忐忑，但沒想到何夫人是那麼和藹的人，還誇讚夫人的字寫得好呢，很有老爺當年的風範。」

沈如意抽了抽嘴角，這可真是睜眼說瞎話，她就算是沒見過外祖父，只聽娘親描述也知道外祖父是個外柔內剛的男人，而娘親性子軟趴趴，都說字如其人，娘親那一手字，連她看了都覺得像是被抽掉枝幹的樹葉，何夫人怎麼可能會看得上眼？

不過是礙於面子說了兩句，重要的是那句有其父之風，是想讓陳嬤嬤回來傳達一個訊息——看在盧大人的面子上，這個忙，我們肯定會幫的。

何家如此仁義，沈夫人和沈如意自應知恩圖報，現在不報，以後也會有機會的。

「何夫人喜歡就好。」沈如意笑著應道。

之後，她便和陳嬤嬤一起進去見沈夫人。

沈夫人想了一會兒才想起來這位何夫人。「妳外祖父過世之後，何夫人下過好幾次帖子，請我和妳外祖母到何家作客，只是，妳外祖母脾氣強硬，生怕別人會看不起……」

盧家雖然是大門大戶，但外祖父是旁支遠房，沾不到一點兒大家族的光。盧夫人的娘家也不是多出眾的人家，盧大人一死，原本升起來的那點兒勢頭也被掐滅了，由於盧家無依無靠，家產不多，出門作客就有些刻薄的人會擠兌幾句。盧夫人是個受不住氣的，幾次之後，索性就不出門了。

「何夫人是個怎麼樣的人？」沈如意打斷沈夫人的回憶，笑問。「我聽起來倒是挺熱心的，一聽說陳嬤嬤是您的奶嬤嬤，立刻就答應要幫忙。」

「何夫人確實是個和善的人。」沈夫人也贊同地點頭。「何夫人為人好，幾乎和何夫人有過來往的人家都和她交好。每年十二月，她都會在法華寺幾間寺院附近施粥，家裡的舊衣服等物也都會送人，很是善心呢。」

「那等我們回京了，可得好好謝謝何夫人才是。」沈如意笑著說道。

沈夫人連連點頭。「那是應當的，何夫人幫了咱們這麼大的忙，咱們肯定得謝謝人家。」說著她又有些為難。「只是，咱們身無長物……」

「咱們為沈家爭取了這麼好的名聲，沈家不應該替咱們謝謝何家嗎？」沈如意不在意地擺手，又微微皺起了眉。「再者，咱們不急著回京，這事情也就能先放一放，現下可是有更重要的事情呢。」

見沈夫人不解，沈如意笑道：「雖然何夫人那邊是答應了下來，但咱們也不好就這麼坐等天上掉餡餅是不是？咱們也得去拜訪一下知縣夫人。」

沈夫人恍然大悟，忙點頭。「是我昏了頭了，竟還要妳提醒我這個，那咱們明日先送帖子過去，再登門拜訪。」

其實知縣夫人她們也曾見過，雖然沈侯爺對沈夫人和沈如意不聞不問，但沈夫人到底是沈家八抬大轎抬回去、明媒正娶進門的嫡妻，有著朝廷誥命冊封的命婦。知縣夫人跟著知縣大人上任，怎麼樣也得過來拜訪一下，只不過，就上門那麼兩、三次。

沈夫人本身不愛交際，又和沈家差不多是斷了聯繫，知縣夫人就算是閒得慌，也不會常常來找沈夫人。

數日後，母女倆收拾妥當，就坐了馬車進縣城。

由於之前已經送過帖子，所以到了門前，就有婆子迎了出來。「是沈夫人嗎？您可總算來了，我們夫人一早就盼著您呢！喲，這位是沈姑娘吧？長得可真是俊俏，老奴從沒見過比沈姑娘更漂亮的人兒了。」

陳嬤嬤伸手扶著沈夫人和沈如意下車，沈夫人有些不好意思地笑道：「是我來得晚了，有勞林夫人久等了。」

「沒有沒有，我們夫人是難得見沈夫人一次，接了帖子就想著早些開始準備，今兒招待沈夫人的時候，也好讓沈夫人高興滿意一些。」婆子忙笑道，引了沈夫人和沈如意進門。

知縣夫人確實是個爽朗大方的人，那話題根本不用沈夫人費盡心思去想，只相處了這麼一會兒，就逐漸熱絡起來。

「說起來，我今兒過來，是有件事……」沈夫人也沒忘記今兒的目的，見氣氛越來越好了，就乘機說起來。「林姊姊也知道，我在這清河縣青山鎮，也住了十年。」

林夫人點點頭，一臉佩服。「說起這個，我也是敬佩妹妹的，妹妹實在是大孝之人，竟是能為了守孝，在這窮山腳住十年，真不愧是盧大人的女兒。」

林大人本是何大人門下的人，關於表彰孝婦這事情，何大人也在信中提及過，所以林夫人此時釋出善意就有兩個意思了：一是告訴沈夫人，表彰孝婦的事情，林大人接了；二是這事情，是看在何大人的面子，沈夫人受的恩也是何家的。

「那我可就要多謝謝姊姊了，我父親過世得早，我啊，只求別墮了他老人家的名聲就好。若不是林大人願意上表，我怕是這輩子都沒辦法得這表彰。」沈夫人雖然不喜交際，但也不是真就一句話都不會說的。

沈夫人趕緊表明心意，表示他們林家出的力她也是不會忘記的。何家出力了，沒他們林家，這事也是辦不成的。

沈夫人心思單純，是真的很感激林家，林夫人也很滿意，自家做了好事，人家能承情，這總比白當了好人卻落不了好。

一個沒心機，一個很爽朗，兩個人性子不同，還能聊到一起去。說到最後，林夫人竭力留了沈夫人和沈如意在府裡用飯，還叮囑了沈夫人，若是得空就過來玩。

出了林家大門，沈夫人才笑道：「林姊姊可真是個熱情的人。」

沈如意點點頭。「娘若是願意，多和林夫人來往也是好的。對了，剛才林夫人不是說，再過一個月是知府夫人的壽辰嗎？娘會不會出席？」

以沈夫人的身分，要是想出席，就是沒請帖也能進門。

沈夫人有些猶豫。「那出席的人，定然是很多吧？」

「那是自然，大名府是副都，一向富饒，能在大名府當知府，也是要一定背景的人。」沈如意笑著說。

別看都是知府，管轄的地方不一樣，那地位也不同，就拿大名府和貴州知府相比，一個是正三品，一個是正四品，中間可還差著一大截呢。

沈夫人皺眉，但沈如意還沒來得及說話，她自己又說道：「咱們總是要回京的，我不能一直躲在侯府不出來，妳年紀也不小了，我若是不替妳相看人家，怕是妳作的那個夢……」

說著沈夫人臉色就有些發白，沈如意愣了一下才靠在沈夫人身上笑道：「娘若是不喜歡，不去也行。」

沈夫人搖搖頭。「不行，如意妳放心吧，之前就答應過妳，我一定會護著妳。」

沈如意眼圈微紅，使勁地點點頭。

半個多月後，還沒等到知府夫人的壽宴，林夫人就先上門了，一進門就拉著沈夫人的手，笑得見牙不見眼。

「恭喜妹妹了，妹妹這次可是出了名兒，太后娘娘在壽誕上親口讚揚妳十分孝順，可為天下媳婦楷模！」

沈夫人瞪大眼睛，好半天才反應過來。「真的？太后娘娘真的這樣說了？太后娘娘稱讚我了？」

「是啊、是啊，太后娘娘還誇讚妳繡活好呢！」林夫人也高興，眉眼彎彎。「高夫人將妳那雙面繡拿出來之後，太后娘娘可是看呆了呢，連連稱讚是無價之寶，最後還讓內務府的人給鑲起來，說是要放在自己寢宮。」

林夫人十分興奮地說道：「那可是太后娘娘的寢宮，只要在那兒放一天，太后一瞧見，就會想起妳來，這可是天大的福氣啊，妳總算是苦盡甘來了。」

說完，林夫人才猛然反應過來自己說錯話了，畢竟沈夫人之前將自己在莊子上這十年說成是守孝，那守孝怎麼能叫受苦？

「確實是我的福氣，這可多虧了林姊姊和何夫人，還有高夫人，若非是妳們幫忙，太后哪裡能知道我是誰？」沈夫人忙將那句話給岔過去，拉了林夫人往裡面走。「我可得多謝謝林姊姊才是。」

「哪裡的話，這個事情我可沒幫多大忙。」林夫人忙笑道，她家相公要做的事情到現在可還沒做呢，只要朝廷的表彰一日沒下來，沈夫人這道謝就不必說。

「可不光這一件好事。」在屋裡坐下了，林夫人又笑著說，從懷裡掏出來一張帖子。「妳瞧瞧，看這是什麼。」

沈夫人疑惑地接過來翻開，看了兩眼，就一臉吃驚。「這個……這個是知府夫人的請帖？」

「是啊，知府夫人說是不曾見過妳，所以不敢貿然上門打擾，就讓人上門，託我將這帖子給妳送過來。」林夫人也拿出自己那份讓沈夫人瞧。「看，咱們兩個的帖子是一起送過來的。」

以前知府夫人不搭理沈夫人還沒什麼，可現在，皇太后親口誇讚沈夫人十分孝順，知府夫人若還當沒這個人，那就是有些怠慢皇太后了。

沈夫人有些激動，之前那個消息也讓她高興，可那是閨女費盡心思盤算的結果，卻沒想到知府夫人竟會主動送請帖。原先她們母女倆打算厚著臉皮遞帖子過去，可那樣哪比得上有請帖進去來得風光？前者看著像是打秋風的人，後者可是知府夫人的客人。

「是哪天？」沈夫人也笑，看帖子下面的日期。「還有半個月，咱們趕去大名府，得要將近一天的時間呢。」

林夫人點頭。「是啊，我來就是和妳商量這件事情的，咱們趕過去時間太長了，到時候舟車勞頓，風塵僕僕，這天氣又熱，一身的汗臭味，到時候可別讓人低看了咱們。」

林夫人笑著拍了拍沈夫人的手。「所以我就想著，咱們提前兩、三天過去，一來難得去大名府一趟，咱們也好好在那兒轉轉，買些小玩意兒什麼的；二來，時間充裕了，咱們也好去給知府夫人拜壽，妳說是不是？」

林夫人又說：「我今兒還給如意帶了些布料呢，上回我看著如意就喜歡得很，恨不能留在我家自己養著，後來我在庫房找東西的時候，就發現了幾疋布料，我一瞧，哎喲，這顏色和質地，那可真是為如意準備的，如意要是穿上那布料做的衣服，準是個天仙！

「所以，我這次過來，就特意拿來了。沈妹妹，妳可別和我推辭，我這可是給如意準備的禮物。」林夫人見沈夫人要開口，忙打斷她的話。「我真心喜歡如意的，妳可不許攔著我疼愛如意。再說了，那布料啊，也就如意適合，我這個年紀了，要是再穿那個顏色，出門就要被笑話是老妖婆了。」

沈夫人一開始沒明白這無緣無故的怎麼就送了布料。隨後才反應過來，她不愛出門，如意一個小姑娘家也沒怎麼出過門，別說是去大名府了，就連清河縣，一年也不過是去那麼兩、三次。她們母女倆身上穿的衣服，都是在青山鎮買的布料，在鎮上能說是最好的，但是去了大名府，可就有些不夠看了。

想到此，沈夫人的臉就燒得慌，這會兒她總算是認知到了，因為自己而讓唯一的寶貝女兒受了這麼多的苦。這個年紀的小姑娘家，最是喜歡漂亮，原本以如意的身分，那是想穿什麼就能穿什麼，想用什麼就能用什麼，可她卻將如意放在這麼個偏鄉，讓如意從一個大家千金，變成了一個莊子上的鄉下丫頭。

由於從青山鎮到清河縣也是要走大半天，林夫人很是熱情地邀請了沈夫人和沈如意十日後到縣衙先住個兩日再出發，沈夫人拗不過林夫人，於是當下應允了。

十日後，沈夫人應約帶著沈如意登門拜訪清河縣林府。

寒暄之後，林夫人就拍著沈夫人的手笑道：「讓我家的幾個小子過來給妳請個安。咱們兩家以後也要常常走動才是。」

雖然說，沈夫人現在不得沈侯爺的喜歡，但沈夫人年輕貌美又有心計，光看她這次弄出來的事情，就知道這位沈夫人不是個簡單人物，和外表看起來一點兒都不一樣。有手段、夠聰明，現在得了太后娘娘的讚賞，又是沈侯爺的嫡妻，以後侯府誰當家作主，還真說不定。

而沈夫人自上次想明白是自己虧待了唯一的寶貝女兒之後，就打從心裡，願意學著去改變。她之前就已經打聽好了林家有幾個兒子，也準備了見面禮。四套筆墨紙硯，一人一份。

在林家住了兩個晚上，第三天，兩家人就一起啟程去大名府。

沈夫人出發前，還特意做了一件繡活，因著太后娘娘誇讚過她的雙面繡，沈如意更是不願輕易讓她做繡活，所以這次帶的就只是個小團扇。這樣的東西不能當成正經的賀禮，因此還得另外準備。

幸好這段時間她們幾個女孩子開的胭脂鋪子也算是賺了不少錢，再加上以前的積蓄，拼拼湊湊的，母女也能拿出三百兩銀子。最後是在聚寶齋買了一對白玉葫蘆，雖然小，玉質卻挺不錯，一下子就將那三百兩給花完了。

沈夫人心疼得一直捂著胸口，一看那葫蘆就心口疼。她們娘兒倆在莊子上住了十年，十年才攢了幾百兩銀子，現下，差不多全花完了。

「娘，別擔心，這錢不就是用來花的？」沈如意忙安慰沈夫人。「只要花得值得就行了，您想想，林大人請表彰的摺子，是要先送到知府大人這裡的，知府大人若是痛痛快快地遞上去，咱們可是有不少好處呢，我之前打聽過了，前些年，咱們縣裡有個節婦牌坊，朝廷可是獎賞了一千兩銀子。」

沈夫人大吃一驚。「那麼多？」

沈如意點頭。「孝婦的說不定比節婦的還要多呢。」

「那咱們是有事相求，這個是不是太少了點兒？」沈夫人轉頭就又想不明白了。

沈如意笑著搖頭。「不少了，娘，您可是一品誥命，知府夫人是正四品。」

沈夫人愣了一下，隨即苦笑。「我這一品，有和沒有是一樣的，就是那朝廷冊封的鳳冠霞帔，我都沒摸過兩次。」

「以後多的是機會。」沈如意頓了頓，笑著摟住沈夫人的胳膊撒嬌。「只要娘堅定點兒，咱們回京，總是能穿上那鳳冠霞帔的。然後，娘在沈家慢慢有了說話的地方時，就能在我的婚事上為我作主了。等我嫁出去，也能給娘撐腰了，到時候，妳想住哪兒就住哪兒。」

「妳說得對，之前是我腦袋糊塗了，現下才想明白，咱們不想被人擺布，就得先站在高處。妳放心，我既是已經明白了，就不會再去犯傻了。就像是方姊姊說的……」

頓了頓，沈夫人沒繼續說下去，沈如意也不追問，沈夫人和方夫人都是已經成親的人，現在又都是被自家男人拋棄，湊在一起肯定是要說些不適合她這個還沒及笄的小姑娘聽的話。

# 第六章

廣平侯府。

「侯爺，徐大人來了。」小廝平安站在房門外，輕輕敲了兩下門，才壓低聲音說道。

沈侯爺放下手裡的筆，拿了一邊放著的布巾擦了擦手，不緊不慢地將桌子上的紙都收拾妥當了，才慢條斯理地說道：「將人請進來吧。」

平安飛快跑了出去，沒多久就引著一個三十多歲的中年男人進來。

沈侯爺臉上勾起幾分笑容。「今兒吹的是哪股春風，竟是徐大人大駕光臨，未能遠迎，還請徐大人見諒。」

「侯爺言重了。」徐大人忙笑道，一邊給沈正信行禮，一邊接著說道：「侯爺事務繁忙，倒是我不請自來，打擾了侯爺，還請侯爺見諒。」

「哪裡哪裡，徐大人能來我高興還來不及呢。」沈侯爺伸手示意了一下，請了徐大人在一邊坐下，又吩咐了平安去倒茶，自己則是掛著笑容和徐大人寒暄。「徐大人來得正好，就是徐大人不來，我這幾日，也打算給徐大人下帖子，請徐大人過來坐坐。前兩日，我得了一幅名家字畫的真跡，徐大人是愛字之人，正好咱們能品鑑一下。」

徐大人的眼睛頓時就亮了。

「不過因著破損得厲害，我請了修補古物的高手離大家過來修補，今兒早上我問了離大家，說是還要兩天才能修好，所以這會兒是瞧不成了。」

「無妨無妨，日後再看也是一樣的，只求侯爺定要讓下官看一眼。」徐大人摸著鬍子感嘆道。

沈侯爺笑著搖頭。「徐大人的要求太低了點兒，我原還想著，借給徐大人觀摩兩天，誰知道，徐大人竟是只要看一眼……」

「不不不，」徐大人在沈侯爺說第一句話的時候就已經瞪大了眼睛，這會兒更是將手擺得飛快。「若是侯爺能借下官觀摩兩天，下官就是肝腦塗地，也要謝侯爺的大恩大德。」

「徐大人這話說得可就不妥當了。」沈侯爺搖搖頭，嘆口氣。「咱們也算是老相識了，我知道徐大人就這麼點兒愛好，不過順手的事情，若再不幫忙，那就太說不過去了。」

「是是是，侯爺大恩，徐某一直記著呢。」徐大人笑著說道，和沈侯爺嘮叨了半天，四處看了看，這才從衣袖裡掏出一本摺子遞給沈正信。「下官今兒見了這個摺子，因著事關侯爺，就冒死複寫了一份，侯爺請看。」

沈侯爺微微挑眉，伸手接了那摺子，仔細看了一遍，伸手在那摺子上點了點。「這摺子，是透過誰的手遞上去的？」

「是大理寺卿高大人直接遞到了何學士手上的。」徐大人壓低了聲音，沈侯爺臉上一直掛著淺淺淡淡的笑容，這會兒表情都沒什麼變化，徐大人自是瞧不出這位侯爺真正的情緒。

「多謝徐大人了。」沈默了一會兒，沈侯爺起身，拿了火摺子將那個摺子點燃。「這次徐大人可是幫了沈某的大忙，若是徐大人不嫌棄，過兩日，沈某將那幅真跡送予徐大人。」

徐大人的臉色頓時亮了，但馬上又搖頭。「侯爺這樣說，徐某可真是無地自容了，徐某自幾年前得了侯爺的援助，就一直想報答侯爺，可一直沒這個機會，現下下官能為侯爺出一分力，下官可是高興得很。侯爺這些年對下官的栽培，下官銘感五內，侯爺若有吩咐，儘管讓下官去做。哪怕粉身碎骨，下官也絕不會辜負侯爺的希望。」

沈侯爺伸手拍了拍他的肩膀，退後一步，對徐大人作揖。「多謝徐大人了。」

徐大人驚了一下，趕緊手忙腳亂地扶沈侯爺，頓了頓又問道：「侯爺，這請封的事情，要不要下官想辦法給壓下來？」

「不能壓。」沈侯爺搖搖頭，示意徐大人重新坐下。「這事情，不管怎麼看，都是對我沈家有利的，我不但不能壓，還得幫忙，讓這請封早日定下來。」

徐大人有些不解，沈侯爺笑了一下。「誰都知道，這事情對我沈家有利，我若是壓下去，那就該有人問，我為什麼要將盧氏送到莊子上，到時候，一個寵妾滅妻的罪名是跑不掉的。再嚴重些，說不定就要說我以妾當妻了。」

前者不過是丟了官職，後者就該蹲監牢了。

沈侯爺沒多說，但徐大人是弄明白了沈侯爺的態度。他也不敢過多打聽侯府後宅的事情，支支吾吾贊同了兩句，就趕緊起身告辭了。

沈侯爺坐在書桌前，手指在桌子上劃了兩下，良久，忽然輕笑了一聲。「有意思，我還以為，這女人當真是一坨爛泥呢，倒是沒想到，這爛泥竟也是能長出荷花的。」

挑了挑嘴角，沈侯爺自言自語。「就是不知道，這事情，是那女人自己策劃的，還是有人幫忙了？」

若是那女人自己策劃的，那是自己十年前看走眼了？還是那女人用十年時間終於變聰明了？若是有人在背後給她指點，這人會是誰？

以他對那女人的瞭解，她是絕對不會將侯府的事情對外人說的，要是沒記錯，那女人當初帶走的女兒，今年也有十二、三了？

沈侯爺屈指在桌子上敲了一下，若這次事情是由這個女兒策劃的……那可就有意思了。

不說他還沒想到，將那母女倆置於莊子上都已經過了十年。唔，找個時間，到莊子上瞧瞧吧，既然都有人提醒自己了，自己總不好再當那對母女不存在。連太后娘娘都誇讚的人，他可不能一直扔在外面不管不問。

想著，沈侯爺就站起身，慢悠悠地往後院走去。

一個小丫鬟給他行禮，道：「王姨娘讓奴婢來問一聲，侯爺今兒要在哪兒用晚膳？」

沈侯爺一邊走一邊隨意答道：「在長春園吧。」

小丫鬟應了一聲，等沈侯爺走了，才趕緊起身去找王姨娘。

到了長春園，朱嬤嬤聽了小丫鬟的彙報，忙親自迎了出來。「大老爺和老夫人可真是心有靈犀，剛才老夫人還在念叨，說大老爺好幾天沒來陪老夫人用晚膳了呢。」

沈侯爺嗯了一聲，還是慢悠悠地往前走，朱嬤嬤則是笑著跟在他身後說話。「今兒早上老夫人用了一碗燕窩粥，然後發現那燕窩有點兒不對勁，像是被人摻了什麼東西。」

沈侯爺看了她一眼。「是嗎？那回頭就換一家藥鋪去買吧。」

朱嬤嬤愣了愣，再想開口，就見沈侯爺已經走到門口了。小丫鬟打了簾子，沈侯爺微微彎腰進門，隨意地對坐在軟榻上的沈老夫人行禮。

「見過娘親，聽嬤嬤說今兒的燕窩不大對勁，娘親身子若是有什麼不舒服，儘管說，兒子讓人去請太醫。」

沈老夫人瞪了他一眼。「要是等到你來問，我早就被毒死了！我早就說了，侯府也是世家大族，你讓一個姨娘管家像什麼話！小門小戶出來的，連點兒小事都辦不好！」

沈侯爺微微挑眉。「娘不願意讓王姨娘管家，是想要誰管？三弟妹？」

沈老夫人頓時語塞，過了一會兒才低吼道：「你三弟妹管家不行嗎？好歹你三弟妹是大家族裡的嫡女，管家這種事情，難不成她連個姨娘都比不過嗎？再者，她好歹是個嫡妻，那王姨娘算什麼東西！」

「娘既然不願意讓王姨娘管家，正好，我過段時間，打算將盧氏給接回來。」沈侯爺也不在意，笑著說道。「娘沒忘記，之前太后娘娘說的那句話吧？」

一說到盧氏，沈老夫人的臉都有些扭曲了。「那個賤人！她竟敢不和你打一聲招呼，就自作主張送了那雙面繡進宮，可真是不把你放在眼裡。」

沈侯爺彎彎唇角。「娘，今兒我看了個摺子，清河縣那邊，打算為盧氏請封孝婦。」

沈老夫人愣了一下，更是暴怒，臉色氣得通紅。「孝婦？她算什麼孝婦？她都快把我氣死了！這種不孝的兒媳……」

「娘，太后娘娘可是誇讚過盧氏是純孝之人。」沈侯爺不得不再次打斷沈老夫人的話，瞧著沈老夫人今兒好像有點兒不大正常，就皺了皺眉。「今兒娘是被誰氣著了？怎麼這麼的……」

沈老夫人深吸一口氣，好半天才將怒火給壓下來。「這事情沒辦法壓下去嗎？一定要將盧氏給接回來？」

沈侯爺點點頭。「沒辦法壓，除非我願意被人參寵妾滅妻。過段時間，我打算去清河縣看看，在那請封下來之前，咱們得先表態。」

「既然這樣，那就將人接回來吧，若她實在是不長進……」沈默了好一會兒，沈老夫人才沈聲說道，一張臉沒半分表情，滿臉的皺紋都垂了下來，更顯得有幾分陰森。

沈侯爺卻渾不在意，伸手端了茶杯，慢悠悠地抿了一口，看了一眼沈老夫人，輕笑了一聲，然後轉頭看向門外。就憑盧氏這一手，不管是她自己還是背後有人，都說明，盧氏已經不是十年前那個任人欺負的兔子了，真將人接回來，到時候這侯府可就熱鬧了。

沈如意正和沈夫人在做針線，就見門口有個小丫鬟探頭探腦地往裡面看，陳嬤嬤笑了一下，起身過去，順手拿了兩塊點心塞到那小丫鬟手裡。「可是有什麼事情？」

小丫鬟笑嘻嘻地接了點心，一邊點頭一邊說道：「陳大叔讓我來叫嬤嬤一聲，說是有很重要的事情。」

沒等陳嬤嬤說話，沈夫人就笑道：「既然是有重要的事情，嬤嬤就快去吧，我這裡並不用嬤嬤惦記著。嬤嬤回來的時候，記得到廚房說一聲，午膳要有一道爆炒兔肉，我瞧著昨天陳大叔抓的那隻兔子挺肥的，正好咱們午膳能吃。」

陳嬤嬤笑著點點頭，跟著那小丫鬟出了門。但不到一刻鐘，她就慌慌張張地回來了，大約是著急了，也不看沈夫人，直接和沈如意說道：「姑娘，怎麼辦？侯爺過來了。」

沈夫人頓時愣住了，沈如意先是微微皺眉，隨即嘴角上彎，露出個笑容。「真的？那可是太好了，父親能過來，那定是摺子已經遞到御前了，再過段時間，朝廷的表彰肯定能下來了。」

沈夫人一臉慌張地伸手抓住沈如意的胳膊。「如意、如意，怎麼辦，妳父親怎麼來了，咱們怎麼辦？」

「娘，別緊張，父親這次過來，肯定是想問問咱們什麼時候回侯府的。」沈如意笑著拍了拍沈夫人的手，儘量地安慰她。「父親問什麼，妳答什麼就可以了，不要怕，我會保護妳的。」

沈夫人頓了頓。她怎麼能怕呢？她可是當娘的人，為母則強，她不能一直躲在女兒身後，她要為女兒遮風擋雨才是。想到此，那慘白的臉色就微微恢復了一些血色。

「如意，妳放心，我不怕，妳父親要是生氣，我就……」沈夫人一時不知該說什麼，她活到這個歲數，從沒與人起過紛爭，等會兒沈侯爺要真是罵人了，難道她也要衝上去跟他對罵？

轉頭一瞧見沈如意正滿眼信任期待地看她，沈夫人頓時來了勇氣，不就是罵人嗎？前街那個張屠夫的娘子，天天拿著菜刀站在門口罵張屠夫，大不了就跟那張娘子學幾分。

可再一想到張娘子往日裡罵出來的話，沈夫人又覺得一股血衝上腦袋，整張臉都是紅的，那些話，會不會太那個什麼了些？要不然，自己稍微含蓄點兒？

她這邊正猶豫著呢，陳嬤嬤有些著急了。「姑娘，趕緊拿個主意啊，咱們要不要將侯爺請進來？」

沈如意點點頭。「自然是要請進來的，這莊子都是父親的，咱們怎麼能攔了這莊子的主人進來？讓人給父親端茶，在正堂裡招待就行，我和娘一會兒就過去。」

陳嬤嬤忙應了一聲，因著擔心小丫鬟沒見識，惹怒了沈侯爺，她是半點兒不敢耽誤，跑得都快飛起來了。

沈如意伸手稍微整理了一下沈夫人的頭髮。「娘，父親這次過來，如果是來接咱們回去的，妳可別答應，至少得拖一年時間。朝廷的旌表還沒下來，咱們現在回去，可是一點兒優勢都沒有。」

沈夫人連連點頭，閨女很聰明，只要聽閨女的準沒錯。

起了身，沈夫人還是有些緊張。「妳說，我要不要換一身衣服，梳妝打扮一番？」

沈如意打量了她一下，伸手從旁邊拿了朵絨花插在她鬢邊。「不用了，這樣就很好看了，咱們在莊子上也沒多餘的錢買什麼首飾，侯爺想來應該是很清楚的。」

沈夫人也了然，既然是在莊子上守孝，穿戴自然是以素淨為主的。

鼓足了勇氣，沈夫人以慷慨赴義的凜然姿態步出了房門，直奔前面大堂。

沈如意跟在後面，看著沈夫人那強裝出來的英勇，忍不住笑彎了眼睛，她的娘親，沒了以前的懦弱之後，可真是夠可愛的。

進了正堂的房門，母女倆就瞧見主位上坐著一個身穿石青色衣服的中年男人，三十多歲，面色白淨，下巴微微有些鬍碴，男人的一雙眼睛倒是很有神，一眼掃過來，差點兒沒讓前頭的沈夫人腿軟，只是一想到後面的女兒，沈夫人又站定了，微微彎腰給那男人行禮。

「妾身見過侯爺，給侯爺請安。」

沈侯爺漫不經心地放下手裡的茶杯，又往沈夫人後面掃了一眼，微微抬手。「起吧，這就是如意了？」

沈夫人忙點頭。「是，不知侯爺大駕光臨，妾身未能遠迎，還請侯爺見諒。」

說著，側身將沈如意露出一半，壓低聲音說道：「如意，這是妳父親，快給妳父親請安。」

沈如意也沒掩藏自己的聰慧，上輩子她就知道，這個男人只要想知道，哪怕自己掩藏得再深，他也能挖出來。

看了一眼上面的男人，沈如意規規矩矩地上前行禮。「如意給父親請安。」

沈侯爺並未叫起，他看了一眼沈夫人，又打量了一遍沈如意，微微笑了笑，果然和他想的一樣，沈如意長大了，所以，盧氏也有了依靠。

「起吧。」他一個大男人，自是不會去學後院的女人在行禮這種事情為難人，擺擺手，指了指一邊的椅子。「妳們兩個都坐吧。」

沈夫人和沈如意不發一語在一旁坐下，沈侯爺不開口，沈如意也不開口，沈夫人是想開口卻不知道應該怎麼開口，三個人都沈默了。

陳嬤嬤端了茶，很是擔憂地站在沈夫人身後。沈侯爺瞧了她一眼，擺擺手示意她退下，陳嬤嬤又去看沈如意，沈如意微微點頭，陳嬤嬤這才告退出門。

「這次的事情是如意想的？」沈侯爺沈默了一會兒才問道，聲音很平靜，聽不出喜怒。

沈夫人卻是僵了一下身子，忙搶了回答。「不關如意的事情，是我自己想的。」

「哦，妳弄出這些事情，是為了什麼？」沈侯爺也不和她辯論，繼續平淡地問道：「回京？」

沈夫人見沈侯爺不像是要發火的樣子，膽氣就略微足了些。「有一半是吧，另外一半是為侯爺著想，侯爺將我們母女倆放在莊子上，我們母女倆心裡明白侯爺是為我們好，但別人不明白啊，一時半會兒，可能沒人想這事情，可若是侯爺在朝堂上得罪了什麼人，這事情再被人挖出來，豈不是將寵妾滅妻的罪名往侯爺頭上推？」

沈如意有些詫異地看沈夫人，這話不是她教的，那就是沈夫人自己想的。剛才她還覺得，沈夫人不怕沈侯爺，這已經是個很大的進步了，卻沒想到，沈夫人進步如此之快。

沈侯爺也忍不住笑了一下，這話說得夠漂亮，為她們母女倆好就將人送到莊子上，連他都不知道是哪兒好了。還有這寵妾滅妻的罪名，說得這麼大義凜然，倒是讓他還欠了這母女倆一份人情。

想想，有這個人情在，再加上過段時間朝廷會頒下來的旌表，這母女倆回京之後，那地位可就是穩如磐石了。

「妳說要為我父親守孝三千七百多天，這個有什麼來由嗎？」沈侯爺問道。

沈夫人嚴肅點頭道：「自是有的，守孝十年，再加上一個八十一日的祈福，加起來就是三千七百多天。」

沈侯爺恍然大悟，之前就覺得這個天數有點兒不倫不類。現下才算是清楚了，竟還有這種算法，將唸經祈福的時間算到孝期之外。

沈侯爺索性直接問目的。「妳們打算什麼時候回京？」

由於此事沈夫人已事先和女兒商量過，因而回答得不疾不徐。「我想和如意在莊子上再待一年。」

「既然如此，那時候我再來接妳們。另外，這是妳們母女倆這十年來的月例銀子。」沈侯爺從懷裡掏出一疊銀票放桌子上。「莊子上條件可能不大好，但妳們到底是守孝，這樣就很不錯了。」

沈侯爺臉上帶著三分笑，特意看了沈如意一眼。「我這次過來是要在莊子上住一段時日，朝廷頒下來的旌表，總不能讓妳們母女倆去接。」

一聽沈侯爺要住下來，沈夫人臉色頓時變了，既青且白，又有些紅，這個結果如意沒說過，接下來該怎麼辦？想要去看如意，又生怕沈侯爺瞧出端倪，只好木著一張臉想辦法。

沒等她想出來，沈如意就點頭了。「父親能留下來，那可真是太好了，這段時間我正跟著娘學管家呢，就讓我為父親安排起居日常可好？」

沈侯爺點頭。「那就妳來安排吧。」

沈如意行了禮，上前拿了那些銀票，轉身就要出門。雖然不忍心將自家娘親留在虎口，但她連自己和娘親都還沒保護好呢，怎麼能要求娘親再生個弟弟、妹妹？這兩個人到底是夫妻，肯定要有夫妻之實。

沈如意出了門，叫來了陳嬤嬤。「將東廂房收拾出來給我父親住可行嗎？」

陳嬤嬤搖搖頭，肯定不行啊。這莊子本身就不是很大，前後加起來也就兩進院子，前面住著的是一干嬤嬤丫鬟，後頭住著沈夫人和沈如意。沈夫人住的是正房，沈如意住的是西廂房，剩下東廂房，平日裡是堆著糧食雜貨什麼的。要將東廂房再收拾出來給沈侯爺住，實在是……

沈如意也知道不可能，她不過就是隨口問問。聽陳嬤嬤說不行，還是有些微惆悵。「唉，要安排到正房啊，難道要和娘親住在一起？算了算了，要不然就將正房東邊的屋子給收拾出來？」

沈夫人住西邊的三間屋子，最裡面是臥房，接著是書房，再往外是平日裡做繡活的地方。正房的東邊三間屋子，一間是洗澡用的，一間是紅綢她們這些貼身大丫鬟們住的，剩下一間是放沈夫人的衣服首飾什麼的，也是滿滿當當。

陳嬤嬤有些無語地看沈如意，沈如意嘆氣。「要是直接安排到娘親的房間，指不定娘親會因為太害怕晚上睡不好呢。」

「他們是夫妻……」比起沈如意，陳嬤嬤是更希望沈夫人能再生個孩子。

沈如意一直說，自己嫁人後也能照顧好沈夫人。但陳嬤嬤是覺得，女孩子嫁人了，就得以夫家為重，沈夫人這輩子得有個兒子，後半生才能有保障。

所以哪怕她知道沈侯爺不是什麼好人，她也得勸著沈夫人趕緊和沈侯爺再生個孩子。再說，夫妻倆能有多大仇？現在沈如意都長這麼大了，沈夫人就是再不喜歡沈侯爺，能和離嗎？反正床上那點兒事，熄了燈，閉上眼，也就是那麼回事。等有了孩子，自家夫人若是再不願意和沈侯爺接近，那就買幾個瘦馬回來唄。

瘦馬太貴的話，那侯府不是有那麼多願意爬床的丫鬟嗎？不會讓沈侯爺少了女人的。沒有情情愛愛就不能同床什麼的，那是小孩子家才有的心思。夫人年紀可不小了，肯定能想明白什麼是最重要的。現下還有可能會懷上孩子，但再過幾年，那可就說不定了。再說，生個男孩子，自家姑娘將來也有依靠啊。庶子什麼的，養得再好那也不是一個肚子出來的。

「姑娘，侯爺只帶了個小廝過來，不住正房能住哪兒？」陳嬤嬤問道。

沈如意繼續嘆氣。「好吧，那就安排到娘親那房間吧，只是，這會兒娘親還是在守孝……」

看了一眼陳嬤嬤，陳嬤嬤猛然想起了這件事情，猶豫了一下又反悔。「那將東廂房給騰出來？」反正也生不出孩子，那還不如讓自家夫人清靜點兒。

「別收拾東廂房了，將那書房給收拾出來，讓人抬一張床進去。」沈如意想了一下說，書房裡其實也沒放多少書，就一個書架子、一張書桌、一把椅子，還有幾幅畫，現下只要將那書桌抬出去就行。

「書桌放到花廳，至於被褥、枕頭那些，咱們這裡有吧？」沈如意小手一揮，直接決定。「花廳的軟榻搬到娘親的臥房，紅綢姊這段時間先睡在娘親的臥房。」

值夜的丫鬟以往都是睡在花廳，而書房、臥房還有花廳，這三間屋子是直接連通。

「今兒的午膳，讓廚房的趙大娘多加些飯菜。另外，也不知道父親要住在莊子上，去問問跟著父親來的小廝，父親過來的時候有沒有帶衣服什麼的，若是沒有，就問了尺寸，到鎮子上另外做，若是帶了，那就先歸置起來。」

沈如意捏著手裡的銀票看了看。哎喲，這父親夠大方的，一疊銀票，總共六千兩，要是她沒記錯，侯府的夫人一個月的月例是二十兩，嫡出的少爺姑娘們是十兩，庶出的則是五兩。

算一下，十年時間，自家娘親應得兩千四百兩，自己應得一千二百兩，加起來是三千六百兩。這一下子，幾乎是翻倍了，六千兩啊，簡直不能想像。

前幾天，她和娘親還在為三百兩的花銷心疼到晚上睡不著呢。上個月，她還在為胭脂鋪子每個月十幾兩銀子的收入笑得合不攏嘴呢，現在手裡竟然一下子有了六千兩銀子！

六千兩銀子足以買七、八座現在她們住的莊子！

沈侯爺為什麼要給她們這麼多錢呢？若說出於愧疚，那沈如意是半分都不信的，這男人很冷血，世上他就只愛他自己。只能說沈侯爺錢很多？

雖然這個父親很不稱職，但有個出手大方的父親，總比有個吝嗇刻薄的父親強。想到這個，沈如意眉開眼笑。

「嬤嬤，午膳不用做了。」一高興，沈如意隨手就抽了一張銀票給陳嬤嬤。「去鎮上訂酒席，頂級的訂上一桌，馬上讓他們做好了送過來。」

陳嬤嬤也高興，應了一聲就急慌慌地轉身找人去辦這事了。

沈侯爺坐在正堂，隱隱約約聽見外面的說話聲，轉頭看沈夫人。「怎麼想要回京了？在莊子上住得不好？」

若是沈如意在，說不定會將一盤子點心蓋在沈侯爺的臉上——身為侯夫人，竟是住在莊子上，這還叫住得好？那什麼叫不好？是不是要住到山裡去，然後自耕自織自種？

可沈夫人不一樣，《女誡》都是刻在骨子裡，雖然這段時間有沈如意的教導，為了要保護女兒，她改變很多，但下意識還是搖頭了。

「不是，住得挺好。」沈夫人回答完了，才想起來自己應該硬氣些。「那個……如意年紀不小了，總是住在莊子上也不行。她是侯府的嫡長女，而不是鄉下長大的野丫頭。」

沈侯爺微微挑眉，沈夫人頓了頓又問道：「侯爺要在這邊住多久？」

「說不準，若是京城的事情不急，應該能住半個月左右。」沈侯爺站起身。「帶我在莊子上走走吧。前段時間，慧心大師曾來過青山鎮的福緣寺？」

沈夫人點點頭。「是，慧心大師只在福緣寺待了兩天，很快就走了。」

沈侯爺一邊漫不經心地打量著周圍，一邊問道：「慧心大師給如意批命了？」

說起這個，沈夫人就滿臉笑容。「是呀，慧心大師說，如意是一輩子富貴享福的命呢。」偷看了一眼沈侯爺，沈夫人給沈如意加重籌碼。「如意既聰明又漂亮，日後定是榮華富貴一輩子。」

沈侯爺揚了揚嘴角。「慧心大師只說了富貴享福，沒說能貴到什麼地步？」

沈夫人愣了一下，隨即臉色就白了，之前在知府府上的時候，陳夫人可是說過皇上打算明年選秀呢。但隨即沈夫人就鎮定下來了，如意今年才十三歲，這選秀最少也得十六歲，就算侯爺想將如意送去選秀，也得看內務府的意願。

「沒說，只說是一輩子順心，兒孫孝順，是當老封君的命。」抿抿唇，沈夫人半真半假地說道：「如意本身就是侯府嫡長女，定是能嫁個門當戶對的人家，可不就是當老封君的命？」

沈侯爺表情沒什麼變化，連走路的步子都一如既往，半分不多，半分不少，只意味不明地說：「是嗎？」

沈夫人使勁點頭。「是啊，慧心大師就是這麼說的。」若不是沒膽量，她都想繞到沈侯爺面前，讓沈侯爺看她那雙誠懇的眼睛。

「在青山鎮，妳們可有來往比較多的人家？」沈侯爺換了話題。

沈夫人很沒戒心地回答。「以前就和鎮上的黃員外以及方家有些來往，前段時間因為旌表的事情，與林大人和陳大人一家來往比較多。」

黃員外、方家什麼的，沒聽過，沈侯爺只在心裡想了一遍清河縣的知縣林大人和大名府的知府陳大人的底細：林大人的座師是何學士，陳大人的座師雖已過世了，卻明顯是太子一派。

不急，現在還不是站隊的時候，皇上年紀雖然大了，但身子好得很，還是要觀望一段時間才行。

「這次他們幫了妳大忙，妳有空，就和林家、陳家多多來往。」沈侯爺語氣依舊是慢悠悠的。「不過，妳要有個分寸，畢竟是在守孝，也不能出門頻繁。」

沈夫人有些迷茫地點點頭。

「我替妳備了禮，這是禮單。」沈侯爺從袖子裡抽出兩張紙遞給沈夫人。「東西從侯府送過去，別他們提起來了，妳半句不知道。另外，妳這裡缺什麼少什麼，這兩天和我說，我回頭讓人給妳們送過來。」

沈夫人簡直是受寵若驚，趕忙伸手接了那禮單，慌慌張張地給沈侯爺行禮。「多謝侯爺了，我之前還正發愁這個謝禮的事情呢，侯爺這可真是及時雨。」

沈侯爺用看白癡的眼神看沈夫人，還以為這女人有長進了，結果呢，竟然還是這麼蠢！這謝禮要是還讓她來辦，那沈家的名聲要不要了？還有，她那感激的話，真的不是反話？

稍晚，用午膳的時候，沈侯爺拿筷子挑著盤子裡的一根青菜皺眉。「這是菜心？都發黃了，妳們在莊子上吃這個？」

沈如意輕咳一聲。「父親勿怪，是我讓人到酒樓訂的飯菜，因著父親來得突然，廚房並未準備食材，所以才去酒樓買的。不過，這道菜不是吃菜心，菜心太嫩，不能入味，所以得用外面一些菜葉。」

沈侯爺看了她一眼，默不作聲地將那菜葉子塞到嘴裡，嚼了兩下，也沒表示，繼續挑下一樣。沈夫人鬆口氣，一邊吃飯一邊給沈如意挾菜，沈如意也笑咪咪地將自己覺得好吃的菜替沈夫人挾去。

母女倆一向是這麼吃飯，倒是不覺得有什麼不對，只沈侯爺是頭一次這樣吃飯——飯菜不精就算了，只是個鄉下地方，自是不能和侯府比；沒人伺候也就算了，反正沈侯爺自己有手有腳，能挾菜能端碗，可這母女倆目中無人，彷彿當他不存在，這就讓他有些不舒服了。什麼時候，他沈侯爺的存在就跟灰塵一樣了？不對，連灰塵都比不上了，若是灰塵，早就應該被掃走了。

「咳。」看沈如意又給沈夫人挾菜了，沈侯爺忍不住輕咳一聲，沈夫人忙慌張地抬頭去看沈侯爺。

沈如意微微挑眉。「父親嗓子不舒服？是不是這幾天趕路趕急了，所以上火了？回頭我讓人給父親煮些降火的茶水吧。」

沈侯爺冷著一張臉點頭，繼續慢吞吞地吃飯。

沈夫人猶豫了一下，給沈侯爺挾菜。「這個苦瓜做得很不錯，你嚐嚐，是降火的，你多吃些，這家酒樓的苦瓜做得挺好吃，一點兒都不苦。」

沈侯爺微微皺眉，苦瓜就是做得不苦，那股味道也是很難吃。大約是父女天性，沈如意也很討厭吃苦瓜，見沈侯爺眉頭微微皺了皺，她立即將一盤苦瓜都放到沈侯爺面前。「父親吃吧，苦瓜確實是能降火，這家做得挺好吃，您若是覺得不錯，明兒我再派人去買。」

身為一個優雅的侯爺，沈侯爺是做不出將菜盤子給推開的事情，但一瞧見沈如意臉上帶著笑容，他就吃不下這苦瓜，抿抿唇，繞過這盤苦瓜繼續挾菜，慢吞吞地解釋道：「嘴裡長了個瘡，不能吃味道重的東西。」

沈夫人恍然大悟，有些不好意思地將這盤苦瓜挪走。「是我沒想周到，那要不要緊？嘴裡長瘡也是很嚴重的，你一路趕過來，想必也沒看大夫，一會兒請了大夫過來瞧瞧？」

沈侯爺慢悠悠地搖頭。「不用了，在京裡已經看過了，太醫開的藥，用完就不礙事了。」

沈如意在一邊提醒。「娘，食不言，寢不語。」

沈夫人愣了一下，臉色通紅，有些尷尬地看沈侯爺。在她印象裡，這人以往是最看重規矩的，自己和如意在莊子上過了十年，早就不看重這些了，今兒一個沒注意，倒是在侯爺面前露底了，侯爺不會生氣吧？

沈侯爺看了一眼沈如意，將嘴裡的菜吞下去了，才說道：「一家人，不礙事，有客人的時候別說話就行了。」

沈夫人鬆一口氣，又轉頭給沈如意挾菜，還得叮囑她不能挑食。「我知道妳喜歡吃辣的，但是妳這段時間正長身子，不能吃太多，要不然該長面瘡了。」

沈如意前些日子偶爾小腹會有些抽疼，沈夫人請了大夫過來替她把脈，大夫說是年紀到了，該來癸水，囑咐沈如意這段時間不能吃過於刺激的東西。

沈夫人生怕閨女控制不住自己，一時嘴饞將來後悔一輩子，不管是吃飯還是喝水或者吃點心，都要時時刻刻地看著。

沈如意無奈地點頭，將筷子轉個方向，一邊吃一邊嫌棄，這麼寡淡的味道，吃起來可真是沒意思。

用了午膳後，沈侯爺又去巡視自己將要住的房間，看見床上的被褥，他皺眉拎起來看了看。「妳們用的就是這樣的被褥？」

沈如意點頭。「是呀，我和娘親都已經習慣了，裡面的棉花是去年剛摘的呢，新棉花睡著又軟又暖，父親不喜歡嗎？」

這話說得讓沈侯爺都不知道該怎麼回答，說不喜歡麼，沈夫人和沈如意就是用這樣的被褥十年了，倒是顯得他多狠心絕情一樣。就算他真的有點兒狠心絕情，可這種事情當然是不能承認的啊。

「嗯，挺喜歡的。」沈侯爺嚴肅認真地點頭。

沈如意當即笑得燦爛。「喜歡就好，父親要不要午睡一會兒？父親一路趕來，想來也是沒休息好，到了自己家，就不用客氣了，我剛才讓人準備了洗澡水，這會兒叫人給父親送過來？」

沈侯爺點頭，看沈如意歡快地出門了，他伸手摸摸下巴，這個女兒還挺細心的。十年沒見，他自是不會去期盼這個女兒和自己有多親近。

眼下這會兒，彼此雖有點兒生疏，女兒卻十分細心地照顧他用膳起居，已經做得很不錯了。看了看那床上放著的新被子，沈侯爺伸手摸了摸，果然是軟乎乎的。

沈侯爺舒舒服服地洗了個澡，然後去午睡了。

沈夫人很緊張地抓住沈如意的胳膊問：「讓他住我那裡？」

「要不然呢？娘，妳和父親是夫妻，是必定要住在一起的，我們回京之後，娘要住正院，父親若是不想住書房，那就得和娘親住一個屋子。喔，差點兒忘記，父親還有好幾個小妾呢，不過，就是為了我將來的弟弟，妳也得留住父親。」

沈如意很正經，沈夫人臉色一紅，伸手擰沈如意的臉頰。「死丫頭，胡說什麼呢，妳才多大就學了這些混話！誰教妳的，再胡說就去抄孝經！」

現在沈夫人總算是不讓沈如意再去抄寫什麼《女誡》了，而是改成孝經或者佛經。

沈如意笑著朝沈夫人做了個鬼臉，伸手抱著沈夫人的胳膊，壓低聲音。「我是說真的，我和陳嬤嬤商量過了，娘親要是願意生個弟弟那是最好了，可娘親若是不願意，那也無妨，以後我會養著娘親的，娘親只管放心做自己想要做的事情，不想和父親住一個院子，那就將父親趕到姨娘那裡去。不過，現在不行，莊子上的院子少，父親這次回來，也算是給咱們撐腰，難不成咱們要將人趕到客棧去住著？」

沈夫人抿抿唇，紅著臉拍了沈如意一下。「行了，我知道該怎麼做。時候不早了，妳也回去睡會兒，下午妳父親若是起來，妳陪著他到處走走。」

哪怕沈侯爺將來真的要將如意給賣掉，現在也得讓他和如意培養一下感情，至少到時候，能讓他願意多給如意一些嫁妝。當然，感情若是好了，侯爺指不定就不會隨意將如意嫁掉了。

沈夫人也知道，如意是對她父親很有意見，說不定還有些怨恨。可怨恨這種東西，在你比對方強的時候，自是能讓對方不好過。但是現在，沈侯爺才是站在最強的立場上，如意不管怎麼做，孝道之下，她就得孝敬著沈侯爺。

沈夫人自己也想得很明白，自己雖然也不是很喜歡沈侯爺，但為了女兒，她得討這位侯爺的歡心。若是能生個孩子……沈夫人低頭摸了摸自己的肚子，只要生個男孩子，那如意這輩子就有倚仗了。

看著沈如意回了房間，沈夫人無聲地嘆口氣，人生不如意十之八九，她們母女倆這輩子想要逃脫沈侯爺，簡直是不可能，除非自己願意和離。

轉身想回房，卻又想到沈侯爺這會兒正在她原本的書房裡午睡，沈夫人就有些抬不起腳。可一想到女兒，沈夫人就一橫心，躡手躡腳地進門了。

連面對沈侯爺都不敢，她還怎麼保護女兒？以後在女兒的婚事上，她還得和沈侯爺對峙呢！

靜悄悄地進了門，一眼就瞧見沈侯爺身上的被子有一半落到地上了。沈夫人頓了頓，停住腳步，過去將被子給撿起來，小心翼翼地蓋到沈侯爺身上。蓋好之後，她才又輕手輕腳地繞過屏風往裡走。

沈侯爺睜開眼睛，伸手拎起身上的被子，瞧了兩眼，又放回去，打了個呵欠繼續閉上眼睛。

這女人，數十年如一日的心軟善良啊。這樣的女人是很好，就是可惜在侯府那種吃人的地方，怕是活不了多久。自己到現在也已經想不明白，當初將這母女倆送出來，到底是為她們好，還是因為厭煩這個女人了。

不過，看在這女人被自己冷落十年還不恨不怒、仍對自己感情深厚的分兒上，這次回了侯府，自己就分出幾分注意力保護一下她們母女倆吧。

# 第七章

沈夫人得旌表一事，因朝上有人幫助，再加上沈侯爺並未阻攔，甚至暗地裡推了一把，所以朝廷的表彰，很快就下來了。

沈侯爺帶著沈夫人和沈如意接過聖旨之後，笑著引了那禮部的官員進了莊子。「怎是趙大人親自過來了？這種小事，派下面的人來做不就行了嗎？」

那位趙大人二十來歲的樣子，人倒顯得十分精明，笑著拱手給沈侯爺見禮。「下官這不是聽說侯爺在莊子上，想要見見侯爺，這才搶了這差事嗎？」

沈侯爺微微挑眉。「原來如此，那你可算是有福了，正好前兩天，我在後山獵了些小玩意兒，味道很是鮮美，正好你這兩天留下來嚐嚐。」

「我運氣好，不枉我在禮部打破了頭搶了這差事。」趙大人嘿嘿笑道，又轉頭和沈夫人說話。「這段時間，就有勞沈夫人了。」

這朝廷的旌表下來，可不光是有一道聖旨就完事了。沈侯爺雖然不是個好丈夫，也不是個好爹，卻不可否認他的聰明才智，自繼承了侯爵，沈侯爺就十分用心地經營，在朝堂上也是舉足輕重、深受皇上看重的人物。

所以，為了給沈侯爺面子，除了聖旨之外，還有節孝牌坊要建。也就是說，趙大人的職責除了是來宣聖旨，還要去和當地官府打招呼，建立節孝牌坊。

這事情也不是一時半會兒就能完成的，所以趙大人至少也要在青山鎮停留三、五天。等確定牌坊的建造開工了，他才能回京覆命。

沈夫人大約是這段時間習慣了沈侯爺，膽氣逐漸練大了些，這會兒也不見羞怯，笑得溫婉。「不麻煩，趙大人為我們帶來了好消息，我感謝趙大人都來不及呢。趙大人若是不嫌棄，就在莊子上住下來吧。」

沈侯爺早就知道禮部會有人來，所以一早就和沈如意說了。前面的院子半個月前便騰出來了，原先住著的下人們，不是去佃戶家借住了，就是沈如意拿了銀子在莊子周圍的農戶那裡租了房子。

趙大人轉頭看沈侯爺，沈侯爺笑道：「趙大人可別嫌棄，地方雖然簡陋，但本侯的夫人也是讓人用心收拾過的，一應鋪蓋都是新的，等會兒趙大人可以去瞧瞧，若是缺少了什麼，儘管和我說。」

「既是夫人安排的，那定是十分周全，下官謝謝夫人了。」趙大人忙給沈夫人行禮。

沈夫人有些不知所措，說起來，這還是頭一次有朝廷命官給她行禮呢，瞧一眼一邊的沈侯爺，神情自在，臉上的笑容一如既往，沈夫人也安心了些。「趙大人可別多禮，趙大人不辭辛苦地帶來了好消息，我做這些也是應當的，趙大人可別和我客氣。」

一邊說著話，三個人一同進了莊子。

沈侯爺伸手指了指。「這邊的幾個房間，都已經收拾好了，趙大人先帶人過去瞧瞧吧。」說著又轉頭看沈夫人。「夫人，時候不早了，該準備午膳了。趙大人等人一路趕來，定是十分辛苦，早些用了膳，也好早些休息。對了，莊子裡不是有幾罈好酒嗎？一會兒都讓人送過來。」

沈夫人應了一聲，又笑著問過趙大人有沒有什麼忌口，這才轉身進了二進院子。

趙大人伸手摸了摸自己的下巴，又轉頭看了看沈侯爺，心裡則是有些疑惑，不是說這位沈夫人是被沈侯爺送到莊子上，十年不許回京的嗎？怎麼瞧著這夫妻倆的樣子，不像是十年沒見面啊。

而且，沈夫人十年沒見著自家相公，竟然也沒半點兒怨婦神態，倒是很自在。而沈侯爺，十年前能將妻女送出京，那定是十分討厭這母女倆，可現在瞧著，怎麼對沈夫人這麼溫柔呢？這夫妻倆，可真是夠怪的。

趙大人心裡雖然疑惑，但面上可半點兒不顯，隨著沈侯爺進了正屋，之後順著沈侯爺的話說起京城的事情來了。

「翰林院有幾個人被提拔上去了，不過沒一個被封大夫。」

沈侯爺點點頭，端著茶杯悠哉悠哉地撥了下茶葉。「有哪幾個人上去了？」

「徐良、曹焜、孟翔……」趙大人笑著說道，心裡有些微激動，他現在是正五品的員外郎，瞧著官職不低，但在京城那地方，五品官是排不上號的。打聽到沈侯爺是在青山鎮這邊之後，禮部想過來傳旨的人少說有三、五個，他也是費了一番力氣才搶到這個差事的。

沈侯爺是深受皇上看重的人，若是能搭上沈侯爺這條線……

想到此，趙大人就說得越發詳細了。「內閣前幾天也出了點事兒，有人到京府尹那裡敲了大鼓，告劉大學士的姪子強占民女，皇上大怒，令人徹查此事。」

沈侯爺面上沒什麼表示，心思卻轉得飛快，劉大學士是曹學士一派的，和何學士正好對立著，首輔萬學士已經六十歲了，再加上他今年大病了一場，差點兒起不來，想必再過兩、三年就不成了，曹學士和何學士都在內閣任職了二十多年，若說最有希望升首輔的就是這兩位了。

劉大學士這事情，指不定就是個開頭。說起這首輔之爭，沈侯爺又忍不住扯了扯嘴角，之前沈夫人的事情，是高大人捅上去的，而高大人是何學士一派的。

清貴和勛貴從來都是兩個派系，清貴是要清，勛貴是要貴，基本上兩派是沒什麼來往。而沈夫人這事情算是欠何學士一個人情，哪怕自己不想要這個人情，將來都得還了。

眼下瞧著，這曹學士因為當年曾當過皇上的伴讀，所以這方是比較占優勢。

趙大人也不知道沈侯爺心裡所想，喋喋不休地繼續說道：「宋國公家的嫡次子，半個月前去打獵，然後摔斷了腿，太醫說是沒可能會好了，宋國公這下子要頭疼了，嫡長子病弱，嫡次子斷了腿，這爵位將來可就麻煩了。」

沈夫人很快就讓人送來了飯菜，還有幾罈好酒，那好酒還是方琴為了謝謝沈如意，從自家精挑細選過帶來的。

話說自沈侯爺來莊子上之後，沈如意就想到兩位手帕交家裡的齷齪事了，想著沈侯爺難得發一次善心，自己若是不利用一下，實在是對不起沈侯爺十年的冷心冷肺。所以，在和沈侯爺打了招呼之後，就寫了帖子給方家和黃家。

當然這帖子不是請黃夫人和方夫人過來，而是替沈侯爺邀請了黃員外和方琴的爹。以沈侯爺的性子，原是不願意見一個員外和一個商人，但當沈如意滿眼期待地看他的時候，他鬼使神差地答應了。

反正閒著也是閒著，這段時間除了清河縣的知縣林大人，他一個外人都沒見過。現下嫡女有所求，他順手幫一把也行。再者，如意也說了，這些年她們母女倆多虧了人家照顧，他若是不見，之前那些功夫就白費了。

在他不過是一句話的事情，見了黃員外和方琴的爹，也就隨口閒話兩句，然後就送客了。

可對黃員外和方琴的爹來說，那可真是天大的事情了，被沈侯爺接待，還和沈侯爺一起喝茶，甚至和沈侯爺親切友好地談話，簡直就是祖宗八代積福了啊。

而且聽聽沈侯爺的話，那是感謝啊，感謝自家夫人和女兒對侯爺妻女的照顧，這清河縣，哪個人得了侯爺的謝謝？除了知縣林大人，就只有他們兩個了。

兩個人興高采烈、滿面紅光地回家，恨不得將各自的夫人和女兒供起來了。黃可兒和方琴後來再見到沈如意，也高興到不行，一個是再不用擔心自家後院那些個姨娘們鬧騰了，一個是再也不用擔心娘親被休了。

當然，這也不是說黃夫人和方夫人放鬆了警惕。該做的事情還是要做的，比如黃夫人的平衡管理，方夫人開始插手自家的生意。不過這些，就沒必要和沈如意說得太詳細了，此乃後話。

翌日，林知縣就趕到青山鎮和趙大人商量，確定了良辰吉日，就開始招聘工匠，準備修建牌坊的事情。放過鞭炮之後，沈侯爺因為避嫌並沒出面，由趙大人親手挖了第一捧土，這節孝牌坊在青山鎮百姓的圍觀下，開始動工了。

有沈侯爺當監工，再加上林知縣也是個清官，這節孝牌坊很快就建好了，朝廷當初連帶聖旨發下來的一共有三千兩銀子，二千兩賞盧氏，另外一千兩用來建造節孝牌坊。若在別的地方，完工之後，這建牌坊的銀子往往所剩不多，但到了盧氏這裡，牌坊完工了，還剩一半的銀子。

不過，盧氏可沒要這剩下的五百兩銀子，三百兩送給了林知縣，剩下的二百兩則買酒菜請了工匠，每人又發了十兩銀子的辛苦費。

沈侯爺從頭到尾沒說一句話，只瞧著沈夫人行事，心裡則是暗暗點頭，現在看來，這女人也不是半點兒長進都沒有，會學著辦事了，等日後回京，面對侯府的事情也不會太沒用。

自己再在旁邊看護一些，定是能保她們母女。

用晚膳的時候，沈侯爺就慢吞吞地發話了。「明兒我就走了。」

沈夫人驚了一下。「明天？這麼早？」

「不早了，父親在這兒住了將近兩個月，他又不是沒有差事的閒人。」沈如意笑咪咪地替沈侯爺說話。「指不定現在父親回去，書房裡堆了多少需要處理的事情呢。再者，天氣轉涼了，若是再晚一些，怕是就不好趕路了。」

沈侯爺看了沈如意一眼，隨意點點頭。「事情多，我在這裡時間太長了，皇上那邊也沒法交代，妳們母女且安心在莊子上住著，明年我再來接妳們，我會讓人送月例銀子過來的。三個月送一次，若是有什麼短缺的，直接讓人和我說就行了。」

沈夫人點點頭。「我知道了，侯爺自己在京城，也要多多保重身子，沒有人在侯爺身邊伺候……」

沈如意輕咳了一聲，沈夫人轉頭瞪她一眼，回頭看了看沈侯爺繼續說道：「侯爺可要自己注意著些身子，差事是辦不完的，侯爺也不要太累了。」

「我知道。」沈侯爺點點頭，放下手裡的碗，側頭看沈夫人。「我給妳留了個印章，若是有事，妳直接寫信回去。」

「我吃飽了。娘，妳和父親先說話，我去讓人給父親準備行李，還有祖母那裡，也得準備一些禮物才行。」沈如意有些牙酸，放下手裡的碗，起身行了禮，就連忙出門去了。

沈夫人臉色通紅，瞪著門口的身影不敢回頭去看沈侯爺。沈侯爺輕笑了一聲，伸手拉了沈夫人的手，沈夫人一驚，差點兒沒跳起來。

這段時間，沈侯爺在這裡住著，平日裡的穿衣洗漱都是她親力親為，可自己去碰觸和沈侯爺來碰自己，完全是兩種不同的感受啊。

沈侯爺就像是沒察覺出沈夫人的不自在，笑著將人轉向自己，面對面。「夫人，有幾句話，我走之前必須要說給妳聽。」

沈夫人眨眨眼，沈侯爺收回手，手指在桌子上敲了敲，轉頭瞧見那一桌子的殘羹剩飯，索性站起身往內室走。沈夫人愣了一下，也趕緊起身跟著往裡面走。

「侯府，妳想來也是有幾分瞭解的。」沈侯爺坐在軟榻上，伸手拿起茶杯看了看。

沈夫人忙上前給他倒了一杯茶，沈侯爺抿了一口，放下茶杯。「我也並非想為自己辯白，當初我送妳們母女倆出京，確實是有些厭惡妳們，不願意看見妳們。」

沈夫人臉色白了白，沈侯爺繼續說道：「因為妳什麼都不會做，只會哭，但凡我看見妳，妳總是在哭。再加上一個如意，她才兩、三歲，看見妳哭，自己也跟著哭，我一天到晚在外面忙得很，回家再對上妳們兩張哭臉，實在是膩歪。」

沈夫人喃喃兩聲，卻沒說出話。當時妯娌們一個個冷嘲熱諷，姨娘們一個個趾高氣揚，婆婆又是雞蛋裡挑骨頭，她實在是沒辦法，就只能哭了。

「侯府裡想要弄死妳的人不是一、兩個。」沈侯爺皺了皺眉，語氣也難得帶了幾分波動。「就妳那性子，我若是放任妳和如意繼續留在侯府，不過一年，妳們母女倆就得賠上性命。」

沈夫人臉色更白了。「誰想要害我們？」

沒理由啊，自己又沒生嫡子，姨娘們沒必要害死自己吧？就算自己生了嫡子，那害死她，沈侯爺不照樣要續弦？來個更強硬的，哪兒有她好欺負？而妯娌們無緣無故害死一個大嫂做什麼？難不成害死她，她們就能當侯夫人？

「不過現在我瞧著，妳倒是有幾分改變了。」沈侯爺卻不再往深處說了，看著沈夫人，他勾了勾唇角。「願意學著長進，很不錯，我也有幾分信心帶妳們母女回去了。如意年紀也不小了，我瞧著她挺聰明又有幾分機靈，若是耽誤了實在可惜，過段時間，我會讓人送兩個嬤嬤過來，一個陪著妳，一個教導如意規矩。」

沈夫人立刻有幾分緊張。「我倒是覺得，如意現在這樣挺好的……她那性子，太野了，不適合……」

沈夫人說得結結巴巴，沈侯爺一眼就瞧出她要說的話，嗤笑了一聲。「妳以為我會將如意送到宮裡？皇上都五十多了，如意年紀輕輕，沒必要進宮。以我廣平侯府的地位，難道還要如意進宮去爭寵？」

「可是你說教導如意規矩……」沈夫人就是有幾分害怕，一想到女兒之前作的那個噩夢，就又和沈侯爺對峙起來。

沈侯爺皺了皺眉，讓沈夫人看得心驚膽戰，身子繃得緊緊的。

「學規矩就一定要進宮嗎？」沈侯爺有些不豫。「如意是我的嫡女，將來的婚事定不能太差了，不說門當戶對，這家世至少得在京城排得上號，她是要給人當嫡妻的，怎能不懂規矩？」

沈侯爺越說語氣越不好。「妳瞧瞧她現在這樣子，連個帳本都看不好，還得自己去記帳，誰家的主母整天捧著一個帳本看？誰家的主母要做點兒事情還得問身邊的老嬤嬤？她這樣子，進門就能被身邊的人捏在手裡，學規矩可不光是學怎麼走路、行禮和坐臥。」

沈夫人縮縮脖子，總算是明白沈侯爺的意思，很是為自己的誤解感到羞愧。「還是侯爺疼愛如意，我竟是沒想到這些，我替如意謝謝侯爺了。」

沈侯爺緩了一口氣，又端著茶杯抿了一口，沈夫人有些猶豫，不過又想到沈侯爺對自己和如意都挺好，為自己娘兒倆著想了，自己也得報答一下沈侯爺啊！

沈侯爺放下茶杯。「還有讀書寫字的事情，如意有妳教導，我倒是不用擔心她不識字，琴棋書畫這些東西是額外的，願意學就學，不願意學就算了，反正成親之後，誰也不是拿著這琴棋書畫過日子。只要會看帳本，能看懂契書之類的東西，就差不多了，所以，我也就不給她請先生了。女紅方面，妳那手藝挺好，我想著她手藝也不會太差了。」

沈夫人笑呵呵地點頭。「如意的手藝好得很，現在都快超過我了。對了，侯爺，之前如意給您做了件衣服，我正想著明兒讓您試試，既然您明兒要走，那就今天試試吧，有不合身的，正好我現在改改。」

沈侯爺可有可無地點點頭，看著沈夫人去櫃子裡拿衣服。松花綠的斜襟衣服上繡著翠綠的竹子，既別致也挺素雅，沈侯爺很滿意，試穿之後發現尺寸完全合適，心裡更滿意了，閨女瞧著是不待見自己，但暗地裡卻給自己做了衣服，可見這心裡，對他這個父親還是有期盼的。

「行了，衣服裝起來，我回京之後再穿。」趕路風塵僕僕的，可別弄髒了，若洗個幾次就不能穿，實在太浪費了。

「說了如意的事情，接下來就該說妳的事情了。」沈侯爺繼續坐在軟榻上，示意沈夫人在自己對面坐下。「妳這性子，若是就這麼回了侯府，自己丟了性命就算了，連累了如意……」

沈夫人一個激靈，臉色煞白，沈侯爺語調一如既往的優雅舒緩。「妳不僅是要在侯府保住自己，還要保住如意，就妳現在這個樣子，完全不行，所以我派個嬤嬤過來，她會教導妳如何當一個侯夫人，當合格的侯府主母，妳若是做不到，我會另想辦法，讓妳們母女住在莊子上，保妳們一世安康。」

沈夫人愣了一下，有些不知所措。說實話，她是喜歡在莊子上的生活，不和人紛爭，不用看人臉色，自己想做什麼就做什麼。就算沒兒子，她也從來不覺得是遺憾，因為她有寶貝女兒。

可是，留在莊子上就真的好嗎？如意原本是侯府的千金，跟著自己成了鄉下的野丫頭。如意原本能嫁個好人家，現在在莊子上長大，不說門第高的，門第一般的人家敢娶嗎？

再說，即使沈侯爺不插手如意的婚事，那沈侯爺上面，可還有個沈老夫人呢，保不準哪天沈老夫人想起自己還有個孫女兒沒派上用場，回頭就將如意給接回去嫁人了。

好吧，就算自己能在沈老夫人反應過來之前將如意給許配人了，可當娘的誰不想自己的寶貝過著衣食無憂、尊貴榮華的日子？

沈夫人忙搖頭，若是如意能嫁給普通人家，有沈侯爺在後面撐腰，如意生了孩子，照樣能過得很好啊！

沒等她想完，就見沈侯爺挑了挑眉。「先告訴妳一聲，我在朝堂上的政敵不少。」

沈夫人眨眨眼，有些不明白這句話怎麼忽然就出現了。

沈侯爺優雅地放下茶杯。「對付不了我，他們就有可能會對付我的家人，比如說我的嫡長女……」

說完後，沈侯爺出了房門，見沈如意正站在院子裡指揮丫鬟們往馬車上塞東西，就叫了她過來，並問：「若是能選擇，妳是願意跟我回京，還是願意留在莊子上？」

沈如意愣了一下，忙問道：「有什麼區別？」

「跟我回京，我自是能給妳榮華富貴，日後也會將妳嫁給門當戶對的人家。留在莊子上，以後就只能嫁個普通人家，且我不會再給妳任何幫助。」

他知道沈夫人那人死腦筋，只聽女兒一個人的話，若是說動了沈如意，不愁沈夫人不願意跟著回京。

沈如意連想都沒想。「自是願意回京的，父親您一個人留在侯府，我和娘都不放心，所以我們也是要回去照顧您。至於嫁人，父親總是為女兒好的，我相信父親。」

呵呵，信你才怪！回京之後就要弄死那個老妖婆給娘親報仇！這些日子和沈侯爺相處，她也算是看清楚，沈侯爺這人冷心冷肺，但為人自有一套準則，應是不會對婦孺下手，尤其這婦孺還是他的妻女，他可以冷落，可以不看在眼裡，可以不聞不問，但絕對不會出手弄死她們。

當然，哪怕是他的妻女，若是沒被他劃入到自己保護範圍內，那這妻女就是要被人害死了，他也不會出手幫忙的。沈侯爺這人，對他自己的後院，甚至是對整個侯府，信奉的是強者生存的法則。

當年的沈夫人和沈如意是沒一個人能入他的眼。他不喜歡，自然也就不會去保護了。他不去保護，沈夫人和沈如意就像是掉到狼群裡的小羊羔，很快就被那一群狼給咬死了。

沈侯爺作為領頭狼，連一個冷眼都沒給。所以，沈侯爺不是害死沈夫人的凶手，他頂多是見死不救。

既然不是沈侯爺出手，那就有可能是老夫人、沈二夫人她們，或者王姨娘她們，再或者就是這一群人聯手的。

沈如意也很想放下上輩子的仇恨，可誰讓沈侯爺出現了呢？

沈侯爺的出現，就好像是在提醒她，侯府問題一日不解決，侯府裡對她們母女倆居心叵測的人一日也不會放過她們。上輩子她到底為什麼被沈侯爺嫁給四皇子，至今還是個謎。

若她還和娘親一直留在莊子上，誰能保證這事情就十成十不會發生？她重活一輩子，不是為了賭沈侯爺現在一時的心軟，她是要確保將來自己和娘親會平安無憂。隱患不除，如何安枕？

「不過父親能不能答應女兒，以後女兒的婚事，由女兒和娘親作主？」瞧著沈侯爺好像心情不錯，沈如意忙乘機提出條件。

沈侯爺微微挑眉。「怎麼，信不過我？」

「不是，如意自是相信父親是為女兒好的，只是……」沈如意臉色微紅，很有些小女兒姿態，只是沈侯爺卻不為所動，仍掛著和以往沒什麼不同的笑容看她，等她繼續往下說。

「如意不想嫁個長相醜陋的。」沈如意捏著手帕，嬌滴滴地裝害羞。「父親幫如意看了家世和人品，相貌什麼的，如意想自己看。」

沈侯爺愣了一下，隨即忍不住笑，果然還是小孩子，相貌這種東西，也能當正經條件來提嗎？

「行，我答應妳了。」沈侯爺也不反對，畢竟長得太醜，以後跟著如意回娘家，豈不是太礙眼了？反正據他所知，京城的勛貴子弟裡，也沒幾個長得特別醜。

定好了這事情，沈侯爺心情愉快地回房休息去了。

沈如意嘆口氣，繼續讓人往車子上塞東西，就算她打算弄死那個老妖婆為娘親報仇，面子上的功夫也得先做好，女孩子的名聲至關重要啊。在自己沒出嫁之前，一定得經營好了才行。

隔日，沈侯爺一大早就起床了。

由於沈夫人昨晚就忙活了大半天，這會兒睡得也不踏實，一聽見動靜就醒了過來，起身繞過屏風過來了。

「侯爺，要起了？」

沈侯爺輕嗯了一聲，沈夫人忙讓人點上蠟燭，親自拿了衣服過來給沈侯爺換好。廚房一大早就燉著湯，這會兒燉得是酥爛軟糯，正好入口。又下了兩把麵條，湯入味，麵條筋道，沈侯爺吃了兩碗，然後翻身上馬。

來的時候是騎了一匹馬，帶著一個小廝，走的時候是騎馬，拉著一輛馬車，小廝原本騎著的那匹馬，正好用來拉馬車。

「天色還早，早上又有些冷，妳和如意就不用出來送了，回屋去吧。」沈侯爺坐在馬上，俯視著沈夫人和沈如意。「平日妳們母女倆自己住，也要注意些安全，我和林大人說過了，妳們有事情也可以去找林大人還有黃員外，小事就讓他們解決，大事他們辦不了的，妳們就寫信給我，找人送到京城去。」

想了想，沒什麼要說的了，沈侯爺一拽馬韁，乾脆俐落地轉身走人，一路走到背影都模糊了，連一次頭都沒回。

沈夫人幽幽地嘆口氣。「總算是走了。」

沈如意有些愕然。「我還以為娘妳很喜歡父親留下來呢。」

「他走了，咱們才好商量以後的事情啊，反正又不是永遠見不著了。」沈夫人不在意地說道，伸手拉著沈如意往回走，抬頭看看天色，時間還早，索性拉了如意到自己房間，母女倆睡一起。

「晚點兒起床，多睡會兒，一晚上都沒睡好呢。」

沈如意打個呵欠，聽話地躺上床，然後閉上眼睛。

沈侯爺不過是來兩個月，這一走，母女兩個就有些不大習慣了，吃飯的時候桌子上的菜變少了，說話的時候文謅謅了一會兒，忽然想起來沒別人聽了。

幾日後，沈如意索性就請了黃可兒和方琴過來玩耍，兩個人一下車就興奮地過來抱沈如意的胳膊。

「如意如意，我爹說，妳父親長得特別好看，是不是真的？」

方琴輕咳一聲，黃可兒嘟嘴。「是如意嘛，又不是別人！」

沈如意忙安慰她。「琴姊姊也是為妳好啊，妳在我跟前這麼說自然是沒問題的，但萬一哪天說順口了，在別人面前也這麼說了，那可就壞事了。」

黃可兒笑咪咪地點頭。「我知道，琴姊姊最是愛護我們兩個了。好了好了，我以後會記得的，快，咱們去房間說話。對了，如意，我給妳帶了點心，我親自做的唷，我這幾天一直在學廚藝，我娘說我很有天分呢。」

方琴有些詫異。「學廚藝？妳打算訂親了？」

黃可兒立刻臉紅了，支支吾吾。「還不是都快十五，馬上就要舉辦及笄禮了嗎？」

沈如意立刻來了興趣。「黃伯母想給妳說個什麼樣的人家？」

「我娘想給我說個讀書人，說是以後出息了，我也能跟著享福。我倒是不大喜歡讀書人，一個個滿嘴之乎者也，天天拿著大道理說話，說女人必須這個、必須那個的，特別討厭！」

黃可兒皺皺鼻子，轉頭看方琴。「妳年紀比我還大呢，妳娘給妳說人家了嗎？」

方琴搖搖頭。「前段時間為著家裡的事情，沒顧得上。」那會兒說不定方琴連方家嫡女的名頭都保不住了，怎麼能說人家？就是說了，那也是高不成、低不就的，方夫人怎麼捨得？

「要不然妳當我嫂子吧？」黃可兒繞到方琴身邊，抱著方琴的胳膊笑道：「這樣咱倆就能一處說話了。」

沈如意撇嘴。「想得美，要是琴姊姊當了妳嫂子，進門不到半年大概妳就要嫁出去了，還一處說話呢，妳光是做嫁衣怕是都沒時間了。」

三個人一邊說一邊笑，進了門，方琴深吸一口氣，一臉認真地給沈如意行禮。

「如意，這次，謝謝妳了。」

黃可兒愣了一下，也忙跟著行禮。「如意，真是要謝謝妳了，要不然，我和我娘的日子也不會變得這麼好過。」

沈如意繃著臉看她們。「當不當我是姊妹？和我還用說謝謝，再客氣我可就送客了啊。」

方琴笑吟吟地起身，主動坐在沈如意身邊，伸手拉著沈如意的手，點頭應道：「好，那我們就不和妳客氣了，咱們姊妹三個，以後要一輩子是姊妹的。對了，妳父親對妳和沈嬸娘怎麼樣？」

黃可兒也湊了過來，一臉好奇。「我爹說，沈侯爺長得很是好看，是不是真的？長得比鎮上的劉書生還好看嗎？」

劉書生是鎮上長得最好看的書生，今年不過二十多歲，學識好，脾氣好，長得也好，簡直就是全鎮，不對，簡直就是全縣未出嫁少女們心目中的對象。

「劉書生那個算什麼啊！可兒，不是我說，劉書生那樣的人，真不是良配。」方琴忙說道。

黃可兒嘟嘟嘴，有些鬱悶地點頭。「我知道，我娘也這麼說，說那個劉書生太心軟，今兒憐惜妳，明兒就該憐惜別人了。就是他不憐惜別人，也架不住別人覬覦他，我現在的身分就是個員外的女兒，連縣令家的千金都比我尊貴，若是哪天有大官的女兒看上他了，我肯定是保不住的。」

之前就說了，劉書生不光是長得好，學識也是一等一，現在還很年輕，將來必然是要科舉出仕的。黃可兒在青山鎮能說是一等一的千金，但出了青山鎮，誰會知道黃可兒是誰？

「不對，我們現在是在說如意的父親。如意，沈侯爺是不是真的長得很好看？」黃可兒只沮喪了一會兒，馬上就又振作起來了，一臉好奇地看沈如意。「妳有沒有畫像？」

「知道妳們會好奇，我自是留了畫像的。」沈如意笑咪咪地說道，反正自家父親是個男人，大男人家的被看兩眼畫像有什麼？難不成還有損名節？

沈如意起身繞到內室去拿了畫軸，讓黃可兒拿著下端，她慢慢將畫軸打開。黃可兒和方琴只看一眼就忍不住哇的一聲驚嘆出來了。

方琴抬頭看沈如意。「如意，我總算是知道妳為什麼長得這麼漂亮了。」

沈如意白她一眼。「妳是說我娘長得不好看嗎？」

「自然不是，沈嬸娘長得也好看，但沈嬸娘較秀氣溫婉一些，妳則更精緻一些。」方琴笑著說道。「以前是一團孩子氣沒長開，這一年竟是有氣勢了些，看著和沈侯爺就更像了幾分。」

「是嗎？」沈如意瞧了瞧畫像，其實準確地說，她和沈侯爺只有三分相似，她更多的是繼承了娘親那種秀緻的五官，但就是這幾分秀緻，加上沈侯爺的幾分俊美，就成了另外一種精緻漂亮了。

黃可兒也連連點頭。「是呀，妳和沈侯爺當真很像很像呢。我就沒那麼像我爹，倒有幾分像我娘了，不過我娘說，幸好我像她了，要是長得像我爹……」

黃可兒誇張地哆嗦了一下，方琴和沈如意想到黃員外那圓圓滾滾的身材，都忍不住跟著笑起來。

姊妹幾個說了一會兒話，方琴笑道：「胭脂鋪上個月賺的銀子翻了五倍！大約是因為沈侯爺過來的原因，現在咱們手裡銀錢也多了。我想著，咱們再在縣城開兩家胭脂鋪子，畢竟縣城的人更捨得買胭脂水粉，而且，有林夫人當活招牌，生意定是不會太差。」

沈如意點頭。「我父親臨走之前，給我和娘留了不少銀子，我想著，咱們不光是要在縣城開鋪子，還得到大名府。另外，我還打算請幾個人，現下光是鎮子上的鋪子，我都忙不過來了，若是再開幾家，我一個人做胭脂，也做不夠。」

「我之前已經和我爹說了，說是和妳合夥做生意，所以讓我爹給我弄了幾間鋪子。」方琴冷笑了一聲，若是以前，她別說是要鋪子了，怕是要個零用錢都要不出來。可現在呢，她一說要鋪子，她那好爹爹立刻就給了她房契和地契。

「兩家是在清河縣，兩家是在大名府，先是這四個，等以後咱們賺了錢，再開到京城去。」方琴笑著說道。

黃可兒忙點頭。「那我出銀子吧，四間鋪子需要多少銀錢？」

「銀錢不是最重要的。」沈如意說道，說完，看了一眼方琴，兩個人又忍不住笑，去年剛開鋪子的時候，她們三個還在為銀錢發愁，現下，銀子倒不是最重要的了。果然，這世事變化得真快。

「急缺的是人手，掌櫃和夥計。」方琴嘆口氣。「現在還缺做胭脂水粉的人，如意的配方是要保密的，咱們做出來的胭脂和別人家的不一樣，用著也好，定是會有人想要偷配方，所以做胭脂要保密，要選的人若是能簽賣身契是最好了，若是不能，也得仔細查過人品身世才行。」

「咱們能不能找人牙子買些人手？」黃可兒想了一下問道。「就買那種能簽死契的。」

方琴搖搖頭。「這又不是荒年，今上聖明，國泰民安，就是咱們大名府，也多少年沒出過天災了，哪能輕易買到願意簽死契的人？就是能買到，咱們現在也不能貿然去買，誰知道會不會是哪家特意以假身分安插的探子？」

「那怎麼辦？」

「對了！還得買莊子，要種花，要找人打理。」沈如意想了一會兒，又發現問題。「總不能咱們總是買別人家的花兒吧？誰知道那花兒上面會不會弄了什麼東西，生意做得越大，就越是容易被人陷害，咱們既然要往大名府開鋪子，現在就得開始提防了，最好是有自己的莊子種花。」

「這個我負責。」黃可兒總算是找到自己出力的地方了。「我家有很多座莊子，咱們這兒氣候適宜，一年四季都能種花，春天有梔子花和杜鵑、月季，夏天有桃花、荷花，秋天有桂花、菊花，冬天有梅花、水仙……」

「那好，莊子給妳解決，至少得種……」沈如意歪著頭想了想，豎起手指頭。「三十畝地！」

「小意思，別說三十畝，六十畝、九十畝、一百畝都行！」黃可兒很大氣地擺手，她爹能買個員外的官兒做，黃家的財富是勝於方家。

方家不過是從方琴的曾祖父那一輩開始做生意賺錢的，而黃家至少也有五代人的積累了。

只是，方琴的爹雖然在對待妻女上面不甚好，做生意確實是一把好手，不過十年就能讓自家的財產翻了好幾倍；相較之下，黃可兒的爹，除了好女色，簡直是一無是處。

一家是正在崛起，一家是正在敗落，倒也算得上是旗鼓相當。不過，以後的事情是說不定的，方家現在沒嫡子，黃家的嫡子則是準備科舉，誰家更好，現在也沒人能斷定。

「掌櫃和夥計這些，我實在是沒辦法。」沈如意看向方琴。

方琴嘆口氣。「這個我來想辦法吧，掌櫃是不可能簽死契的，所以，這個人選，一定要非常慎重才能決定。至於做胭脂的人……要不然，咱們先在鎮上問問？」

「我倒是覺得，咱們不用在鎮上問，鎮上的姑娘家一個個可都驕傲著呢，怎麼可能會簽什麼契約……」黃可兒撇嘴。

方琴忍不住笑。「那妳就不是鎮上的姑娘？」

黃可兒嘟嘟嘴，轉頭看沈如意，沈如意朝她做個鬼臉，才看向方琴。「要不然，我回頭想想怎麼改變一下那個配方，留出最關鍵的一步交給春花她們做。」

方琴愣了一下。「妳以後回侯府，不準備帶著春花她們？」

「春花和春葉年紀都不小了，我想著今年先將兩個小丫鬟提上來，讓她們教，等明年，我會替春花、春葉準備嫁妝，將她們嫁出去。」

沈如意笑著說道。春花、春葉對她最是忠心，上輩子她和娘親離開莊子走得匆忙，也沒安排她們幾個大丫鬟，最後也不知道她們是什麼下場，只是依著侯府那老妖婆的性子，怕是不會放過春花她們。

更何況，春花春葉都是在莊子上長大的，這輩子都沒進過京城，侯府的規矩也不知道，她生怕她們兩個會被人抓了錯處。她這個沒本事的主子，萬一救不了怎麼辦？所以，最妥當的辦法就是將人安置好。

沈如意尚未作出決定之前，沈侯爺就送來了兩個嬤嬤，一個姓宋，三十來歲，負責教導沈如意；一個姓陸，負責教導沈夫人。

沈如意領了宋嬤嬤回自己的房間，第一個問題就是關於春花和春葉的去留。

宋嬤嬤沈吟了一下，看了眼春花和春葉，問了沈如意一句。「我瞧著姑娘身邊還有兩個小丫鬟，這兩個可信嗎？」

沈如意點點頭。「夏蟬是陳嬤嬤的小女兒，夏冰是廚房趙嬤嬤的小女兒。」

「既然夏冰和夏蟬能用，姑娘妳那胭脂鋪子又是急需人手的，春花和春葉就得留下。」宋嬤嬤說完，直接轉頭看春花和春葉。「妳們兩個的意思是，姑娘身邊沒個可靠的人手，去了侯府之後怕身邊沒個能用的人，所以要去幫姑娘的忙對不對？」

一臉著急的春花和春葉連忙點頭，宋嬤嬤搖了搖頭。「要幫忙不是只有跟在姑娘身邊這一條路，姑娘想要在侯府過得自在，不必仰人鼻息，就得自己兜裡有錢。現下姑娘就一間胭脂鋪子，以姑娘現在的處境，這個胭脂鋪子能做好，那就是她在侯府站得住腳的根本，若是做不好，怕是以後都不會再有機會去打理鋪子了，即使是嫁妝鋪子，都有可能會落到別人手裡。」

若侯府哪個長輩心存歹意，就能往沈如意的嫁妝鋪子裡安插人手，進而將這胭脂鋪子變成自己的。

沈如意微微挑眉，其實春花和春葉的去留，她心裡早就有了決斷，問這個宋嬤嬤，不過是想看看這宋嬤嬤是個什麼樣的人。這樣的回答，也還算是合格吧。

「再者，姑娘在侯府可有能用的人？」宋嬤嬤又轉頭看沈如意。「姑娘要不要打聽外面的消息？要不要知道侯府的奴才在外面都是和誰聯繫的？要不要知道京城的勛貴人家中，哪個是能交好的，哪個是要遠離的？」

宋嬤嬤問完，轉頭看春花、春葉。「妳們莫要以為遠離了姑娘，就什麼都做不了，在姑娘心裡妳們就變得可有可無了。正因為姑娘這會兒沒人能用，留在外面的妳們，才是最重要的。」

沈如意笑著點點頭，春花和春葉對視了一眼，兩個人撲通一聲給沈如意跪下了。「姑娘若是想將我們留下，我們就留下，只是，姑娘可千萬不能忘了我們，以後有什麼事情，一定要吩咐我們去辦。」

沈如意忙伸手將人拉起來。「妳們兩個跟在我身邊也有九年了，我怎麼可能忘記妳們？再說了，將來我嫁人，要帶陪房，我可指望著妳們兩人給我湊數呢。」

春花和春葉就算是不大高興，但想到留下來能幫更多忙，也就不再反對了。

宋嬤嬤和陸嬤嬤的到來，代表沈夫人和沈如意的生活進入了一個繁忙的階段。母女倆每天都很忙，上午要學規矩，沈夫人即使以前規矩學得好，但遠離京城十多年，散漫了這麼久，也有點兒生疏。下午則是學後宅的各種手段，沈如意年紀雖然小，但她要保護沈夫人，及笄後也要嫁人，這個就是必學的，到了侯府可就沒人教導她這個了。

由於繁忙，沈如意連做胭脂的時間都沒有了，幸好春花、春葉願意留下來，沈如意索性就將這件事情慢慢地教給她們兩個。另外，還請託鎮上的媒婆，替春花和春葉挑選合適的對象。

小鎮不大，百姓們生活好了，就更有閒心去看別人家的閒事了，沈侯爺的夫人和姑娘住的莊子上多了兩個人，很快鎮上有些身分的人就都知道了。再後來有人一打聽，哎喲喂，原來是沈侯爺給沈家姑娘請了教養嬤嬤，看來是快要將沈夫人和沈姑娘接回去了！

大多數人聽過後感嘆一番就完事了，少部分人，比如說黃夫人和方夫人這些一輩子為了兒女腦子動得比較快的人，很快就反應過來了，立刻帶了厚禮，又帶上自己的閨女，直奔莊子來了。

兩位夫人見了兩個嬤嬤，趕忙笑著打招呼，又拉了沈夫人單獨說話。

黃夫人瞧方夫人有些不自在，一擺手豪爽地說：「哎，妳一輩子就是放不開臉面，這有什麼？咱們和沈妹妹交好這麼些年，還有什麼話張不開口的？」

沈夫人忙點頭。「就是，我和如意剛到青山鎮的時候，就有賴黃姊姊和方姊姊照顧了，咱們之間，有什麼話不能說？妳們儘管說，我能做的，一定給妳們辦好！」

黃夫人笑著說：「咱們感情好，我們一說，妳肯定答應幫忙啊，但這次的事情吧，還真不是看妳的態度……」

沈夫人有些迷茫，方夫人打斷黃夫人的話，替她說道：「就是那教養嬤嬤的事情，我們聽說，沈侯爺給如意請了個教養嬤嬤，專門指點如意的規矩禮儀？」

都是養女兒的，方夫人這話一出口，沈夫人就明白了。「妳們是想讓可兒和琴兒過來跟著學？」

兩個人忙點頭，滿眼期待地看沈夫人。但沈夫人真不知道該怎麼回答，就像是方夫人剛才說的，這事光是她表態根本不行啊，那兩個嬤嬤不是她的人。

但到底不忍黃夫人和方夫人失望，沈夫人就含含糊糊地應道：「妳們先別著急，我問問那兩個嬤嬤，看她們願不願意多帶兩個，若是願意，那就好辦了，可若是不願意……」

方夫人略微有些失望，但也很體諒地點了點頭。「我們明白，我們之前也都打聽了，說是那宮裡的嬤嬤們，出來都是挺高傲的，就算不答應，那也沒什麼，以後請別的嬤嬤也行。大名府的知府夫人，妳也認識的，聽說他們家過兩年會有幾個嬤嬤放出來，到時候我們再去請也是一樣的。」

沈夫人有些不好意思，黃夫人也忙安慰了她兩句。

與此同時，沈如意這邊，方琴倒是知道方夫人的來意，就大致和沈如意說了一下。「不過我倒是覺得，學這個沒點兒意思，我又不打算嫁到大戶人家，將來只找個門當戶對的就行，我不挑他們家世，他們也別挑我規矩。」

「再者，」方琴笑了笑。「和侯府的嫡長女是手帕交喔，他們捧著我都來不及呢，哪兒有空挑我規矩？」

黃可兒瞪大眼睛。「學規矩很辛苦吧？天天這樣那樣的，豈不是很累人？我也不想學，我將來不當什麼大官的夫人，我就在鄉下找個人嫁了就行。」

沈如意立刻瞪大眼睛。「這可不行，我還想著以後妳們兩個幫幫我呢，妳們要是隨便在鄉下嫁人了，以後咱們見面可就不容易了。」

結果方琴和黃可兒比她更震驚。「妳打算讓我們兩個去攀高枝？」

「當然不是！」沈如意撇撇嘴。「我會做那樣的事情嗎？我啊，早就替妳們打算過了，黃大哥喜歡琴姊姊，琴姊姊妳喜不喜歡黃大哥？」

方琴臉色通紅，黃可兒拍手，笑嘻嘻地應道：「自然也是喜歡的，我大哥很優秀，和琴姊姊是天造地設的一對！」

方琴推了黃可兒一把，抬頭看沈如意，確定她不是在開玩笑，才苦笑了一下。「如意，妳想什麼呢，我和黃大哥並不般配，黃伯母一直想給黃大哥挑個讀書人家的女兒……」

「琴姊姊，妳沒去試過，怎麼知道不能？難道妳打算嫁個自己不喜歡的人，然後一輩子被困在後院，相公賺錢自己花？」沈如意打斷她的話，又看黃可兒。「妳呢？妳就打算在青山鎮找個人嫁了，有事沒事回個娘家，得空了找人打打葉子牌，年老了就給丈夫納妾籠絡他？」

黃可兒咬咬嘴唇，她娘這輩子的生活，她是不願意再去過了，可是，女人除了這樣過，還能怎麼過？

「妳們就不想想，自己足夠優秀，哪怕將來沒有相公的寵愛，自己也能立足嗎？」沈如意壓低聲音說，反正她是覺得，靠誰都不如靠自己。

說完，她又看向方琴。「就是因為妳家世配不上黃大哥，所以，妳才要在別的方面努力啊，妳的規矩禮儀學好了，別說整個青山鎮，怕是整個清河縣，都沒有能比得過妳的千金，這樣妳還配不上黃大哥嗎？」

男人都是喜新厭舊的，相貌好的他就善待幾分，相貌不好的放在跟前他還嫌礙眼。妳要盡聰明手段，不過是讓他多看兩眼，為什麼不自己奮鬥，讓自己有立身的根本，再不用去瞧男人的臉色？

黃可兒一臉迷茫。「這和學規矩禮儀有什麼干係？」

方琴看了她一眼。「妳若是個鄉下野丫頭，那些貴婦人、嬌小姐可是不會和妳打交道的，規矩禮儀是通往那扇大門的敲門磚。」

男人娶老婆的目的是為了繁衍，幫助打理內宅。前者，基本上只要是個女的就能行；後者，則要求品行，要求待人接物的能力，要求管家的本事，要求交際的手段。

娶妻當娶賢，這個賢可不光是指不爭風吃醋、廣納美人為丈夫開枝散葉。相反的，這個繁衍，還是要稍微靠後一些的，能力手段才是最優先考慮的。

方琴比黃可兒聰明，也比黃可兒多幾分追求，所以回去想了一晚上，第二天就過來給沈如意答覆，願意跟著沈如意一起學規矩。

三個小姊妹平日裡沒事都要聚在一起玩耍，現在有兩個人去學規矩了，黃可兒不願意落單，再加上黃夫人很堅持，所以，黃可兒過了一天，也加進來。

宋嬷嬷在沈如意提出來之後，根本沒猶豫，直接就答應下來這件事情了。在她和陸嬷嬷過來之前，沈侯爺就交代過，以後若是不出意外，她們兩個大概要一輩子跟著沈姑娘和沈夫人了，沈夫人母女，才是她們要伺候一輩子的主子。

能活著從宮裡出來的嬤嬤，要麼是背後有大靠山，要麼是自己特別聰明。宋嬤嬤和陸嬤嬤自然是沒有大靠山的，她們自然清楚知道，主子可不管下面的人多有本事，他們最需要的是忠心。

沈夫人雖然不大能幹，卻也不笨；而沈姑娘雖然年紀小，卻有主見又聰明，兩個人還心善，對待跟著自己多年的下人，十分慷慨大方，費盡心思安排妥當，若是哪天她們也能當了夫人和姑娘的心腹，還用發愁下半輩子嗎？

當然，現在得慢慢來，不光是她們要看主子可不可靠，主子們也要看她們可不可用，兩邊都確定了，以後才有接著往下的機會。所以，兩個人在聽了沈夫人和沈如意的請求之後，立刻就應了下來。

從此，沈如意學規矩的時候，就多了兩個同伴。

# 第八章

秋去冬來，有事情做，時間就過得特別快。一轉眼，年底就到了，沈侯爺派人送來不少綾羅綢緞、胭脂水粉以及香料茶葉，還有一疊銀票。

沈夫人也知道，這大約是她和如意在莊子上過的最後一個新年了。所以，這次年節過得特別隆重。因著沈侯爺的表態，周圍縣城的知縣夫人，也都讓人送了年禮和帖子。不過，沈夫人只回了林夫人的請帖。

然後，沈夫人帶著沈如意和林夫人又去知府夫人那裡拜年，剩下的就不用管了。

夏天的時候，已經十七歲的方琴，帶著豐厚的嫁妝，嫁給黃可兒的大哥。

黃夫人是個聰明人，放眼整個大名府，能和沈如意互稱姊妹的也就她的女兒和方琴兩個人。但女兒嫁出去之後就是別人家的了，她又沒資格去拜訪沈夫人，以後要維繫和侯府的關係，只有方琴了。

再者，方琴現在的言行舉止，和以前相比真是長進了不少，人也足夠聰明，再加上兒子也很喜歡，黃夫人不過是猶豫了幾天，就應下了這門親事。

而去年就舉辦及笄禮的黃可兒，也訂下了人家，是清河縣縣丞的嫡次子，人長得不錯，學識雖然不算最好，卻也能過得去，苦讀幾年也必定能中舉。

今年初夏，沈如意也為春花和春葉準備了一大筆嫁妝，先後將她們兩個給嫁出去了。人選是她在鎮上挑的，特意觀察了半年多，確定人品足夠好，這才讓人上門提親。

到了秋季，沈侯爺第二次來到莊子上。

沈夫人帶著沈如意站在二門那兒迎接，見了沈侯爺，微微笑著行禮。「侯爺來了，這一路可還順利？」

沈侯爺翻身下馬，上下打量了一眼沈夫人，然後微微挑眉，果然是長進了不少，頭一次見自己的時候，還很是侷促不安，這會兒已是落落大方了。

再看沈如意，沈侯爺更驚訝了，他知道這個女兒夠聰明，要不然，他也不會看在眼裡，還特意為她請了教養嬤嬤，卻沒想到，這個女兒竟是這麼聰明，不過一年多的時間，簡直像是脫胎換骨了。不是指她那股聰明勁兒更明顯了，而是說從動作舉止上看來，一年前的沈如意頂多算是大家閨秀，現在的沈如意則是名門貴女，一舉手、一投足，姿態如行雲流水，優雅大方，貴氣天成。

「我是來接妳們回去的。」沈侯爺很滿意地笑了笑，不愧是他的女兒。

沈夫人和沈如意並不意外，上次沈侯爺過來，就說定是這時候來接她們，算算日子，也差不多是這幾天了。

「東西可都收拾好了？」沈侯爺率先往裡面走，一邊打量四周，一邊問道。

沈夫人點點頭。「收拾得差不多了，也就幾件衣服和一些莊子上的特產，三、五輛馬車就能帶走了。」

沈如意乘機湊過去。「父親，您將這個莊子給我好不好？」

沈侯爺轉頭看沈如意，沈如意咬咬牙，伸手抱著他胳膊晃了晃，隨即趕緊撒手，和對娘親撒嬌的感覺完全不一樣啊。

沈侯爺則是有些意外，卻沒多大感覺，沈如意又不是第一個抱著他胳膊撒嬌的女兒。

「您看我和娘都在這兒住了十年多，這兒也算是我們第二個家了。」沈如意笑嘻嘻地繼續撒嬌。「反正這個莊子也不大，父親就給了我吧？」

她的人手，她的生意，都是在這兒，莊子不拿到手，實在是太不放心了。

「父親、父親，您就答應了吧？」雖然有些彆扭，但在心裡將人替換成自家娘親，還是能撒嬌的，沈如意臉色微紅地繼續說道。

沈侯爺眼裡帶笑，到底女兒年紀小，真以為自己將那點兒不情願給藏得很好嗎？不過，難得見她撒嬌，反正這個莊子不大，也沒什麼用處，給了她是無妨。於是，沈侯爺很痛快地點頭了。「回去就將地契給妳。」

沈如意大喜，她才不會告訴沈侯爺，現在的莊子可不是去年那個莊子了。自從沈侯爺大方地給了那麼豐厚的銀錢後，她就讓人在附近的村鎮買了不少良田，和莊子加起來，也有將近一百畝的地了。

「父親，咱們什麼時候回府？」得了沈侯爺的準話，沈如意放下心裡惦記了將近一年的事，輕輕鬆鬆地跟著沈侯爺進了房間，殷勤地替他倒茶水。

沈夫人微微笑了一下，站在門口叫來了陳嬤嬤。「將點心端過來吧，熱呼呼的正好入口，讓廚房開始準備午膳，一會兒就擺上來。」

陳嬤嬤忙應了一聲，出去的時候遇見陸嬤嬤，就拉了陸嬤嬤一起去廚房。

沈侯爺抿了一口茶。「怎麼，想早點兒回去？」

「不是，想讓父親留在莊子上陪我們過中秋，中秋之後再走。」沈如意笑著說道。

沈夫人忙過來捏了她一把。「胡說什麼呢，中秋是全家團圓的日子，自是要趕回去和侯府的人一起過的。」

沈如意嘟嘴不高興。「父親都陪著侯府的人過了很多個中秋了，這次留下來陪女兒和娘親怎麼了？再說，現在距離中秋就剩下十天了，趕路可是累得很，父親難得出門一趟，難道不想休息幾天嗎？」

若是將沈侯爺留下來陪她們過了中秋，那也算是沈侯爺為她們撐腰了，免得一進侯府就被人給下馬威。與其等著被人對付，不如自己先出擊，明確告訴侯府的人，沈侯爺並非沒將她們母女放在眼裡。

不過，這件事情得沈侯爺自己配合，若是沈侯爺不願意配合，沈如意就得另外想辦法了。比如以娘親十年多沒回京，生怕誥命的金冊和禮服有破損，要拿出來看看？

沈如意雖然沒直說，但她這點兒小心思也沒遮掩。

沈侯爺轉著手腕上的佛珠，笑得很溫和。「對我有什麼好處？」

「自然是有的。」沈如意一開始也沒想著沈侯爺會立刻答應，早將勸說的話想了很多遍了。「第一，今年的秋闈馬上要開始了，大名府最近出了不少賣試題的……」

沈侯爺忍不住笑。「哪一年的秋闈沒有賣試題的？」

「這次不一樣，黃大哥說以往大家都當開玩笑，誰也沒在意，可今年大家都跟瘋了一樣，誰都去買試題。」沈如意微微皺眉，這件事情當年可是鬧得很大，皇上年紀漸老，皇子們開始爭權奪利，科舉可是一塊大肥肉，哪怕自己咬不到，也不能讓別人叼走了。

「好吧，就算是我大驚小怪了，我一個女孩子家的，對這些事情也不算太瞭解。」

沈如意撇撇嘴，上輩子的時候，就因為這賣試題的事情，黃大哥差點兒被取消了科舉的資格呢。

「第二，襲慶府裴大人家裡的千金兩天後要過生辰，給女兒和娘下了帖子，女兒想讓父親陪著我們過去。」沈如意笑咪咪地從炕桌下抽出帖子在沈侯爺面前晃了晃。

至於裴大人是何學士這一派的人，不用沈如意特意去說明。

沈如意覺得自己說的第二個條件那是絕對能讓沈侯爺心動的，可沒想到，她話音剛落，沈侯爺就忍不住哈哈大笑了起來。

「妳是打算讓我和何學士扯上關係？」

沈如意有些迷茫地眨眨眼，難道和何學士扯上關係不好嗎？何學士可是內閣鬥爭的勝出者，明年秋天的時候，何學士可就要當首輔了。沈侯爺是朝廷重臣，若是想再往上一步，那必然是要和何學士打好關係啊。

可是看沈侯爺的樣子，沈如意又有些遲疑，難道是何學士這會兒處於頹勢，看不出勝利的前兆，所以，父親覺得何學士不能勝出，不願意和何學士交好？

「真是個傻子，妳以為和朝堂上的重臣交好，就能得到皇上的重用？」沈侯爺笑完了，伸手摸了沈如意的腦袋一把。

這個女兒，說聰明吧，那當真是聰明，可你以為她聰明了，她又犯傻了。不過，沈侯爺心情好，就願意指點一下女兒。「妳父親我是勛貴，咱們廣平侯府，在京城就是排不上第一第二，那也是能排前十的，京城多少個世家，多少個王府、郡王府妳知道嗎？」

沈如意眨眨眼，她上輩子不知道，可這輩子是打聽過的，當年為了選一個合適的靠山，她可是將全京城的世家王公都想了一遍。

「咱們是勛貴世家，何學士家是清貴世家，他們文官最是瞧不起勛貴，我們是最不屑和文人打交道。」沈侯爺笑著端著茶杯抿了一口。「當然，這並非是絕對的，有時候人的性子對了，交個朋友也是無妨。

「可是，這得看皇上的意思，皇上覺得，你和這個人走得太近了，於他很不利，哪怕你們兩家是親家，也得反目了。」看沈夫人將點心盤子推過來了，沈侯爺又拿了一塊點心吃，悠哉悠哉地朝沈夫人點了點頭。

「妳知道我在京城是做什麼的嗎？」沈侯爺又問。

沈如意傻呆呆地點頭。「不是做侯爺的嗎？」

一句話又逗得沈侯爺哈哈大笑，笑完了才接著說道：「妳知道京軍分幾種嗎？」

沈如意老實地搖頭，沈侯爺索性又將京軍的分制給她講了一遍。「我現在是掌管三千營，整個京城的防衛，都是我管著，按照妳的說法，應該是屬於武將。」

好吧，聽到這一句，沈如意總算是反應過來了。「文臣武將不能相交？」

「還不算太笨。」沈侯爺稱讚了一句。

沈如意卻沒太高興，甚至是有些沮喪，原以為自己夠聰明了，結果被沈侯爺戳穿，自己只是看著聰明而已。

「這些事情沒人給妳講過，所以妳才不知道。」沈侯爺瞧著那有幾分和自己相似的臉蛋表現出不悅了，難得好心安慰幾句。「以後跟我回京了，得空我指點一下妳就知道了。」

沈如意更關心另外一件事情。「所以裴大人的千金的生辰，咱們不去了嗎？既然父親您說文武不能相交，那裴大人也肯定不是笨蛋，怎麼會寫了帖子送過來？」

「文武不能相交的意思不是說讓你們沒來往。」沈侯爺耐心地解釋。「真要是全不來往了，皇上也得發愁。所以，裴大人府上可以去，但怎麼去，去了是個什麼態度，這才是最重要的。」

沈如意想了一下。「要很友好，但又不能太友好？」

沈侯爺搖搖頭。「不對，妳自己想吧，正好讓我瞧瞧妳這一年學得如何了，若是學得足夠好，那回府之後我也就不用擔心妳們了，可若是沒學好……」

沈如意愣了一下，沈夫人輕咳一聲。「侯爺累不累？一會兒午膳該做好了，我讓人準備了熱水，侯爺先去洗漱一番，然後用過午膳再休息一會兒？」

沈侯爺很滿意地點頭，便邁步去洗漱。

等出了房間，沈如意才抓著沈夫人問道：「父親的意思是願意留下來陪我們過中秋了？」

沈夫人有些不確定。「說不定是只讓我們去裴大人府上？」

「他是來接咱們的！咱們不回去，他自己怎麼回去？」沈如意臉上的笑容逐漸擴大。「只要父親能留到中秋以後再陪咱們回府就行了，唔，不對，還有裴大人這件事情，咱們也得好好想想，要用什麼態度。這個禮單，娘親準備好了嗎？」

「一個小姑娘家過生日，要什麼禮單？」沈夫人笑著捏了捏沈如意的臉頰。「又不是老人家過壽，隨意選兩、三樣禮物送過去就行了，不過要選什麼，妳自己決定，妳父親剛才說了，這是對妳的考驗。」

「好吧，那我自己想。」沈如意點頭，趴在桌子上仔細回想剛才沈侯爺說的一番話，衡量廣平侯府和裴家各自的差事和位置，再去想文官和武將之間的聯繫。

裴夫人是從未和沈夫人聯繫過的，自家是頭一次收到裴家的帖子，兩家原先沒交往。但沈侯爺和裴大人同朝為官，帖子又送過來了，不好沒有半點兒表示。

等沈侯爺出來，沈如意已經作出了決定。「女兒和娘親一起去，父親不用去，帶的禮物不用太貴重，但也不能太薄，太貴重了他們也不敢收，太薄了倒是要給父親您丟臉了，所以女兒就想了四樣，一個白玉長命鎖，一雙金鐲子，一個是女兒自己做的屏風面兒，一個碧玉常青樹盆栽。父親覺得如何？」

沈侯爺笑著點頭。「還行，不過金鐲子太俗氣了些，換成一雙玉鐲子吧。」

沈如意笑得很燦爛，沈夫人還是有些不大確定。「那侯爺是和我們一起回京嗎？等我們去裴大人府上回來，已經差不多是中秋節了，若是回京，怕是趕不及府上的中秋了。」

「那就在莊子上過中秋吧。」沈侯爺不在意地說道，反正她們母女倆自己願意沒進門先樹敵，到時候她們自己去解決，自己就先看看這母女倆能不能扶得起來吧。

用了午膳，沈侯爺自行去休息。前段時間他確實累得很，科舉可不光是文官的事情，他既是負責京城的防衛，也要負責貢院考場的安全。

科舉是大事，一點疏忽都不能有，他忙了將近三個月，這會兒終於能休息了，那自然是怎麼舒服怎麼過。每日裡除了吃飯睡覺，醒著的時候要麼看看書，要麼到周圍的山上轉一圈或者就近到鎮上走走，諸事不理。

就連沈夫人和沈如意一早出門，他也就應了一聲，午膳索性就在鎮上的酒樓裡解決了。

當沈夫人和沈如意從襲慶府回來，已經是三天後了。

這次輪到檢查沈夫人的功課，沈夫人畢竟是侯夫人，若是她沒長進，沈侯爺也不敢放心將侯府交給她；反之，若是沈夫人有那個能力了，沈侯爺也就不介意讓沈夫人當個名副其實的主母。

「去的有大名府的陳夫人，東平府的趙夫人……」沈夫人心裡雖然沒底，這一年來卻也練了神態表情，這會兒臉上還掛著淺淺的笑容。「陳夫人送的禮物很普通，倒是那位趙夫人送的禮物挺貴重……」

沈侯爺聽完也沒說什麼，微微點頭。「準備收拾行李，咱們中秋過後出發回京。」

沈夫人頗有些膽戰心驚地去偷偷問沈如意，沈如意笑得跟朵花一樣。「娘著急什麼？父親若是不滿意，大不了就是不讓妳管家，咱們之前不是說好了，等摸清楚情況再說管家的事情嗎？所以父親滿意和不滿意有什麼區別？」

沈夫人豁然開朗，不去在意沈侯爺的態度，和以往一樣，該做什麼做什麼去了。

本來莊子上的東西已經收拾得差不多了，沈夫人除了帶上陸嬤嬤，還帶上了陳嬤嬤一家，以及兩個小丫鬟，廚房的趙嬤嬤一家。紅綢去年嫁了人，沈夫人便將莊子交給紅綢夫妻管著。

沈如意則是帶著宋嬤嬤和夏蟬、夏冰，而春花和春葉兩家則留下來，一家看管胭脂的生意，一家負責培養人手。因目前的胭脂鋪子到底是合夥的，總是不大方便，於是日後開一間自己的鋪子這個想法逐漸在沈如意心中萌芽。

八月二十，中秋節過了五天，沈侯爺騎著馬，後面跟著六輛馬車，總算是踏進了京城。他們進城不到半個時辰，就有人飛奔往廣平侯府和那守門的人嘀咕了半天，拿著賞銀走了。

消息一層層通報到侯府後院，沈老夫人一張臉很是陰沈，掃了一眼下面坐著的兒媳和孫女兒們，冷哼了一聲。「侯爺和盧氏回來了，妳們等會兒誰去迎接？」

沈二夫人看看沈三夫人，腦袋一歪，一臉痛苦。「哎喲，娘，我有點兒頭疼，想來是昨晚上沒休息好……」

沈三夫人忙伸手捂住肚子。「娘，我昨兒吃了半個西瓜，今兒肚子實在是不舒服……」

沈老夫人看另一邊，王姨娘恭恭敬敬地站在角落裡。因著長房的主母不在，王姨娘又是管著長房的帳本，所以在這屋子裡，王姨娘是有立足之處的。

被老夫人盯著看，王姨娘有些無奈地上前行禮。「若是老夫人不嫌棄，奴婢願去迎接侯爺、夫人和大姑娘。」

與此同時，沈侯爺騎著馬走在馬車最前面，一行人進了那條街，人群就像是被隔開了，外面的吵吵嚷嚷和這條街一點兒關係都沒有。從街頭的尚書府到街尾的國公府，一條街都很顯貴。當然，對面的人家地位也不低。

街道後面則是一條小巷，一間間的小院連在一起，這一片是廣平侯府的，那一片是成國公府的，左邊是陳尚書府的，再往後面是王家的。

前街很是安靜，反而突顯出後面的小巷子特別熱鬧。

沈如意想著就忍不住笑了一下，當年的她可沒少讓丫鬟偷偷從後面的巷子裡替自己買東西。

「到了。」前面沈侯爺說了一聲，翻身下馬，立刻有小廝過來牽馬兒。

沈夫人動動身子，只掀開了馬車的車簾，沈侯爺微微轉身，半側頭說道：「妳們且在馬車上坐著，等到了二門再下車。」

到了二門，陳嬤嬤等人先下車扶了沈夫人和沈如意。

「奴婢見過侯爺，給侯爺請安。見過夫人、大姑娘。」

母女倆剛站穩，就聽見前面有個很溫和的聲音，一抬頭，就瞧見一個二十多歲的女人，穿著一身月白色衣服，頭戴幾根玉簪子，笑盈盈地站在前面。

這個人，不光是沈如意認識，沈夫人在沒被送出京的時候，也是見過的。正是沈夫人走後，代替沈夫人打理長房事情的王姨娘。

「原來是王姨娘。」沈夫人只是身子稍微僵了一下，隨即臉上就露出笑容，端莊、溫婉、大氣地扶著陸嬤嬤的手，她微微抬了抬下巴。「快起來吧，這些年多虧了妳照顧侯爺呢，我不在府裡，妳將府裡打理得很好。」

說著，她轉頭看沈侯爺。「侯爺，王姨娘也是勞苦功高，回頭您是不是得賞賜點兒什麼？」

沈侯爺盯著沈夫人看了看，笑著點頭。「夫人說得是，不過，既然夫人已經回來了，那這後院的事情，一切都聽夫人的，夫人自己作主就是。」

一句話就肯定了沈夫人的地位，順便還答應將管家權交給沈夫人，這表示可真是夠重的，讓王姨娘的臉瞬間慘白了一下。

對上沈侯爺那似笑非笑的臉，沈夫人也有些不自在，忙轉移了目光，上前兩步拉起王姨娘。「妹妹這些年辛苦了，回頭啊，我一定要好好謝謝妹妹才是。對了，明修呢？今兒不在府上？」

沈明修是王姨娘的兒子，今年六歲。王姨娘深深地看了沈夫人一眼，臉上也帶著恰到好處的笑容，有幾分欣喜和膽怯，也有幾分期待。

「勞夫人惦記著，那小子太皮了，昨兒聽說侯爺和夫人要回來，鬧騰了一晚上不肯睡覺，就有些著涼，今兒一早便開始拉肚子，奴婢怕帶了病氣，就沒敢帶他過來。」

「小孩子就是這樣體弱，妳做得對。」沈夫人笑著說道：「是要精心照顧著，既然病了，那就多休息幾天，回頭我讓人給妳送些藥材過去。」

王姨娘忙蹲下身子行禮。「奴婢多謝夫人賞賜。」

「快快起來吧。」沈夫人忙又將人拉起來，笑著拍了拍她的手。「明修是侯爺的兒子，也是要管我叫一聲娘的，他病了，我心裡也是惦記得很，回頭我去瞧瞧他。」

王姨娘忙應了一聲，又說道：「老夫人讓奴婢過來接侯爺和您，夫人您看……」

沈夫人忙點頭。「給老夫人請安是應當的，咱們快些過去，免得讓老夫人等得著急了。」說完，只看著王姨娘不動身。

王姨娘有些疑惑。「夫人，咱們不走嗎？」

「王姨娘，妳是說從這兒走到老夫人住的長春園？」沈夫人伸手指了指腳下，比王姨娘更迷茫。「咱們侯府，難不成連轎子都準備不起了？」

沈侯爺輕咳了一聲，並未接話。王姨娘臉上的笑容有些僵硬，總不能說是老夫人親自吩咐，昨兒就將這邊的轎子都撤走了吧？

沈如意笑咪咪地看沈侯爺。「父親，您還說侯府很富貴呢……」

沈侯爺笑著點點頭，還是沒說話。若是他事事都幫忙，還不如當初別接了她們母女回來。

「王姨娘，這是怎麼回事？」沈夫人捏了捏沈如意的臉頰，很自然地將沈如意的話給略過去了。「剛才我還和侯爺說，這家妳管得還不錯，還想著日後讓妳幫幫我呢，可現在……」

王姨娘心中突跳了一下，瞧侯爺的意思，沈夫人大概以後是不會再離開侯府了，而且侯爺對夫人也不像是半點兒感情都沒有。即使老夫人十分厭惡沈夫人，但說到底，不管後院怎麼樣，侯府最大的主人還是沈侯爺。

自己這會兒若是得罪了沈夫人，也就是不給侯爺面子，畢竟，侯爺親自將人帶回來，剛才還主動點頭應下要將管家的事情交給夫人，這會兒雖然沒表態，卻是站在夫人身邊沒挪地兒，這個態度已說明得足夠清楚了。

可若是順著夫人了，那得罪的可就是老夫人了。

瞧著王姨娘在猶豫，沈夫人忽然笑道：「我那二弟妹和三弟妹怎麼沒過來？之前聽侯爺說，老夫人想要三弟妹代替我管家？王姨娘，妳在侯府的時間也不短了，妳說說，三弟妹的性子如何？」

性子如何？就差沒將侯府當成是自己的了。

一想到三夫人，王姨娘瞬間就作出了決定，不管她和夫人是什麼關係，敵對也好，互相幫忙也好，可在遇上外敵的時候，總是要站在一條線上的。

老夫人今兒想給夫人下馬威，沒叫二夫人和三夫人，卻讓自己過來了。若是自己和夫人對上了，一個是占著多年伺候侯爺的情分，一個是占著嫡妻的位置，那鬥起來，長房可就有空子可以鑽了。

自己本來就是一個姨娘，原本就沒資格管家，當初還是在侯爺的一力支持下，才管了長房的事情。可現在，夫人回來了，夫人管家那才是天經地義的，且日後夫人不光是管著長房，整個侯府都歸她管的，可若是這會兒，夫人只顧著和自己這個姨娘鬥爭，可不光是丟了長房的管家權。

王姨娘一向是個聰明人，從來都知道怎麼做是對自己好，老夫人雖然是後院最大的，可侯府當家的是侯爺和夫人。她是長房的人，若是沒了長房，或者說，若是侯府就剩下個空殼子，那將來她兒子能繼承到什麼？畢竟現在的侯府仍未分家，不完全是長房的。

「是奴婢的失誤。」一旦想明白，王姨娘立刻就又行了禮。「前段時間，因著府裡辦了賞花宴，那些抬轎子的婆子累了一天，老夫人說，趁著這兩天沒人出門，就讓她們都回去歇著了，奴婢竟是沒考慮周全，還請夫人恕罪。」一邊賠罪，一邊將事情說得十分完整，特意點出了罪魁禍首。

沈夫人微微皺眉。「都回去歇著了？現在找不到人了？」

「夫人還請稍等，奴婢這就去叫幾個人過來，很快的。」王姨娘立刻應道，又給沈侯爺行了禮，轉身就急匆匆地往內院去了。

果然是很快，連一盞茶時間都不到，就叫來了幾個粗壯的婆子，抬著他們進到長春園。真正到了內院門口，轎子才停下來，王姨娘走得滿頭大汗，八月下旬的天，中午還是挺熱的，王姨娘穿得也不薄，這會兒背後都隱隱約約能瞧見汗跡了。

沈夫人笑咪咪地下了轎子，回頭看沈如意，沈如意也笑，微不可見地朝沈夫人點了點頭，並且站在沈夫人身後。

沈夫人一想到寶貝的女兒在自己身後，那想要退縮的膽怯就變成了勇氣。

不就是見那個看到自己總是皺著眉的婆婆嗎？以前又不是沒見過，現在自己有朝廷的旌表，有侯爺的支持，有女兒的鼓勵，還有什麼好怕的？

想著，沈夫人就挺著胸，側頭看王姨娘。「王姨娘，咱們進去吧。」

王姨娘忙點頭，低眉順目地跟在後面，看著沈夫人姿態優雅地往前走，心裡也是有些打鼓。剛才瞧著夫人是有些變化，可千萬別一遇上老夫人，就又變成以前那扶不上牆的樣子。夫人若是不站起來，自己可就白白得罪老夫人了。

沈老夫人半靠在軟榻上，手裡拿著一串佛珠，低垂著眼簾，就是沈侯爺等人進來，也一句話都沒說，只當眼前沒那幾個人。

沈侯爺不在意，隨意地行了個禮，直接在左邊的首位坐下了；沈二老爺動動嘴唇，想說話，沒說出來；沈三老爺則吊兒郎當地坐在那裡，嘴角帶著笑，視線往沈夫人和沈如意身上掃了一眼，又轉頭去嗑瓜子。

沈二夫人和沈三夫人一個看著手裡的帕子，一個看著腳下，也是不吭聲。

王姨娘偷偷打量了一下周圍，想躲到一邊，可一看見前面的沈夫人，又有些猶豫了。這會兒的站隊，可是在眾目睽睽之下了，一旦選了，日後可就難改了。她本想從侯爺那臉上看出點兒什麼，可不管怎麼看，侯爺都是那帶著三分淺笑，什麼都不在意的慵懶樣子。別說是表情了，就連小動作，都和以往沒半點兒差別。

王姨娘正著急時，就聽前面沈夫人笑道：「給老夫人請安，多年不見，老夫人臉色紅潤，氣色看起來真好，果然侯爺是個孝順的人，將老夫人照顧得很好。我就說，咱們這樣的家族，最看重的就是孝道了，這不，聖上前段時間，因著我還在莊子上，這聖旨就直接送到了莊子，現下我回來了，也將那聖旨帶回來。」

說完，轉頭看了看陸嬤嬤，陸嬤嬤忙將捧了一路的盒子遞上來，沈夫人從裡面拿出聖旨，老夫人等人臉色頓時變了，瞪著沈夫人那眼神就像是淬了毒，恨不得一眼就能將沈夫人給盯死。

這聖旨傳到莊子的時候，是沈侯爺帶著沈夫人、沈如意接旨的，也就是說，當時是他們一家三口接了聖旨。現在侯府沒分家，這聖旨是表揚後宅女人，原本應該由老夫人帶著全家人接旨的，即使錯過了當時，這會兒也得將聖旨給供奉起來，領著一家大小跪拜之後才算是完事。

現下老夫人等在這兒是要做什麼？等沈夫人和沈如意給她見禮啊，可是這家禮和國禮哪個更重要，是人都知道啊。

沈夫人恭恭敬敬地拿出了聖旨，笑著看老夫人。「老夫人，您說，這聖旨應該供奉在哪兒？」

除了這一份聖旨之外，還有朝廷發的旌表，另外還有個聖上親筆所寫的匾額，是上頭命內務府雕刻，隨著聖旨一起送過來的。

沈夫人有些不好意思地笑道：「還有那匾額，老夫人您覺得，掛在哪兒比較合適？」

沈夫人是侯府的主母，這匾額自然是應該掛在正院門口，且還不能不掛。

老夫人此時一口氣上不來，就連一旁的沈二夫人和沈三夫人臉色也變了。在沈夫人帶著沈如意回來之前，老夫人已經替她們母女倆安排了住的地方，就在老夫人院子後面的罩房裡。

沈夫人不是以孝順出名的嗎？那好呀，就住在婆婆後面，早起晚歸地伺候著婆婆吧，端茶倒水，洗衣做飯，這些都已經為沈夫人安排好了。

那罩房因著十分低矮，平日裡都是伺候老夫人的丫鬟婆子們住的，老夫人可是費了好大一番勁兒收拾出來的。夏天悶熱、冬天陰冷，狹窄逼仄，身體強壯的人住個一、兩年都要被折磨出病的，更何況沈夫人和沈如意兩個女眷。

可現在，沈夫人拿出了匾額，就算是老夫人態度強硬地以自己還活著，沈夫人不能住正院的理由將這母女倆另外安排，卻也不能將住的地方安排得太差了。

「娘，妳怎麼了？」沈二老爺先著急了，老夫人那臉色都憋紫了，沈二老爺一個箭步上去，一手扶著老夫人的後背，一手揉著老夫人的胸口，轉頭怒視沈夫人。

沈如意一臉天真地看他。「二叔，祖母是不是瞧見聖旨太過高興了？」

一句話，將沈二老爺要出口的話又給噎回去了。是啊，聖旨當前，老夫人卻忽然病了，那是不是對聖旨不滿意？

老夫人大口地喘了一下氣之後，強逼著自己坐起來，卻也不看沈夫人，直接轉頭看沈侯爺。「你看看你那好……」

沈侯爺輕飄飄地抬眼。「她們說的哪有錯？聖旨和牌匾，總是要安置起來的，娘是打算挑個好時辰？」

老夫人那臉色，恨不得能將這個大兒子一把掐死，此時滿屋子的人都不說話。

沈如意依偎在沈夫人身邊，暗暗打量屋子裡坐著的人。

座位次序遵循男左女右、長幼尊卑，左側的男人從上到下分別是沈侯爺、沈二老爺、沈三老爺，二房的嫡長子沈明瑞，三房嫡長子沈明祥和嫡次子沈明和。原本還有個長房的庶長子沈明修，但王姨娘剛才說人生病了，今兒沒出場。

右側從上到下，分別是沈二夫人和沈三夫人，二房的嫡長女沈佳美，以及長房的庶女沈雲柔。她們剛進門的時候，首位是被沈二夫人占著的，但等沈侯爺坐下了，沈二夫人被迫往下挪了一個位子，現在首位是空出來的。

見沈佳美臉上是好奇疑惑，沈雲柔臉上則是鄙視和傲慢，沈如意有時候都想不明白，王姨娘是挺聰明的人，怎麼就教導出這麼一個女兒呢？

不對，沈雲柔現在是挺蠢的，但以後就不是了。大約是王姨娘以前只顧著管家，忘記了教導這個女兒？

沈默的時間太長，沈夫人動了動胳膊。「老夫人，聖旨不用供奉起來？就這麼讓我捧著，讓您和兩位弟妹跪拜嗎？」

老夫人瞪著沈夫人。*我敢拜妳敢受嗎？*

沈夫人心裡的驚恐一點兒都不少，但她時時刻刻記得，女兒就在自己身後，若是她撐不住，那受罪的就是沈如意了。

幸好陸嬤嬤這段時間的突擊是十分有效的，沈夫人不管心裡多慌張，面上都要淡定，還要保持笑容，面對老夫人的目光，臉上的笑容半絲沒有變。

老夫人氣得心口疼，以為沈夫人的笑是對她的挑釁，只有沈如意和沈侯爺才知道，實際上，那是沈夫人的臉頰僵住了。

「開祠堂！」老夫人陰森森地盯著沈夫人半天，終於一個字一個字地說道：「準備香燭案桌。」

沈二夫人看沈三夫人，沈三夫人嘴唇動了動，沒敢出么蛾子，忙起身去吩咐婆子了，一轉頭看老夫人要起身，本打算過去扶著，老夫人卻只盯著沈夫人。「妳的孝順就是這樣？」

沈夫人有些迷茫。「老夫人想要媳婦做什麼？老夫人，我這人腦子有些笨，您想要我做什麼，直接說就行了。」

老夫人差點兒沒又坐回去，沈夫人捧著聖旨動了動胳膊。「要不然，我扶著老夫人？我瞧三弟妹手上好像沒什麼勁兒，萬一摔著了老夫人就是罪過了。」

順手扣一頂大帽子給沈三夫人，沈夫人猶不自知，還轉頭猶豫地看沈二夫人。「二弟妹，妳幫我拿著聖旨？或者妳幫我去扶一下老夫人？」

瞧著那沒眼色的勁兒，老夫人都快站不住了，她還穩穩當當地坐著。沒瞧見大嫂也是站著的嗎？

沈二夫人也變了變臉色，這會兒卻是辯駁不了，只好忍氣吞聲地起身，看了一眼聖旨，帶著些嘲諷的笑道：「可別，這聖旨金貴著呢，那是大嫂的護身符，我可不敢碰。」

沈夫人點點頭。「也對，萬一妳碰壞了，那可就糟糕了。」

沈二夫人一口氣憋住，臉色青青紅紅，看著笑盈盈的沈夫人，實在是不知道該說什麼了，索性一甩袖子去另一邊扶老夫人。

沈如意在沈夫人身後憋笑，上輩子怎麼就沒發現娘親有這麼好玩的一面呢？

沈侯爺則是伸手摸了摸下巴，認真打量了一番沈夫人。這人，到底是真傻還是裝出來的？

不過，不管是不是裝的，沈夫人這會兒是順利地捧著聖旨進了祠堂，恭恭敬敬地將聖旨放在案桌上，跟在老夫人身後，行了三跪九叩的大禮。

等老夫人起身，沈夫人再次將話題給繞回去了。「老夫人，您還沒吩咐，這匾額掛在哪兒呢，這可是皇上親筆寫的牌匾，咱們可不能怠慢了。」

老夫人閉了閉眼，將眼裡的戾氣給壓下去，好半天才沈聲說道：「就掛在正院門口吧，皇上賞賜給妳的匾額，妳說能掛哪兒？」

老侯爺在世的時候，沈夫人就過門了。在老侯爺的一力支持下，沈侯爺和沈夫人搬到了正院。這些年，就算沈夫人不在侯府，這正院也沒有別的人有資格住。

原本，老夫人是想將正院只留給沈侯爺的，現在卻不得不讓沈夫人也住進去了。

沈夫人笑咪咪地點頭。「那好，老夫人您看，什麼時候掛上去？」

「現在！」老夫人一點兒都不想看沈夫人那張臉，氣得心口發疼，這會兒只想回去躺躺，至於折騰沈夫人，這時間不是長著嗎？人都回來了，還怕以後沒那個機會？

沈侯爺帶了沈夫人回正院，王姨娘亦步亦趨，進了正屋，趕忙笑道：「知道夫人要回來，奴婢早早就讓人將屋子給收拾了，屋子裡的東西，也都是按照夫人的喜好擺放，夫人看看有沒有不滿意的地方，若是有，奴婢馬上讓人換了。」

「不用了，回頭妳將庫房的帳冊還有鑰匙送過來，要換什麼，我自己讓人去拿。」沈夫人笑咪咪地點頭。

就算是知道早晚要有這麼一天，這會兒王姨娘還是覺得心塞得很，簡直要喘不過氣了。

沈夫人轉頭看沈侯爺。「剛才竟是忘記了一件重要的事情，我們從青山鎮帶回來的東西，還沒送給老夫人呢，我等會兒讓人送過去行不行？」

沈侯爺隨意地點點頭。「妳看著辦，時候不早了，讓人送午膳過來。」

王姨娘忙應了一聲，到門口吩咐了一聲，不一會兒，就有丫鬟拎著食盒過來，恭恭敬敬地將盤碗筷子擺放好。王姨娘和以往一樣，自己淨手之後，就打算站在沈侯爺身後伺候著。

沈夫人瞧了一眼，也不在乎，只和以往一樣，專心照顧著自己身邊的沈如意，吃了兩口，忽然想到沈雲柔，忙問道：「妹妹，雲柔是自己用膳的？」

王姨娘點點頭。「是，夫人。」

「那明修那裡可有人照顧？孩子還病著呢。」沈夫人憂心忡忡，王姨娘有些發愣。

沈夫人又轉頭看沈侯爺。「孩子年紀小，這生病不管大小都是一件重要的事情，不如讓王妹妹先回去照顧明修幾天，等明修身子好了，就讓王妹妹將人帶過來我看看，侯爺覺得如何？」

王姨娘頓時有些緊張，沈夫人都三十多歲了，以後還不知道能不能生孩子，明修又是侯爺的庶長子，萬一夫人想將明修留在她身邊……

王姨娘也是聰明人，她自然明白，庶子養在嫡母名下，才是對孩子最好的。可這當親娘的，怎麼可能捨得將孩子交給別人撫養？尤其是你還不能確定這要撫養的人，是不是心懷惡意。

沈侯爺並不出聲，等吃完了嘴裡的飯，才慢吞吞地開口。「既然已經回了侯府，就不能和在莊子上一樣隨便了，食不言，寢不語。」

頓了頓，他又補充道：「至於明修，妳想看就看看吧，王姨娘以後不用管家了，就有更多時間照顧孩子了。」說著看了一眼王姨娘。「雲柔性子太驕縱了些，今兒夫人和如意回來，那可是她嫡母和嫡姊！」

這話就說得嚴重了，王姨娘臉色頓時白了白，正要賠罪，沈侯爺側頭看了她一眼。「我既然是讓孩子在妳身邊長大，該如何教養，妳心裡得有數，若是妳教養不好，或者是覺得自己沒那個本事，趁早說出來。」

「是，侯爺，奴婢以後一定會盡心的。」王姨娘趕忙應道。

沈夫人也不說話了，安安靜靜地替沈如意挾菜，為她添飯。沈如意正是長身子的時候，雖然不是男孩子那樣半大小子吃窮老子，卻也是要注意飲食。

味道重的不能吃，有刺激性的不能吃，太冷的不能吃，太油膩的不能吃，沈夫人比沈如意都記得牢。

# 第九章

用完了午膳，沈侯爺逕自去書房，他去了青山鎮那麼一段時間，公事私事加起來積累了一大堆，可不能再拖下去了。王姨娘行了禮，說是不敢打擾夫人和姑娘休息，也走人了。

沈夫人和沈如意互相看了一眼，兩個人趕了幾天路，也累得很，只是這會兒還不能休息。沈夫人心疼沈如意，想要女兒先去休息，可沈如意不放心沈夫人，非得留下，沈夫人最終是沒能拗過沈如意。

「陳嬤嬤，妳去吩咐一聲，讓這院子裡伺候的人，一刻鐘之後，在院門口集合。」沈夫人轉頭吩咐陳嬤嬤，陳嬤嬤忙應了一聲，還沒走呢，又聽沈夫人囑咐。「那匾額不是送過來了嗎？等會兒去請侯爺身邊那幾個小廝過來幫忙掛上。」

老夫人是個只說話不辦事的，剛才還答應說立刻掛上去，一轉身自己走了，也沒吩咐讓誰去辦這個差事。沈夫人剛回侯府，再加上老夫人的態度，能不能指揮得動那些人誰也說不準。

若是指揮得動，那自然是皆大歡喜了，可若是指揮不動，那沈夫人可就丟人了，以後再去管家，那威信就沒了。

所以，沈夫人一開始就不能去試，只能另外想辦法。幸好，這次沈侯爺去莊子上的時候，可是帶了好幾個小廝。三、五個人，不可能連塊牌匾都掛不上。

陳嬤嬤應了一聲，忙出去辦事了。

沈夫人轉頭看陸嬤嬤，輕咳一聲問道：「嬤嬤覺得我剛才表現如何？」

陸嬤嬤笑著點頭。「夫人表現很好，只是現在看來老夫人對夫人不是……」原以為頂多是有點兒厭惡，現在看來，那是恨不得沈夫人死。

沈夫人臉色也黯了一下。「我也不知道是哪兒得罪了老夫人……」

陸嬤嬤打斷她的話。「不管如何，咱們是和老夫人撕破臉了，夫人以後更得注意，不能讓老夫人抓住您的把柄，若是奴婢沒料錯，很快，老夫人就要讓您去立規矩了。」

所謂立規矩，那簡直是婆婆折騰兒媳的利器。主意多的，一天下來妳別想坐一會兒。到了晚上，說不定還得睡腳踏墊。

沈夫人利用孝道回了侯府，同樣，這個孝道也是壓在她身上的一座山。

沈夫人抿抿唇，臉色有些發白。「那我只要聽她的話……」

「娘，我不是早就說過，就算妳這時聽祖母的話，到時候祖母該算計咱們的時候可不會留情面。再說，妳要是只聽她的，那妳怎麼生弟弟？」

沈夫人臉色爆紅，伸手在沈如意背後拍了一下。「妳還是沒出嫁的小姑娘呢，說什麼胡話呢！」

宋嬤嬤也瞧了沈如意一眼，沈如意忙捏捏自己嘴唇，表示自己不說話了。

陸嬤嬤這才笑道：「姑娘雖然說得不妥當，這道理是對的。夫人，咱們之前就說過，您和姑娘回來這侯府，不是為了您自己，而是為了姑娘。」

沈如意使勁點頭。對付自家娘親，就得用這招。

沈夫人看了沈如意一眼，神色也逐漸堅定起來了，她拉著沈如意的手，有些不好意思地笑道：「我剛才是想岔了，大約是老夫人給我的……太深了，所以一看見老夫人，我就有些……」不大好意思承認自己太軟弱，她說得斷斷續續的。

沈如意忙笑著鼓勵她。「娘，妳今天做得很好了啊，就連陸嬤嬤都說妳做得很好呢，一進門就先壓住了王姨娘，以後咱們得省多少事啊。」

原先她也想過先示弱，扮豬吃老虎，讓老夫人她們放鬆警惕，自己暗中下手。可隨後想起來，老夫人才不會和她們玩什麼陰謀詭計，老夫人簡單粗暴得很，對付這樣的人，示弱是沒用的，妳越弱，她越是欺壓到妳翻不了身。

再者，就是扮豬吃老虎，那也得有資本。她和沈夫人有什麼？在侯府，甚至連個能傳消息的人都沒有，有什麼資格去隱藏自己從而麻痺別人？

所以，這條路走不通，她們只能一進門就先鎮住一部分人，先爭取幾個人手過來。有了基石，還怕起不了高樓嗎？

沈夫人不好意思地笑，陸嬤嬤乘機說道：「夫人，這只是頭一步，王姨娘是聰明人，短時間內，不會做出什麼有損長房利益的事情，但也不能不防，她兒子現在是長房唯一的子嗣，所以長房的利益就是她兒子的利益，可是以後就說不準了，因此，在夫人懷孕之前，咱們一定得站穩了腳跟。」

沈夫人使勁點頭，認真地聽陸嬤嬤給她出主意。沈如意笑咪咪地坐在一邊，一邊聽一邊回想上輩子發生過的事情，有可能會幫助到沈夫人的，她都當成猜測說出來。

「祖母說不定會裝病讓妳去伺候……」沈如意負責提醒各種狀況。

「到時候夫人不能一個人受累，得叫上二夫人和三夫人。」陸嬤嬤負責提出解決辦法。

「或是舉辦個宴會，到時候就在眾人面前說，她讓妳管家，然後在宴會上弄出點兒事情，讓全京城的貴人都知道妳不會管家。」

「這個也是很有可能的，到時候能直接奪了夫人您的管家權，若真有這種情況，夫人可讓一個管事負責一件事情，用的管事都挑老夫人的心腹，出了事，老夫人的心腹得去一大半，不出事，太太的名聲也就保住了。」

「可若是出了事，那不就坐實了我管家不行的話？」沈夫人很疑惑。

陸嬤嬤忍不住笑。「和妳有什麼關係呢？辦事的可都是老夫人身邊的管事嬤嬤，夫人您剛回京，身邊的丫鬟都不聽您的話呢。」

最後一句陸嬤嬤特意加重了聲音，沈夫人眨眨眼，想了一會兒，這才露出笑容，使勁點點頭。「對呀，我連自己身邊的丫鬟可都管不住呢。」

到了晚上，沈夫人帶著沈如意過去請安，沈家規矩多，晚膳是必須全家人一起用餐的，男女老少齊聚一堂。老夫人端坐上首，領著幾個孫女兒，下面是沈侯爺三兄弟帶著幾個男孩子。

看見沈夫人進來，老夫人掀了掀眼皮子。「這些年妳不在府裡，都是妳二弟妹和三弟妹替妳盡孝了，既然妳已經回來了，就讓她們歇歇。」

沈二夫人和沈三夫人坐在老夫人下首，朝著沈夫人笑了笑。

沈夫人忙行禮應道：「是，這是應該的，這些年煩勞二弟妹和三弟妹了，我來服侍老夫人。」

沈夫人示意沈如意坐下後，她在老夫人身後站著，伸手拿了筷子，先給老夫人挾青菜，老夫人繃著一張臉，慢吞吞地吃掉了，沈夫人再換別的，老夫人也沒作聲。

沈如意偷瞄了兩眼，示意身後的丫鬟給自己布菜。

老夫人上了年紀，特別惜命，聽太醫說大魚大肉不好，就克制自己少吃肉多吃素。不過，沈夫人偶爾給她挾兩塊魚肉什麼的，她也不會拒絕。倒是出乎沈如意的意料，這頓飯吃得很是風平浪靜。

到了最後，老夫人陰沈著臉宣布。「妳和如意趕了幾天的路，這會兒時候也不早了，就早些回去休息吧，明兒記得早些過來。」

沈夫人也有些意外，但能回去休息是好事啊，當即就行了禮，帶著沈如意、沈雲柔，跟著沈侯爺回了正院。

沈侯爺回到書房後，沈夫人有些不大明白地和沈如意嘀咕。「老夫人今天晚上實在是太平靜了，竟是半句話都沒有多說。如意，妳說，是不是老夫人正在想什麼歪主意？」

「說不準，不過兵來將擋水來土掩，咱們打起精神，萬分防範，就算祖母到時候有什麼歪主意，咱們也能馬上應對，現在時候不早了，娘也早些睡覺。」

沈如意也不大明白，不過還是安慰了沈夫人幾句，然後才帶著丫鬟回自己的院子。正院旁邊有個小院子，沈如意就住在那裡。

沈老夫人果然不是那麼容易妥協的，等沈夫人和沈如意剛睡下不到半個時辰，她那邊就來了個嬤嬤。

「大夫人，快，老夫人有些肚子疼，您趕緊過去瞧瞧。」

沈夫人一邊迷迷糊糊地穿衣服，一邊問道：「可請了太醫？」

「沒有呢，老夫人這是宿疾了，疼起來的時候很要命，不過，只要揉一揉就沒事了，只是那些丫鬟婆子們動手沒個輕重，往日裡都是二夫人和三夫人過去的。」

那婆子忙回道：「今兒老夫人不是說……」

沈夫人想起來老夫人說的那句話了——這些年妳不在府裡，都是妳二弟妹和三弟妹替妳盡孝了，既然妳已經回來了，就讓她們歇歇。

好吧。沈夫人帶著陸嬤嬤，跟著那婆子去了長春園。

老夫人正悶哼地躺在床上，沈夫人過去行了禮，老夫人才瞟了她一眼，老夫人身邊的邱嬤嬤忙推了沈夫人一把。「大夫人，您快給老夫人揉揉啊。」

沈夫人點點頭，上前跪在床邊，伸手給老夫人揉肚子。

揉了一陣子，老夫人開始昏昏欲睡，她年紀大，本來精力就不是太好，沒一會兒就睡著了，邱嬤嬤笑盈盈地送了沈夫人出門。「多謝夫人了，現在老夫人終於能睡個安穩覺了，只是累了夫人半晚上。」

沈夫人不在意地擺擺手。「不要緊，老夫人的身子要緊，若是以後老夫人有什麼不舒服的，儘管讓人去叫我。」

回了自己的房間，沈夫人已經睏得快睜不開眼睛了，又很累，連脫衣服都快抬不起手了。然後剛睡下沒多久，她自己覺得，也就是一閉眼的工夫，陸嬤嬤就將她叫醒了。「老夫人肚子疼……」

沈夫人忙起身，急匆匆地往老夫人的院子裡趕，一邊走還要一邊大聲地吩咐。「老夫人一晚上都鬧了兩次肚子疼，雖說是宿疾，卻也太頻繁了些，趕緊讓人去叫侯爺過來，另外找人去請太醫，還有，要將二弟妹和三弟妹叫過來，她們兩個也是長年伺候老夫人，老夫人肚子疼，她們至少知道緩解的方法。」

沈夫人的命令多，但是聽她的話去辦事的人不多，一個陳嬤嬤去請了侯爺，另外兩個小丫鬟想去沈二夫人和沈三夫人的院子，只是剛一轉身，就被老夫人身邊的人攔住了。「並不用如此麻煩，老夫人這事情也不是一次、兩次了，就是肚子疼，稍微揉揉就沒事了。」

「那可不行，這肚子疼啊，也是有大有小的。」沈夫人一臉嚴肅。「況且，主子生病，妳一個奴婢不趕緊讓人去請太醫，還攔著我派人去請，妳說，妳心裡是不是打著什麼主意？」

「夫人這話可冤枉奴婢了。」邱嬤嬤撲通一聲就跪下了。「老奴伺候了老夫人一輩子，不敢說是體貼入微，卻也是精細，半點兒不敢耽誤，老夫人本來就上了年紀，這肚子疼也是常有的事，揉揉就好了，若是請了太醫，驚動了侯爺，還有二老爺、三老爺，那老夫人可就要受罪了。

「侯爺進去請安，老夫人能不見嗎？太醫過來把脈，老夫人不用換衣服嗎？熬好了藥，老夫人還得起來喝，這一晚上折騰下去，老夫人就別想安睡了。」

邱嬤嬤也是個嘴皮子厲害的人，不等沈夫人說話，就噼哩啪啦將自己的一番苦心給說出來了。沈夫人若是請了太醫，那才是打擾了老夫人安睡，真正的不孝。

沈夫人正要開口，身後的陸嬤嬤扯了她一下，然後上前一步，站在沈夫人的左側，看著跪在地上的邱嬤嬤笑道：「嬤嬤這話可是說錯了，這人上了年紀，脾氣就是有些古怪，要不然怎麼說是老小孩呢？老夫人不喜歡看太醫，是因為太醫來了之後不能安睡，可咱們到時候只要將床帳放下來，讓侯爺在一邊守著，太醫隔著錦帕，不耽誤老夫人睡覺就能把脈了，至於侯爺過去請安，那兒子孝順母親，是天經地義的事情，只說老夫人好不容易睡著了，侯爺他們難道還非得將人叫起來見禮？」

不等邱嬤嬤說話，陸嬤嬤就恍然大悟了一聲。「還是說，嬤嬤覺得，侯爺兄弟三個是不孝順的，竟然非要大半夜去將老夫人給叫醒請安？」

邱嬤嬤微微皺眉，打量站在沈夫人身側的陸嬤嬤，這個陸嬤嬤，她從沒見過，原以為不過是沈夫人從鄉下不知道哪兒請來的粗使婆子，卻沒想到，竟是個能說會道的人。

「老夫人睡眠淺，稍有動靜就會驚醒……」邱嬤嬤忙說道。

陸嬤嬤有些疑惑。「不是說老夫人肚子疼得都睡不著了，非要揉一揉才行嗎？」

「老夫人並未醒過來，只是疼得厲害了，就是睡著都一直在呻吟，老奴實在不想老夫人受罪，這才過來請夫人。可老夫人睡眠淺，侯爺是男人，腳步聲重，進去定然是會驚醒老夫人。」

邱嬤嬤忙辯解，陸嬤嬤哦了一聲。「原來如此，那不如就請侯爺他們在外面等著？畢竟，老夫人是侯爺的親生母親，這會兒老夫人肚子疼到睡覺都叫出聲，怕是病情不輕了，若是不告訴侯爺，傳出去，侯爺他們的名聲可就不好聽了，自家娘親都還病著呢，侯爺怎麼能安心入睡呢？」

反正不管如何，沈夫人都是要扯上幾個的。沈侯爺是老夫人在侯府的最大靠山，老夫人最疼愛的兒子是小兒子，一次折騰兩個，老夫人若是不心虛不心疼，那沈夫人就豁出去陪她折騰幾天。

「還有，邱嬤嬤剛才說老夫人睡眠較淺，稍微有一點兒動靜就會醒過來對不對？」

沈夫人才剛想明白陸嬤嬤的話，陸嬤嬤就繼續下面一段了。「既然如此，我們夫人是剛剛回府，從不知道老夫人有這種宿疾，第一次伺候老夫人，怕是也不知道手勁輕重，萬一弄得老夫人更疼了，那豈不是成了我們夫人的罪過？所以，今兒還得請了二夫人和三夫人過來，也不是說要煩勞兩位夫人照顧老夫人，而是請她們教我們夫人幾手，只求別弄疼了老夫人就是。本來我們夫人是打算等白天再跟兩位夫人學，可這會兒時間不等人，老夫人疼得厲害，妳又不願驚醒老夫人，就只能先請二夫人和三夫人過來了。」

陸嬤嬤嘆口氣，接著道：「我也知道老夫人心疼二夫人和三夫人，說是二夫人和三夫人伺候她這麼些年了，好不容易大夫人回來能代替她們了，她們也正好能歇歇。可這不是情況緊急嗎？咱們夫人以前著實是沒給人揉過肚子。」

這話說得邱嬤嬤啞口無言，這會兒工夫，陳嬤嬤已經是請了沈侯爺過來。

沈侯爺黑著一張臉，十分不高興，任誰趕了幾天路，白天又忙了一天的公事，晚上剛睡著沒多久就被人叫醒，心情怎麼也不會高興的。

看見邱嬤嬤，沈侯爺皺了皺眉，這才轉頭看沈夫人。「到底有什麼事情？」

沈夫人有些驚慌。「老夫人病重，我想派人去請太醫，可是邱嬤嬤不讓。」

邱嬤嬤都要吐血了。夫人，話能這麼說嗎？

陸嬤嬤說過，事情若是躲不過去，那就鬧大吧，越大越好，反正沈侯爺是朝廷重臣，只要不是造反，他都能頂得住。再者，丟人也不是丟她沈夫人的臉，她可是朝廷明旨表揚的孝婦，所以不管什麼事情，只要解決不了，那就鬧大。相較之下，老夫人更要面子。

所以，沈夫人這會兒是不遺餘力地將事情往大了說：「邱嬤嬤說老夫人肚子疼得厲害，睡覺都睡不安穩，剛才就已經疼一次了，邱嬤嬤說是宿疾，只讓我給老夫人揉了揉就完事，可要真是不礙事的宿疾，怎麼這會兒就又疼了？我就想著請太醫過來，可請太醫得要侯爺的帖子……」

沈侯爺一擺手，身後跟著的小廝立刻衝去書房拿帖子了。就算是和老夫人感情不深厚，沈侯爺這會兒也轉身就往長春園走。

「去看看老夫人，既然是宿疾，那想必是留有方子的，邱嬤嬤，妳去找了那方子，立刻熬了藥。」

連沈侯爺都過來了，沈二老爺和沈三老爺就算不願意，也得起床跟過來。爺兒們都過來了，那沈二夫人和沈三夫人能不過來嗎？

沈夫人正在屋子裡急得團團轉，一瞧見二夫人和三夫人，眼睛就亮了，忙上前抓了兩個人的手。「我原也是不想麻煩妳們，之前娘親就說了，妳們兩個勞累了十年多，正好我回來了，就讓妳們好好休息一下，可這事情太急了，我也是著實沒辦法，這才讓人叫妳們過來。」

二夫人忙行了禮。「不敢當，我們是晚輩，孝敬老夫人原本就是應當的，沒什麼勞累不勞累，大嫂有什麼能用得上我們的地方，儘管說。」

沈夫人忙伸手指了指內室。「邱嬤嬤說，老夫人這肚子疼已是宿疾了，往日裡都是妳們兩個揉的，可我沒什麼經驗，怕手勁太重吵到老夫人，所以，請妳們先過來幫忙給老夫人揉揉，明兒我去找妳們學一下。」說完又壓低聲音特意囑咐道：「可不能吵醒老夫人，邱嬤嬤說了，老夫人睡眠淺，一旦醒了就很難入睡，妳們走路要小心些。」

沈二夫人和沈三夫人對視了一眼，她們什麼時候半夜來給老夫人揉過肚子啊？手勁不能重，不能吵醒老夫人，這是人能幹的事嗎？

可對上沈夫人滿含擔憂的眼神，再一想外面坐著的沈侯爺，沈二夫人和沈三夫人不敢說不行，兩個人的表情如出一轍，沈夫人只當是看不出她們的勉強，伸手就請她們進去了。

剛才沈侯爺過來，可是立刻吩咐丫鬟們不許進去，邱嬤嬤也被留在外面，自是沒人來給老夫人通風報信。

沈夫人在外面吩咐完沈二夫人和沈三夫人，三人一同走進內室。

二夫人和三夫人兩個人站在床頭，妳看我我看妳，誰都不想動手，可沈夫人在床尾站著，不停地示意她們趕快，她們也拖不下去。

實在是沒辦法了，沈二夫人先硬著頭皮上了，誰讓她身居老二呢？

只是，沈二夫人的手剛碰到老夫人的肚子，就聽老夫人嗷地叫了一聲，沒睜眼睛就先罵道：「妳是要疼死我嗎？妳果然是個表裡不一的，裝得比誰都孝順，實際上就恨不得我死是不是？」

老夫人說完才睜眼，就瞧見正跪在床邊的沈二夫人臉色青青紅紅，臉色立刻變了變，隨即又閉上眼睛哼哼唧唧，過了一會兒聲音慢慢低沈下去，這才重新睜開眼睛，看了一眼沈二夫人，笑了一下。「我就說，是誰有這樣的本事，不過兩下我就舒服多了。」

沈二夫人的笑容可就勉強多了。「老夫人覺得舒服就好，這會兒可還有哪兒疼？」

老夫人搖搖頭，抬眼看站在一邊的沈夫人。「妳是怎麼回事？我之前不是說過……」

「老夫人，我知道您說過，二弟妹和三弟妹十來年辛苦了，我剛回來，就多替她們分擔一些。」沈夫人忙笑道：「只是，這孝敬老夫人的事情，難道我在府上，她們兩個就不用做了？老夫人這樣，可就是要壞了二弟妹和三弟妹的名聲了。」

難不成，侯府能孝敬老夫人的就只有一個沈夫人？沈夫人不在了，二夫人和三夫人才能來孝敬？

這話說得有些強詞奪理，老夫人冷笑一聲罵道：「怎麼，妳十年不孝敬我，還擔心妳兩個弟妹不來服侍我？我自認處事公平，她們兩個既然服侍了我十年，那接下來的十年……」

沈夫人恍然大悟。

「老夫人是這個意思啊，那我明白了，以前是兩個弟妹服侍您，我為公爹守孝，現在換我來服侍老夫人，那麼公爹守孝的事情……」

為老侯爺守孝，沈夫人住在莊子上十年，除了老侯爺過世前出生的沈如意再沒別的孩子。可沈二夫人和沈三夫人呢？二房、三房的孩子雖然不多，至少和大房比起來是多的。

現在老夫人既然要講究公平，那二夫人和三夫人是不是也應該去莊子上住十年？
沈夫人有些疑惑地看老夫人。「老夫人，那要不要給兩位弟妹挑一間莊子？」
別說是老夫人了，沈二夫人和沈三夫人的臉色也變了。
沈二夫人比較沈得住氣，沒出聲，沈三夫人忙說道：「大嫂，娘可不是這個意思，之前那十年，妳在莊子上為公爹守孝，我和二嫂留在侯府照顧娘親。按理說，咱們雖然做的事情不一樣，卻都是孝敬老人家吧，而大嫂妳得了朝廷表揚……」
沈夫人拿帕子揉揉眼角。「那是因為我十年沒生孩子，到現在，我也就如意一個女兒。」
二房、三房都有嫡子，唯獨長房沒有。
沈三夫人立刻被噎住了，沈二夫人則是不停偷偷打量沈夫人。這個大嫂，果然是長進了，竟是變得這麼伶牙俐齒。再看看老夫人，二夫人心思就活了。
一個是侯府的老封君，地位最高，一個是侯府未來的老封君，地位穩定。若是這兩個鬥起來，自家不就可以坐收漁翁之利了？只是到底要怎麼做，還得好好思量一番，可別到時候兩個都得罪了，一個能讓她現在不好過，一個能讓她將來不好過，那可就是賠了夫人又折兵了。
「現在是爭論這個的時候嗎？」老夫人想不出辯駁的話，只能一拍床沿朝沈夫人吼道：「怎麼，我肚子疼就不能叫妳過來揉一揉？妳就非得讓妳二弟妹和三弟妹來代替妳？我現在是叫不動妳了是不是？」

沈夫人還沒來得及說話，就聽見外面傳來腳步聲，隨即門簾掀開，沈侯爺直接進來，掃了一眼室內，表情帶著幾分似笑非笑，看著床上的老夫人說道：「太醫已經過來。娘，讓太醫進來給妳瞧瞧？」

老夫人怒氣沖沖。「不瞧！看看你這好媳婦，氣都要將我氣死了！有她這麼照顧婆婆的嗎？我不過是叫她來給我揉揉肚子，她就鬧得一家人不得安生，她是故意的！」

沈侯爺表情不變。「娘一晚上肚子疼了兩次，盧氏也是擔心妳，生怕妳晚上吃壞了肚子，妳上了年紀，萬一耽誤了，那可是大事情，再者，盧氏剛才也交代了，不讓丫鬟婆子們吵醒妳，怎麼，是兩個弟妹給妳揉肚子的時候吵醒妳了？」

「不是！」老夫人當即否認。

沈侯爺不耐煩聽她解釋，微微蹙眉，又問了一次。「太醫已經請來了，二弟妹、三弟妹迴避一下？」

並不是說要避嫌什麼，而是屋子裡人太多，女眷留一個能管事的就行。這侯府裡能管事的，除了老夫人就剩下沈夫人了，所以沈二夫人和沈三夫人是要避開的。

這妯娌兩個一看見沈侯爺就害怕，聽了吩咐，忙轉到屏風後面去待著了。

老夫人大約是覺得來了外人，更容易傳出對沈夫人不好的名聲，立刻揚聲喊道：「我都說了不用了！你媳婦不會伺候……」

沒說完，沈侯爺忽然轉身瞧了她一眼，大晚上的，即使燈火通明也不比白天，卻襯得沈侯爺一雙眼睛黑漆漆的，半點兒感情都沒有，老夫人立刻想起來，這個大兒子一向對她是不冷不熱的，若是她沒惹著他，那她在侯府自然是尊貴無比的老封君，可若是惹到了他……

老夫人頓時閉嘴了，沈侯爺揚了揚唇。「娘在說話前，先想想今兒供奉在祠堂的那道聖旨，以及今兒下午掛上去的匾額。」

老夫人愣了一下，等沈侯爺出去了，她這才反應過來，自己太著急了，就算要壞掉盧氏的名聲，也不能在這時候。盧氏前腳進了侯府，後腳就傳出她的壞名聲，這根本站不住腳。再說，還有聖旨在。皇上乃一國之君，一言九鼎，他說是對的，哪怕是錯的都必須是對的。所以，他說盧氏是孝婦，那盧氏就只能是孝婦，就算是不孝，也不能從沈家傳出來。

沈侯爺那一眼，就像是一道佛光，瞬間替老夫人醍醐灌頂，老夫人也不折騰了。等太醫把完脈開了方子，老夫人就安心地睡去，不睡也不行，她年紀多大了，鬧騰了半個晚上，都快撐不住了。

她一睡，所有的人都可以回去睡覺了。

沈夫人跟在沈侯爺身後，走了一大半路，趕緊叫住沈侯爺。「侯爺，你走錯方向了，去書房應該往那邊……」

沈侯爺低頭看了她一眼，有些不耐煩。「太遠了！」

沈夫人瞬間愣住，所以侯爺的意思是，今天晚上太晚了，就不去書房了，要留在正院？

想明白了，沈夫人瞬間就緊張了，正院的臥房可沒有兩張床，他們是要睡在一起的！她還沒做好準備睡在一起……

沈侯爺卻不管沈夫人滿臉的糾結，進了門，吩咐丫鬟過來給他更衣，然後就直接躺床上了。等了一會兒就見沈夫人還在磨蹭，他更加不耐煩了。「妳到底睡不睡？」

「睡。」沈夫人忙應道，也沒叫丫鬟，自己換了衣服，小心翼翼地從床尾繞上去。

沈侯爺側頭一臉嚴肅地看她。「若是妳睡覺打呼或者磨牙，那就自己到外面去睡。」

「我才不打呼也不磨牙呢。」沈夫人忙保證，關鍵時刻她難得聰明了一次，沈侯爺難得過來，這算是她回侯府的第一晚，若是自己去外面睡覺，等明兒傳出去，她今兒打下的基礎就算是白費了。

沈侯爺意味不明地哼了一聲，閉上眼睛睡覺。沈夫人努力地控制著自己的呼吸，不能太快不能太慢，真打擾了沈侯爺睡覺，她說不定就真的被趕出去了。

實在是太累，趕路好幾天，回來又耗費心神，大晚上的被折騰了兩次，沈夫人沒一會兒就顧不上控制呼吸了，很快就睡得死沈。

倒是沈侯爺，翻來覆去有些睡不著。感覺挺奇怪的，他也不是沒在哪個女人的床上留宿過，可是，那些女人能和嫡妻相比嗎？倒也不是說情動，沈侯爺什麼樣的美女沒見過？沈夫人就是長得好，那也不是頂尖的。再說，一大把年紀了，沈侯爺可不是那毛頭小子控制不住自己的褲腰帶。

就是一種很奇怪的感覺，說不清道不明。

皺眉想了一會兒，實在是不知道這感覺究竟從何而起，沈侯爺索性不去想了，閉上眼睛入睡。

# 第十章

沈如意一大早過來請安的時候，就見陳嬤嬤笑得一臉花開。

「姑娘，您過來了？奴婢剛去廚房端了熱呼呼的牛奶，您喝點兒？還有點心，您先吃點兒填飽肚子，等會兒咱們再去老夫人那裡用早膳。」

「我娘呢？」沈如意一邊問一邊往內室走，早先在莊子上她也沒什麼避諱，一大早就去沈夫人的房間，也沒人攔過，可今兒就被陳嬤嬤笑咪咪地攔住了。

「姑娘可別進去，侯爺還沒起呢。」

沈如意瞬間震驚了。「父親？」

陳嬤嬤笑著點頭。「是啊，侯爺昨晚上是在夫人這裡安歇的，這會兒還沒起，姑娘先在外面坐一會兒？」

沈如意忙跟著陳嬤嬤出去，剛坐下，陸嬤嬤就進來了。「王姨娘帶著大少爺和二姑娘過來了，還有柳姨娘和花姨娘也一起來了。」

由於這會兒沈夫人還沒起床，陳嬤嬤看向沈如意，沈如意點點頭。「請她們進來吧。」

很快，王姨娘他們就進來了。因沈如意是嫡女，姨娘們進來是得請安行禮的，而沈雲柔跟在王姨娘後面，行禮的動作倒是挺標準，但是那憤怒羞惱的眼神，可是半點兒沒遮掩。

沈如意只瞧了一眼，視線就轉到王姨娘手上拉著的小男孩身上了。

「這就是明修了？」看了一會兒，沈如意笑著抬頭看王姨娘。

王姨娘忙點點頭，推了沈明修一把。「明修，快給你大姊行禮。」

沈明修今年才六歲，仰著臉好奇地打量沈如意，大約是昨天王姨娘交代過了，這個年紀的小孩兒，說聰明也是聰明得很，這會兒就很配合王姨娘，懵懵懂懂地向沈如意拱手行禮，小身子圓滾滾的，看著十分可愛。

沈如意笑著招招手。「明修現在讀書了嗎？」

「我會背三字經。」不等別人替他回答，沈明修很是興奮地搶著說。

沈如意微微挑眉。「是嗎？那你背幾句我聽聽。」

沈明修大約是表演慣了，也不怯場，站好之後背著一雙小手，搖頭晃腦地開始背。本來就人短身子圓，胳膊都背不到身後去，只能兩根手指使勁地勾在一起，還要搖頭晃腦，都快站不穩了，那樣子多可愛。

沈如意也忍不住笑，柳姨娘笑著稱讚道：「大少爺真是聰明，小小年紀就會背這麼多的東西了，王姊姊好福氣啊。」

花姨娘低著頭不出聲，沈雲柔轉頭瞪了柳姨娘一眼。

王姨娘笑著摸了摸沈明修的腦袋。「他小孩子家的，可禁不起誇獎，柳妹妹以後可別說這樣的話了。」說著抬頭看了沈如意一眼。「我倒是覺得，大姑娘才是繼承了侯爺的聰慧呢！大姑娘，說起來，今兒奴婢還有一件事情想求您呢。」

沈如意有些不解，王姨娘笑著指了指沈雲柔。「昨兒奴婢瞧這大姑娘的禮儀規矩是頂好的，奴婢就想著，讓雲柔跟著大姑娘學一段時間，不求全學了大姑娘，只學到些皮毛，雲柔這輩子就能受用不盡了。」

沈雲柔正想翻白眼，被王姨娘暗地裡掐了一把，瞬間閉嘴了，卻也沒順著王姨娘的話說，只低著頭不作聲。

沈如意則是有些驚訝。「侯府沒有教導規矩的嬤嬤嗎？」

王姨娘有些尷尬，柳姨娘噗哧一聲笑了起來。「侯府也不是沒有教導規矩的嬤嬤，只是那嬤嬤眼界高，瞧不上庶女，所以人家只願意教導二房的三姑娘。」

因侯府沒分家，所有的姑娘都是一起排行的。沈如意是老大，沈雲柔是老二，沈佳美是老三。目前說來，侯府就三個姑娘。

「那嬤嬤是誰請來的？每個月的月俸，是誰給的？」沈如意看王姨娘。

王姨娘嘴唇動了動，還是柳姨娘搶答。「當然是公中給的啊，侯府可沒分家呢。」

「這樣啊。」沈如意點了點頭，沒再說話，既沒說讓不讓沈雲柔跟著她，也沒提二房的那個教養嬤嬤該怎麼辦。

內室很快傳出動靜，花姨娘小心翼翼地抬頭看沈如意。「大姑娘，奴婢需不需要進去伺候？」

沈如意看她一眼，花姨娘立刻跟隻受驚的小兔子一樣，腦袋都快埋到地上去了。柳姨娘倒是動作快，立刻站起身了。「奴婢進去服侍侯爺和夫人吧，這原本就是奴婢等人的職責。」

「那妳們進去伺候吧。」沈如意很大方，反正大早上的，又不能做點兒什麼。

待王姨娘等人進去了，才發現沈侯爺已經穿好衣服。王姨娘動作快，連忙過去服侍沈夫人。「夫人，您瞧著這件水藍色的衣服怎麼樣？顯得您年輕皮膚好。」

柳姨娘忙湊過來。「咱們夫人以後是要管家的，穿那個顏色雖然顯得人年輕了，卻沒氣勢，不如這個深紫色的。」

花姨娘則是畏畏縮縮地站在角落裡，沒人吩咐她做事，她就不動彈。沈侯爺瞧了一眼正忙活的王姨娘和柳姨娘，微微挑眉，也不叫人，自己去拿了布巾準備擦洗。

花姨娘這會兒倒是反應過來了，忙上前給沈侯爺行禮。「奴婢伺候您梳洗吧？」

「不用了。」沈侯爺半絲目光也沒分給花姨娘，自己動手洗了臉，那頭髮是早先沈夫人給他梳好的，倒也不用再麻煩了。不再理會那嘰嘰喳喳的幾個女人，沈侯爺轉身就出了房門。

沈如意正好跟沈明修說話，見沈侯爺出來，忙上前行禮。「父親昨晚休息得可還好？」

沈侯爺沈默是金地點了點頭，沈如意忙遞過去一杯水。「蜂蜜水，福緣寺的住持大師說，早上空腹喝一杯，對身體很好，父親嚐嚐，若是喜歡，就交代小廝一聲，起床之後喝一杯。」

沈侯爺抿了一口，神色舒緩，眉眼間也多了幾分隨意自在。沈如意則是鬆了一口氣，看來，沈侯爺愛吃甜食的喜好，沒有因為自己活了兩輩子就改變。

沈雲柔也忙湊過來請安，沈明修跟著沈雲柔行動，請安後就膩在沈侯爺身邊。「爹爹，您什麼時候回來的？怎麼不去看明修？明修吃壞了肚子，昨天肚子疼！」

沈侯爺沒說話，沈明修自己嘟囔。「爹爹給我帶禮物了沒有？爹爹之前不是說，等回來的時候帶給我嗎？我都很久很久沒見到爹爹了。爹爹一直不在家，我這麼這麼想爹爹，每天想爹爹好多遍！爹爹，你想不想我？」

據沈如意自己的觀察，沈侯爺對這唯一的兒子，也並沒有什麼特別的地方，高興了回兩句，不高興就不回。不過，即使不高興，他也不會擺臉色什麼的，沈侯爺的表情幾十年如一日——帶著三分淺笑，除非是生氣，才會皺皺眉什麼的。

沈明修察覺不到沈侯爺的惡意，又見他一直笑著，自是覺得親爹很喜歡自己，所以哪怕沈侯爺不說話，他自己一個人也能說得特別高興。

等沈夫人出來，沈侯爺抬頭瞧了一眼，微微挑眉。「妳那簪子是誰選的？」

沈夫人伸手摸了摸。「我自己選的，我瞧著這衣服的顏色能搭配這支簪子，怎麼，不好看？」

沈如意忙過去扶了沈夫人的胳膊。「娘，這個簪子太老氣了，換一支吧，若是不搭配衣服，那就順便換一身衣服……」

她話音剛落，柳姨娘就笑道：「大姑娘，怕是來不及換了，這會兒已經是要去請安的時候了，老夫人那裡……可不能讓她久等了。」

但若是沈夫人的首飾和衣服搭配得不妥，那也十分丟人。貴婦們每天湊在一起是要說什麼？衣服、首飾，沒點兒審美眼光，那些人都不愛跟妳說話。

可換衣服又來不及，沈夫人頭上那簪子，是一支白玉芙蓉簪，是挺好看也挺珍貴的，問題是，老夫人這輩子最討厭的花就是芙蓉花了。

「巧了，我剛看見我梳妝檯上放著一支白玉梅花的簪子，覺得挺好看的，就帶過來想給娘妳看看，這會兒正好能換上。」沈如意笑咪咪地說道，從袖子裡的暗袋中拿出簪子替沈夫人換上，退後兩步看了看，轉頭問沈侯爺。「父親覺得這簪子如何？」

沈侯爺看了沈如意一眼，唇角上挑幾分，笑著點點頭。「還不錯，行了，準備好了就出發吧。」

沈夫人忙點點頭，走在沈侯爺左側後一步的地方，沈如意則抱著沈夫人的胳膊跟著，其後是王姨娘牽著沈明修，以及拎著裙子不大高興的沈雲柔。

柳姨娘和花姨娘則是不夠格去長春園請安，出了正院後兩個人就告退了。

老夫人也是剛起床不久，見沈侯爺和沈夫人進來，掀起眼簾看了看，又低著頭去數佛珠了。沈侯爺也不在意，坐下端起茶杯抿了一口，覺得不大合口味，老夫人房裡的茶多是花茶，沈侯爺喝不慣。

「給侯爺端一碗粥來。」老夫人頭也不抬地吩咐道，身邊的大丫鬟忙親自去端。沈夫人也不在意老夫人的冷臉，老夫人沒說讓她坐，沈夫人就靜靜地站著，反正站著也不費勁。

沈如意也不說話，王姨娘在院門口將沈明修交給沈雲柔後也迅速消失了，這會兒沈雲柔拉著沈明修，左看看右看看，不知道是應該站在哪邊。

很快，二房和三房的人也都到了。眾人進來分別請安問好，沈二老爺很是疑惑。「大哥，你今兒不用上朝嗎？我記得今天不是休沐日吧？」

「尚未到吏部銷假。」沈侯爺抬頭瞧了他一眼。

沈二老爺忙點頭。「原來如此，那大哥今天要去銷假嗎？」

沈侯爺微微點頭，沈三老爺笑道：「大哥，你這幾天不在京城，也不知道，皇上前段時間說要修築堤岸，永定河的中游和下游。還沒說要派誰去呢，京城這段時間都快要搶破頭了，誰都想爭一爭，好多人也上咱們家來問了，想求見大哥，大哥你要不要見？」

修築河堤這種事情，風險很大，但同樣的油水也很多。

沈侯爺微微挑眉，看沈三老爺。「你見了幾個人？」

沈三老爺忙笑道：「沒幾個……」

沒等他說完，沈侯爺又問了一次。「你見了哪幾個？」

沈三老爺沒敢說話，老夫人適時地出聲。「行了，不就是見幾個人嗎？又不是什麼大事情，用膳之前，不要說公務。邱嬤嬤，讓她們擺膳。」

邱嬤嬤忙應了一聲，很快，丫鬟們就各自端著盤子碗筷進了門。沈夫人照舊是站在老夫人身後，看老夫人視線往哪一盤菜上瞟，就趕忙動手挾菜端碗。

伺候完老夫人舒舒服服地用了飯，沈侯爺就起身出門了。

沈二老爺和沈三老爺雖然不用上朝，卻也是各自有差事，遂也跟著出門，家裡就只剩下女眷了。

老夫人垂著眼簾，根本不看沈夫人。「妳既然回來了，那就將府裡的事情給接過去吧。原先你們長房沒個能管事的，這帳本什麼的，就先放到王姨娘那裡了，回頭讓王姨娘給妳送過去。」

沈夫人忙點頭，看了看沈二夫人和沈三夫人，又問道：「那二弟妹和三弟妹那裡，我是不是不用管？」

老夫人一個利眼掃過去，沈夫人就當沒瞧見。

「大嫂，妳這話說得可不對，咱們還沒分家呢。」沈三夫人忙說道。

沈夫人有些疑惑。「可老夫人之前不是說，只讓王姨娘將帳本和名冊還有鑰匙給我送過去嗎？難不成，二弟妹和三弟妹的院子，也是王姨娘管著的？」

沈三夫人臉色立即就黑了，沈夫人轉頭去看老夫人。「還是說，老夫人打算分家了？」

「本來我想著體諒體諒妳，看妳剛回來，一時半會兒的怕是不習慣，畢竟，侯府可不是什麼莊子能比的。」老夫人冷眼看沈夫人，一字一句地說道：「不過妳既然不領情，那我也不用白費心思了，回頭我讓人將侯府所有的帳本名冊，還有鑰匙都給妳送過去，從今兒起，侯府就歸妳管了。」

沈夫人有些猶豫，昨兒陸嬤嬤跟她說過，今兒要先見見她院子裡的人。可若是拿了帳本名冊，從今兒就要開始管家，怕是……

沈如意輕輕捏了捏沈夫人的手臂，微不可見地朝她點點頭，機不可失，失不再來，老夫人打的就是這個主意，想趁著沈夫人什麼準備都沒有，直接讓沈夫人管家，等沈夫人弄得亂七八糟了，她再派人出來收拾殘局，以後沈夫人想要再管家，那可就難了。

所以，這會兒得接下來，雖然沈夫人沒準備，可陸嬤嬤和宋嬤嬤可不是沒準備。

「好，老夫人吩咐了，我若是不接過來，倒是顯得我沒將老夫人的話放在心上了。」沈夫人即使心裡打鼓，這會兒也順著沈如意的意思點頭了。

沈夫人笑著說道：「只是，老夫人也知道，我剛回來，這侯府過了十來年，府裡的人怕是也換了一批，老夫人您看，我連您身邊的幾個丫鬟都不認識，府裡的其他人定也是沒見過的。所以，我想求老夫人一件事。」

老夫人不作聲地盯著沈夫人看，沈夫人也不在意，繼續說道：「我想求老夫人暫且將邱嬤嬤借給我，我也好認識一下咱們府裡的管事嬤嬤們，要不然，我連人都認不出來，那還怎麼管家？」

「好，邱嬤嬤就給妳。」老夫人點頭，看著沈夫人慢吞吞地說道：「只是，我老了，也習慣了邱嬤嬤她們的伺候，所以，妳要早些讓邱嬤嬤回來。」

「那是自然的，老夫人請放心吧。」沈夫人忙笑道。

老夫人不願意看見沈夫人，說完了正事就讓她們趕緊走人，沈夫人也不在意，轉身就帶沈如意離開，沈雲柔遲疑了一下，想到自家娘親的交代，也迅速地拉了沈明修跟上去。

「母親，管家的事情……」沈雲柔急匆匆地跟上了沈夫人和沈如意，有些擔憂地問道。她當然不是擔憂沈夫人了，若是可以，她也恨不得沈夫人像老夫人希望的那樣失敗呢。

可是，王姨娘昨兒說了，侯府是長房的，所以，這個侯府的當家夫人一定得是沈夫人才行，換了沈二夫人或者沈三夫人，那等明修以後繼承侯府時，說不定侯府已經被他們兩家給搬空了。所以，在對付沈夫人之前，得先解決了二房和三房。這個叫什麼來著？攘夷必先安內！

沈夫人轉頭看沈雲柔，沈雲柔皺眉，眼神中帶著點兒不耐煩。「您就這樣答應了祖母？這管家可不是什麼簡單事兒，也不是說您只會看帳本就行了……」

「沈雲柔，是誰教妳這樣對長輩說話的？」沈如意打斷她的話，微微挑眉。「還是說，王姨娘對妳說過不用尊敬自己的嫡母？」

沈雲柔臉色立刻白了白，有些不自然地垂下眼簾。「我不是這個意思。」頓了頓，見沒人接話，她只好憋屈地給沈夫人行禮。「對不起母親，我不是故意的，我只是擔心……」

「不用擔心，就算我不熟悉侯府，不是還有王姨娘在嗎？」沈夫人不在意地擺擺手，又不是自己的親閨女，反正誰都知道她在莊子上住著，這姑娘是在她姨娘跟前長大的，所以這姑娘沒長好，和她一點兒關係都沒有，沈夫人自然也不會白費力氣去糾正她，她連保護自己的女兒都有點兒吃力呢。

王姨娘出馬，一個頂仨。侯府的管事嬤嬤，沒有王姨娘不熟悉的，再加上王姨娘也想要幫沈夫人拿下這侯府的管家權，所以沈夫人一點兒都不用擔心會被王姨娘使了陰招。

一個上午的時間，沈夫人連自己院子裡的人都沒有見，就先帶著王姨娘、邱嬤嬤等人，將侯府的管事嬤嬤全都見了一遍。當然，不光是見面，老夫人可沒給沈夫人緩衝的時間，這些嬤嬤們一上來，就是先彙報事情要對牌。

「這是今兒午膳要用的東西，蔬菜是要現買的，肉是張屠夫送過來的，奴婢算了一下，總共是一百零八兩銀子。」管著廚房的嬤嬤嚴肅著一張臉上前，噼哩啪啦地將自己要說的話全都說了一遍。「另外還有柴火，前幾天買的柴火已經沒剩下多少了，不出三天就能用完，買一次柴火是要二十兩銀子，夫人核算一下，若是沒問題，就給奴婢對牌，奴婢好去帳房領銀子。」

沈夫人翻看面前的帳冊，翻了半天才問道：「往日裡這買菜什麼的，也不過是五十多兩銀子，今兒怎麼就變成一百多兩了？」

「回夫人的話，以前老夫人不愛吃大魚大肉，侯爺一向是在外面用膳，二老爺和三老爺也常常不在府上，所以開銷就少。現在夫人和姑娘回來了，午膳又是各房分開用，侯爺也要回來，做的菜多了，這開銷也就多了。」那嬤嬤不慌不忙地說道。

沈夫人微微皺眉。「往日裡做的菜都有什麼？」

「回夫人的話，每日都不一樣，以往二老爺和三老爺不回來的時候，二夫人和三夫人都是去老夫人那邊用膳的……」

沒等那嬤嬤說完，沈夫人就笑道：「現在我回來了，一樣是要到老夫人那邊用膳，不用分開，難不成就因為我回來了，身為媳婦，就不用伺候婆婆用膳了嗎？所以以前是什麼樣子，現在還是什麼樣子，飯菜也照舊和以前一樣，不過到底是多了幾個人，侯爺也說了要回來用膳，那買菜的時候再加些分量就行了，六十兩銀子足夠。」

沈夫人笑著說道，伸手拿了對牌遞給一旁站著的小丫鬟青綢，青綢和青棉都是沈夫人從莊子上帶回來的，所以最是聽沈夫人的話，立刻就過去將對牌遞給了那個嬤嬤。

嬤嬤皺眉有些不高興，沈夫人也微微皺了皺眉。「怎麼，這些銀子不夠買？要不然，妳說說今兒的菜單，我替妳算算這銀子夠不夠用？」

話音落了，那嬤嬤立刻想到，沈夫人和沈如意以前是住在莊子上，據說那莊子特別小，伺候的人也不多，說不定做飯什麼的，還得沈夫人親自動手，青菜、肉類的價錢，想來也是很清楚吧！

有了這個念頭，再看沈夫人的表情，反駁的話就說不出口了，真要列個菜單一一對照，難說是誰倒楣呢。不過，她到底是有些不甘心。「還要買做點心的食材，素油和豆子什麼的……」

「妳是想說，我和如意兩個人吃點心每天就要吃上十幾兩銀子？」沈夫人微微挑眉。「這麵粉什麼的，應該是莊子上每個月送來一次吧？還有這菜油、豆子，不都是莊子送來的嗎？模子又是早早就買好了，妳想要買些什麼東西？果仁之類的，那個用不了多少錢吧？」

可沈夫人雖然能壓得住管廚房的嬤嬤，卻壓不住管其他的，比如說，針線房的何嬤嬤。

「之前老夫人房裡說是少了一塊錦墊，要用金色的絲線，現在庫房已經沒有，需得另外買，此外那布料還請夫人開庫房拿兩疋青色的。而三姑娘那裡是少了兩身衣服，需要水雲紗和蜀錦，三房的陳姨娘那裡則少了一身衣服，需要半疋凸紋錦……」

沈夫人很茫然，在帳冊上翻了很久，有些布料能找到，有些則找不到，找不到的怎麼辦？得派人去買啊，可老夫人那房裡要用的還不是普通的布料，沈夫人也不知道價錢，只好轉頭去看陸嬤嬤。

陸嬤嬤低聲在沈夫人耳邊說了幾句，沈夫人點點頭，抬頭看何嬤嬤。「老夫人那裡的青色布料，能不能換成福紋錦？這個顏色很大氣端莊，福紋也很吉祥，且庫房裡足夠用的，比妳之前說的那個布料還要好一些，妳覺得如何？」

何嬤嬤猶豫了一下，沈夫人微微挑眉。「若是不行，我回頭讓人去採買一下布料，等明兒妳再來領對牌？」

沈夫人瞧了一眼陸嬤嬤，陸嬤嬤對上她的視線，只笑了下，又低頭指著帳冊上的字說了兩句，沈夫人忙點頭，抬頭的時候就換了神色。「咱們府上的姨娘，一向不都是用杭綢做衣服的嗎？怎麼三房的陳姨娘就要換了？我瞧著，可沒誰用紋錦的，陳姨娘的面子這麼大？

「至於三姑娘那裡，府裡不是有定例，一年四季，每一季是八身衣服的嗎？誰的衣服不夠穿，不都是各房各自補貼，三姑娘為什麼要例外？」

說完，她看向王姨娘，王姨娘忙出來作證。「回夫人的話，今年秋季的衣服早已經在夏天就做好了，冬天的衣服還要一個月才開始做，並沒有少了哪位姑娘，咱們府上的慣例就是哪位姑娘的衣服不夠穿了，各房自己補貼，並不能再從公中領布料。」

有帳本那就是有定例，有定例那就好辦多了。沈夫人雖然不大會看帳本，但是架不住的時候，身邊還有陸嬤嬤和王姨娘指點，尤其是王姨娘，熟知府裡管家的各種定例，比陸嬤嬤還要強上幾分。

面對幾個出來回事的人，都是由王姨娘提點沈夫人。短時間內，也實在沒什麼要解決的大事情，中秋節剛過，重陽節還沒到，一切按照定例來，就絕對不會出錯。

沈夫人也慢慢地從原先的忐忑，開始變得鎮定起來了，有時候不用陸嬤嬤提點，她自己都能翻帳本找出定例。

不過，也不可能事事都翻帳本，因為她手上拿的也不過是近一個月的帳本，侯府每天的花銷這麼多，一個月就得有兩、三本帳本，這還只是內院的。

「老夫人佛堂的香燭該增添了，這次老夫人想換陳家的，陳家鋪子的香燭比較地道，味道濃厚又有禪性，只是這價錢，要比以往的貴上兩成。」採買的婆子說道。

沈夫人翻了一會兒，沒發現帳本上有先例，只好問那婆子。「以前並未用過這樣的香燭，怎麼老夫人知道陳家的香燭是什麼樣子？」

「老夫人去趙家作客的時候見過的。」那婆子忙解釋道。「後來覺得好，就問了趙府的老夫人，然後吩咐了下個月要換陳家的香燭，小佛堂的香燭是不能斷的，所以奴婢要提前幾天去採買。」

沈夫人點點頭。「好，換香燭這事情，我就應下了，不過，妳先不要去採買，回頭妳請了陳家鋪子的掌櫃夫人來坐坐……」

沒等沈夫人說完，那婆子就瞪大了眼睛。「夫人，您要見一個低賤的商賈婦人？」

沈夫人微微皺眉，那婆子的眼神簡直就是在看一個自甘墮落的人一樣。「夫人您是什麼身分，堂堂侯府的夫人，朝廷誥命，前段時間還得了朝廷旌表的命婦！您這樣的身分，怎麼能去見一個低賤的商賈婦人？」

沈夫人轉頭看陸嬤嬤，陸嬤嬤也微不可見地點了點頭，沈夫人態度立刻強硬了點兒。

「怎麼，妳能替我作主？」

那婆子頓時噎住了，她原以為沈夫人大費周章地從莊子上回來，必定是存有自卑感，最怕被人嘲笑，所以她才敢這麼說，卻沒想到，沈夫人問的是另一方面。

「本夫人要見什麼人，要和誰說話，妳能作主？」沈夫人又問了一句，略有些疑惑。「照妳這麼說，侯爺要買點兒什麼東西，也必得讓妳去交涉才行，完全不能見外面的那些掌櫃的？」

那婆子臉色頓時白了，忙撲通一聲跪下。「奴婢不是這個意思……」

「那妳是什麼意思？」沈夫人緊跟著問了一句，婆子支支吾吾有些回答不出來，沈夫人也就轉移了視線，看下一個婆子。「妳是管著哪個差事？」

前面沈夫人一直沒出錯，這會兒還乘機抓了一個錯誤殺雞儆猴，就算後面的人有再多的想法，這會兒也得先消停下來。

一個上午的事情處理完，沈夫人已經累得快坐不住了，以前在莊子上哪怕坐一天，她也從來不覺得累，這會兒不過是半天，她就有些受不住了。

沈如意一邊給她捏肩膀，一邊笑著說道：「那是當然，在莊子上的時候，妳想怎麼做就怎麼做，坐不住還能和我或陳嬤嬤說說話、聊聊天，吃些點心喝杯茶，也不用動腦子什麼的，可現在呢，坐在那兒是半點兒不敢放鬆，就怕哪句話說得不妥當了，還要保持儀態不能被人笑話，不累才怪呢！不過，娘，妳今天表現得真好，我原先還以為妳會手忙腳亂出錯呢，沒想到一點兒錯誤都沒有。」

她側著腦袋看沈夫人，笑得一臉燦爛。「娘，我太高興了，妳今天表現得太好了。」

原本按照沈夫人的意思，是想下午見見正院裡伺候人的僕傭，但沈如意卻提出另外的意見。「反正她們該做什麼差事，自己心裡也有數，做得不好，娘正好有藉口將人給換掉，做得好了，娘記在心裡，看要是能用，日後就重用幾分，若是不能用，那就不用搭理，見不見都是一樣的。」

沈夫人有些猶豫。「可我總不能連自己院子裡的人叫什麼都不知道吧？」

沈如意撇撇嘴。「何必在意？妳先用著青綢和青棉，那些人不管是想打探消息還是巴結妳，總是要找機會在妳面前出現的，到時候不用妳問，她們自己就會說自己叫什麼名字了。反正，咱們娘兒倆也不是享福的命，能自己動手的事情，自己都已經動手了，身邊有青綢、青棉就足夠了，再加上陳嬤嬤、陸嬤嬤，還怕沒人伺候嗎？」

陸嬤嬤也是比較贊同沈如意的說法。「現下老夫人那裡是等著看夫人您的笑話呢，您目前最重要的是將侯府管家權給徹底掌握在自己手裡，機會難得，趁著侯爺對您和姑娘……」

宋嬤嬤輕咳了一聲，陸嬤嬤挑挑眉，用眼神向沈夫人傳達自己的意思，沈夫人並不笨，再加上陸嬤嬤那眼神實在是太明顯，頓時臉色就有些發紅。

陳嬤嬤是在盧家的時候就照顧沈夫人的人，盧家孤女寡母的，自是鬥不起來，所以一輩子也沒什麼宅門經驗，只看她想將沈如意留在莊子上保護一輩子，就能知道她對這些大宅門裡的事情瞭解多少了。

讓她打理一座小莊子那是綽綽有餘，可到了侯府，就不夠看了。好在陳嬤嬤有自知之明，自到了侯府，就將自己定位成照顧沈夫人和沈如意的人，出主意那是宋嬤嬤和陸嬤嬤的事情。

這會兒見陸嬤嬤正在想辦法，陳嬤嬤就靜悄悄地到門口瞄了兩眼，又去搬了張小凳子坐在抱廈下燒火沏茶，順便輕聲教導青綢和青棉。「現下夫人不能將妳們提拔成一等丫鬟，一來妳們年紀小，二來妳們摸不清楚情況，這院子裡多的是人盯著大丫鬟的位置，妳們暫且由著她們鬥爭，只等著坐收漁翁之利。」

兩個小丫鬟忙點頭，夏蟬和夏冰湊在一起托著腮幫子發愁。「嬤嬤，侯府可真富貴，不過一點兒都不好玩，要是還在莊子上，咱們這會兒就能去河邊撈魚了。嬤嬤，咱們還能回去嗎？」

陳嬤嬤搖頭。「自是不能回去了，不過妳們爭氣點兒，多幫著姑娘，等以後姑娘在府裡有說話的餘地了，到時候就讓姑娘帶著妳們到莊子上去玩耍，或者到街上去逛逛，京城的大街可是很熱鬧的，東邊有雜耍，西邊賣首飾，南邊賣衣服，北邊有胡人，保證都是妳們沒見過的。」

夏蟬瞪大了一雙眼睛。「胡人？」

「是呀，就是長得很奇怪的人，有些是黃顏色頭髮的，有些是紅色頭髮的，有些長得特別特別黑，有些長得特別特別白。」陳嬤嬤使勁回想了一下才說道，幾個小丫鬟聽得是一臉震驚。

另一邊廊簷下，穿著秋香色比甲的兩個丫鬟瞧著這邊，不約而同地撇嘴。

隨後個子比較高的那個說道：「白桃姊，妳看那老不死的架勢，就是防著咱們呢，這樣下去，咱們怎麼接近夫人？」

白桃皺了皺眉。「我有什麼辦法？那老不死的戒心大著呢，夫人昨兒回來，但凡在屋裡和那陸嬤嬤說話，她就一直在外面守著，咱們連屋子都接近不了，怎麼能接近夫人？白橘和白梨呢？」

白杏撇撇嘴。「我也不知道，白橘和白梨就仗著是老夫人院子裡出來的，眼睛都快長到頭頂上了，還真以為夫人不敢拿她們怎麼樣啊。瞧瞧夫人今兒這架勢，那可不是傳說中無能懦弱的人，要是哪天夫人要用人找不到她們，我就看老夫人到時候能不能保住她們。」

白桃似笑非笑地看了一眼白杏，白杏忙上前一步抱住白桃的胳膊。「白桃姊，我以前都是個三等小丫鬟，沒服侍過貴人，妳有空多指點指點我唄，我也不求將來能當夫人的心腹，只要能安安穩穩地每個月拿到一兩銀子的月例，我就滿足了。」

「那妳放心吧，妳這月例啊，是肯定能拿到手的。」白桃挑著嘴唇笑了笑，又往後退了一步。「行了，時候不早了，咱們也該去提醒夫人去長春園請安了。」

白杏忙應了一聲，也不敢和白桃搶，規規矩矩地跟在白桃後面繞到抱廈下，先和陳嬤嬤行了禮，然後才說道：「差不多到了時辰，二夫人和三夫人以往都是這個時候去給老夫人請安的。」

陳嬤嬤聞言知意，忙進去和沈夫人說了。沈夫人收拾了一番，帶了沈如意去長春園。

母女倆都以為，老夫人是要在管家的事情上為難沈夫人，卻沒想到，老夫人不能先將人一下子按死在那兒，也不會停止斷斷續續的折磨。

沈夫人站著伺候了老夫人用午膳，隨後乾站了小半個時辰，伺候著老夫人午睡去了，才有空回自己的院子，卻沒飯菜了。大廚房說，因為夫人今兒吩咐午膳不用分開送，只送到長春園就行了，所以，除了長春園，沒午飯了。

「幸好還有點心。」沈如意一邊心疼地替沈夫人遞點心，一邊說道：「累了一上午了，連午飯都沒有，若是以後天天如此，娘的身子定是要累垮的。」

陸嬤嬤也嘆氣。「所以現在咱們得儘快將管家權握在手裡，老夫人那裡是已經不能走回頭路了，要麼是咱們壓制住了老夫人，要麼是咱們向老夫人認輸，前者雖然困難點兒，但若是做到了，以後侯府就是夫人當家了，姑娘的婚事除了侯爺，就是夫人說了算。可若是後者……」

陸嬤嬤有些發愁，怕是她們這些人，連條活路都沒有了。

沈夫人和沈如意都眼巴巴地看著陸嬤嬤和宋嬤嬤，等她們給拿主意。但是辦法也不是一時半會兒就能想出來的，兩個嬤嬤都皺眉苦思，沈夫人和沈如意也不敢打擾。

等的時間長了，沈夫人索性就拿出帳本準備看了。

陸嬤嬤一眼瞧見那帳本，忽然眯著眼睛看宋嬤嬤。「宋姊姊，妳說，咱們能不能來個一箭雙鵰？」

宋嬤嬤也跟著陸嬤嬤的視線看到了帳本，眉頭微挑。「妳是說……」

「這廚房，自古以來就是貓膩(注)最多的地方，咱們現在，一是解決夫人的午膳問題，二是幫著夫人立威，若是這事情做得好了，那就是一箭三鵰了。」

陸嬤嬤笑咪咪地說道，宋嬤嬤摸了摸下巴，打量沈夫人和沈如意，心裡略有些遲疑，因著時間太短，她和陸嬤嬤指點沈夫人和沈如意的時候，都是先強調外面的表現。

真正的手段學不會，裝樣子總得學會。所以，現在沈夫人的外在表現，拿出去是很能唬人，不管是應對得寵的姨娘還是高高在上的老夫人，或者是不懷好意的妯娌，沈夫人都算表現良好。可若是真刀真槍的上場，實在是有點兒危險。

「宋姊姊，這也是沒辦法的事情，莊子上地方小，夫人和姑娘就是有一身本事，在那種地方也是施展不開。」陸嬤嬤笑著說道。「可這侯府不一樣，眼下可以說是最好的時機了，若是成功，咱們以後要走的路可就寬敞通暢得多；若是失敗了，咱們夫人可是剛回京呢，在莊子上待了十年，剛剛回京就接管了府裡的差事，出一點兒差池，那不是很正常嗎？」

宋嬤嬤咬咬牙，使勁點頭。「妳說得是，眼下這個機會正好，那咱們這就開始？」

「咱們要不然就做個大的？」沈如意笑咪咪地在一邊建議。「趙嬤嬤那手藝，就算是當

注：貓膩，指隱蔽之事。

主廚也是足夠的，咱們不如直接將大廚房給拿下？」

沈夫人則是有些猶豫。「怕是有些不妥當，咱們能立威，卻不一定能拿下大廚房，大廚房不管是主廚還是採買，都是老夫人的心腹，這個和那個有關係，那個和這個是姻親，一個連一串，趙嬤嬤一個府外來的人，哪怕是能坐上主廚的位置，怕也是鎮不住那廚房裡的人，總不能一府的人全都靠趙嬤嬤一個人做飯吧？」

「娘，誰說要讓趙嬤嬤做全府的飯菜了？咱們乘機將二房和三房分出來不就行了嗎？」沈如意笑著說道：「每個月只給他們月例銀子，他們自己想吃什麼，自己派人去買食材做啊。」

沈夫人笑著揉揉沈如意的腦袋。「剛才還說妳聰明呢，這一轉眼就又繞回去了，老夫人讓我管家可不是為了讓二房和三房分出去，她一句話就能讓二房和三房一日三餐都在她那裡用，那我的月例銀子不就是白給了嗎？

「況且，之前咱們也說了，若是那樣子分，我得先將帳本給弄明白了，這麼多的帳本，短時間內我可理不出什麼東西來。」沈夫人笑著說道：「咱們得一步一步走，不能太著急了，現下，先解決我的午膳問題，然後，咱們再慢慢地收攏這府裡的事情，總有一天，咱們母女倆，會是這府裡說話最管用的人。」

沈如意瞪大眼睛看沈夫人，完全沒想到沈夫人會說出這樣的話來，沈夫人不一向是……

「娘，妳沒事吧？」沈如意有些驚訝。

沈夫人笑著搖頭，捏了捏沈如意的臉頰，這孩子，總是在想辦法要保護自己，難道自己這個當娘的，還不如一個小孩子？女兒能保護自己，自己也能保護女兒。

「現下就是廚房的事情，趙嬤嬤暫且不能當主廚。廚房共有六位廚娘，一個是主廚，一個擅長做湯，一個擅長做點心，一個擅長做菜，另外兩個什麼都能做，做的也還好，咱們要換掉哪一個？」

陳嬤嬤在一邊開口問道，她這些天雖然沒幫上沈夫人什麼忙，卻是暗地裡打聽了不少事情。畢竟陳嬤嬤曾在侯府待了好些年，當年也是有幾個能說幾句話的點頭之交。

趙嬤嬤是什麼都能做，做出來也都很不錯的全能廚娘，當然，因為沈如意的原因，趙嬤嬤是在點心這方面下過功夫，所以做得更突出一些。

「府裡誰比較喜歡吃點心？」沈夫人想了一下問道。

老夫人上了年紀，很是注重身體，所以每天的湯品是少不了。就回來這麼兩天工夫，沈夫人伺候老夫人用膳就瞧出這個問題了，所以，換掉這個是肯定不行的。

主廚也不能換，就只能換其他人了，擅長做菜的婆子怕是也很難換，因為一日三餐，侯府的人基本上都已經習慣了，除非是換個廚藝絕高的人，否則換誰都不討好，所以，只能從剩下那三個裡面挑選。

「剩下那三個，擅長做點心的是王嬤嬤，府裡最喜歡吃點心的是三姑娘。」

三姑娘沈佳美是二房的嫡長女。老夫人這人很偏心，恨不得沈侯爺將整個侯府都給了沈三老爺，但是，她對沈二老爺也不會忽視。在沈如意不在侯府的時候，沈佳美是侯府唯一的嫡出姑娘，再加上年紀小、嘴巴甜，簡直是侯府最受寵的姑娘。別看沈雲柔是侯爺的閨女，到了沈佳美跟前，連個教養嬤嬤都搶不過來。

「換掉這個王嬤嬤。」沈夫人幾乎沒怎麼想就說出了這句話。「二房的姑娘喜歡吃點心，我家的如意也喜歡吃點心，但侯府可不是二房的。」

沈如意愣了一下，露出個笑容，抱著沈夫人的胳膊使勁點頭。「對，我也喜歡吃點心，二房的三姑娘連二妹妹的教養嬤嬤都搶走了，我們換掉她一個點心廚娘也沒什麼。」

確定了人選，接下來就該打聽這位王嬤嬤了，沈夫人她們要確保一擊即中，自然是要往深裡打聽。

「陳嬤嬤，這打聽消息的事情就交給妳了。」沈夫人微微側頭，看著陳嬤嬤說道。

陳嬤嬤點了點頭，想一下又補充道：「夫人，其實，打聽消息這回事，有個人比我更合適。」

沈夫人有些不解，陳嬤嬤看了沈如意一眼，沈如意有些迷茫，難道要她親自出馬？

倒是沈夫人反應更迅速。「妳說劉嬤嬤？」

陳嬤嬤點點頭。「我昨天打聽了，劉嬤嬤現在過得很不好，一家子都沒差事，只能給府裡有頭有臉的嬤嬤丫鬟們洗衣服賺點兒錢。」

府裡一大半僕傭是家生子，世世代代都是侯府的下人，一部分是從外頭買進來、簽了死契的，生是侯府的人，死是侯府的鬼。若是沒差事，連個月例銀子都沒有，也不能到外面去謀生，因此所有下人要想過得更好，生活更富足，就只能拚命地往上爬。

沈如意還是有些不明白，沈夫人也沒打算瞞著沈如意，吩咐了陳嬤嬤幾句，讓陸嬤嬤和宋嬤嬤也出去辦事，才摟著沈如意輕聲說：「劉嬤嬤是妳的奶娘，當年侯爺說要將咱們母女倆送到莊子上……」

沒等沈夫人說完，沈如意就先問道：「劉嬤嬤不願意去，想辦法留下來了？」

但是，上一輩子，劉嬤嬤怎麼就沒找過她呢？對了，上輩子她可不是光明正大地被沈侯爺親自接回來的，而是到了及笄的時候，沈侯爺只打發了個小廝過去將她們母女倆接回侯府，說不定那會兒，劉嬤嬤已經打聽到什麼了，所以才不聯繫自己。

沈夫人沈默了一下，微微點頭。「不光是劉嬤嬤，正院裡伺候的人，都不願意跟過去，只有我帶來的陪嫁丫鬟和陳嬤嬤願意跟著我們走，就連妳身邊的春花、春葉，也是我們到了莊子上之後我替妳找的。」

沈如意笑嘻嘻地摟著沈夫人。「娘，說不定劉嬤嬤現在正後悔著呢，即使沒後悔，陳嬤嬤也定會想辦法讓她後悔的，妳就不用擔心了，剛才陸嬤嬤不是說了，這會兒妳最重要的事情是看帳本嗎？我得先去找二妹妹了，現下咱們用得著王姨娘，我可得好好籠絡沈雲柔才行。」

沈夫人笑著點頭。「快去吧，不過，也別受了委屈，若是沈雲柔對妳……妳也別瞞著，雖然我現在用得著王姨娘，可王姨娘也不敢明著和我作對。」

「我知道的，娘，妳還不瞭解嗎？我不是那種吃了虧就忍著不說的人，我自有辦法應對。」沈如意笑咪咪地說道，起身下了軟榻，給沈夫人行了禮，這才轉身出門。

# 第十一章

沈如意回了自己的院子後，就派了夏冰去請人。

「妳就說我這裡有好玩意兒，是從大名府帶回來的，請二妹妹過來把玩，若是二妹妹不願意來那就算了。不過，記得讓王姨娘知道妳去過了。」

沈雲柔倒是不想來，大名府再繁華，那也只是個副都，更何況沈如意母女可是在大名府轄屬的清河縣青山鎮住了十多年，也是一個名字都沒聽說過的小村莊而已，能帶什麼好東西回來？再好也比不過京城。

可王姨娘不答應啊，等夏冰一走，王姨娘就過來了，一臉恨鐵不成鋼。「我之前怎麼和妳說的，妳半句都沒放在心上？」

沈雲柔嘟嘟囔囔地扯自己的帕子。「可我就是不想去，一個鄉下來的死丫頭，真當自己是侯府的嫡出姑娘了嗎？」

王姨娘冷笑了一聲。「不是真當她是侯府的嫡出姑娘了，而是人家確確實實是侯府的嫡出姑娘，連二房的沈佳美，到了她面前都得往下掉兩層，出門了別人只會說侯府的嫡姑娘是沈如意！沈佳美算什麼？頂多算二房出來的嫡姑娘，她給沈如意提鞋都不配！」

沈雲柔正要開口，王姨娘又冷笑了一聲。「可是，妳連沈佳美都比不過。」

瞬間，沈雲柔臉色慘白。王姨娘看著心疼，卻知道這話自己必須要說，她原以為，沈夫人這輩子大約是不會回來了，就算回來也不會長久，畢竟沈如意到底是個姑娘家，將來是要嫁人的，所以能在侯府住一年已經算久了。再加上侯爺對她們母女倆又沒感情，那沈如意能不能撐起侯府嫡長女的名頭，沈侯爺根本不會在意。到時候，沈雲柔還是侯府最受寵的姑娘。

可現在，很明顯沈如意母女在侯爺心裡還是有些地位。再者，外憂內患，王姨娘還是分得很清楚。她倒是想讓老夫人壓沈夫人一頭，以後繼續讓沈夫人到莊子上去，可沈侯爺也說了，以後侯府就要交給沈夫人了。和老夫人比起來，沈侯爺才是她和兒女這輩子的依靠。

偏偏沈夫人好像開了竅，進門的頭一天就給她下馬威，讓她不得不站隊，當著老夫人和沈侯爺的面前作出選擇。

既然是已經作出了選擇，就只能是一條路走到底了，先幫著沈夫人穩定侯府，再來和沈夫人進行內部鬥爭。

牆頭草可是人人都厭棄的，更何況，牆頭草也只能得一時的平安，等這鬥爭過去了，要清理的，可就輪到牆頭草了。

沈雲柔這性子，若是以後想過得好，只能先磨了那稜角。不求她幫自己，只求她別扯後腿。現下她和沈夫人是一派的，那沈雲柔就是裝，也得和沈如意當一對相親相愛的親姊妹。想著，王姨娘就壓低了聲音，耐心地替沈雲柔分析了一番。

沈雲柔不是真的傻，哪怕是不樂意，可王姨娘都將話說到這個地步了，她就算是不高興也得拎著自己的小籃子去找沈如意，進門還有些不好意思。「剛才我在午睡，因著睡得太香了，所以丫鬟沒敢叫醒我，大姊叫我過來有事？」

沈如意抬頭，看著沈雲柔笑了笑。「我從大名府帶了不少小玩意兒過來，本來是打算送給府裡的姊妹們，妳是我親妹妹，這些東西自然是讓妳先挑，等妳挑完了，我再讓人給佳美送一些過去。」

沈雲柔一臉驚喜。「真的？有禮物？那我可得好好挑選一番，大姊等會兒可別嫌棄我拿得多，我從沒去過大名府，也不知道大名府有什麼好玩的，大姊等會兒可得和我好好說說。」

沈如意笑著點頭，讓夏蟬將箱子給搬出來，一樣樣地拿出來給沈雲柔看。「這個是泥叫兒，能吹出聲音的，京城不知道有沒有，我之前問了父親，父親說不知道，他沒讓人買過這些東西，京城有這些嗎？」

「有的，京城有間鋪子，專門賣這些東西，上次三叔父還給明和堂弟買了一個，不過被明祥堂弟給摔壞了，我也只是瞧瞧，並沒有玩過。」沈雲柔拿起來仔細看。「妳打算將這個送給三妹嗎？三妹肯定不喜歡這個……」

猶豫了一下，沈雲柔繼續說道：「三妹跟著嬤嬤學規矩，有一次她親口說這個泥叫兒很髒，貴女是不能吹這個的，妳送過去她也不喜歡。」

「我沒打算送給她，我聽父親說了，三妹一向喜歡很華麗高貴的東西。」沈如意笑著說道，就算她在宅門方面有些欠缺經驗，但對一個十來歲的小姑娘套話，她還是綽綽有餘的。「這個就是給小堂弟準備的，我聽父親說，老夫人很是喜歡三房的人，所以……」

沈雲柔臉色頓時有些陰沈了。「妳打算巴結三房的人？」這話說得很無禮，說完她自己都有點兒尷尬了。「我不是那個意思……」

沈如意點點頭。「我明白，二妹，妳要知道，我和妳才是親姊妹，咱們長房才是侯府的主人，不管是二房還是三房，以後都是要分出去的。祖母現在寵著三房的人，任由三房將侯府公中的錢都扒拉到自己的口袋裡，等以後祖母……咱們長房可就要吃虧了。」

沈雲柔捏著那個泥叫兒嘆氣。「那有什麼辦法，不過幸好現在母親和妳回來了，總算有個能管家的人，等以後母親將侯府管起來，三房就算想撈一筆都不行了。大姊，妳可一定要和母親說，三房這些年可是扒拉了不少銀子，每年光是給祖母做壽，那就是一筆很大的開銷，三房要討好祖母，那壽宴都盡可能鋪張貴氣，然後三嬸娘從中中飽私囊。」

沈如意點頭。「這是自然的，不過說起來，三嬸娘可真是有辦法，我娘親之前說，王姨娘是個聰明能幹的人，三嬸娘竟是能瞞過王姨娘的眼睛，在管家的事情上搞鬼弄好處……」

沈雲柔臉色通紅。「才不是瞞過了王姨娘！是祖母幫三嬸娘的，廚房一大半的人都是祖母的心腹，尤其是採買的那個小劉嬤嬤，還不是祖母讓她報什麼帳她就報什麼帳嗎？還有那個鄭嬤嬤，那可是三嬸娘安插進去的人，只聽三嬸娘一個人的……」

沈如意一邊仔細聽著，一邊在腦袋裡將人對上號，沒辦法，上輩子她嫁出去之後，從沒回過侯府，這前前後後都十來年，怎麼可能會記得侯府所有的人？

姊妹兩個湊在一起說了半天的話後，沈如意叫了夏蟬。

「去廚房端些點心過來，要蓮蓉甘露酥、油角和鮮花活油餅，一樣一碟，對了，王姨娘喜歡吃什麼點心？」沈如意側頭問道。

沈雲柔有些不解。「喜歡吃翡翠酥和金錢酥，怎麼了？」

沈如意笑著搖頭，繼續吩咐道：「再要兩碟翡翠酥和金錢酥，送到王姨娘那裡，還要兩碟三色年糕和核桃鬆餅，送到我娘那裡去，記住了嗎？」

夏蟬重複了一遍，確定沒錯，這才出門去了大廚房。

這糕點是最費功夫了，還不能混在一起做。不說用料不同，蒸製方法不同，做的時間也是不同，六、七樣點心，至少得要三個鍋臺一起開工，才能保證在半個時辰內給送過來。

大約是因為沈如意回府之後頭一次要點心，或者是因為廚房的人得了消息暫時不能在沈夫人面前出岔子，再或者是因為沒摸清楚沈侯爺的意思，所以，大廚房的點心來得很及時。

沈如意笑著請沈雲柔吃點心。「大名府那邊有一樣小吃最是美味，叫龍鳳餅，要加一種酸酸的東西，京城都沒有，要特意從西南那邊買，叫做益母子，酸酸甜甜的，很是美味。」

沈雲柔瞪大眼睛。「真的？」

「自然是真的，回頭我讓人做些給妳嚐嚐。」沈如意笑著說道，眼瞧著時間不早了，就叫了夏冰她們過來，將自己和沈雲柔挑選出來的東西分成幾堆，分別送給府裡同輩的人。至於長輩，沈夫人之前已經讓人準備過禮物了，這些不歸沈如意管。

一連三天，沈夫人每天上午按照「定例」管家事，下午看帳本。沈如意則上午帶著沈雲柔跟宋嬤嬤學規矩，下午和沈雲柔一起做針線、說八卦，一天向大廚房要一次點心，一次要六、七樣。

等到了第四天，湊巧遇上二房的沈佳美也要點心，要了三樣。這加起來就是十樣了，大廚房的人做不過來，勢必是要少給幾樣。

受寵的二房嫡姑娘跟不受寵的長房嫡姑娘相比，理所當然，沈如意這邊的點心就被砍掉了一大半，只送來三樣。

沈如意當即就帶著人往大廚房去，將那點心碟子砸在地上，視線在大廚房的人身上掃了一圈。「今兒這點心是誰做的？」

作為二把手的廚娘白嬤嬤一邊在圍裙上擦手，一邊站出來，不卑不亢地向沈如意行禮。「給大姑娘請安，大姑娘今兒這點心可是出了什麼問題？」

「我要了七樣點心，竟是只送來了三樣，妳說有沒有問題？」沈如意冷笑。

白嬤嬤臉色都沒變。「回大姑娘的話，這事奴婢知道，還請大姑娘見諒，大姑娘連著幾天都點了七樣點心，奴婢等人哪次不是妥妥當當地做好了送過去？只是今兒實在是忙不過來了，大姑娘寬宏大量，還請饒了奴婢等人一回。」

沈如意挑眉。「忙不過來？昨天怎麼就能忙得過來了，前天不也忙得過來了嗎？」

「回大姑娘的話，前兩天正好得空，平日裡老夫人和二夫人、三夫人很少用點心，所以正好能給大姑娘做，可這兩天，大廚房還得忙著給別處送點心，就有些忙不過來了。畢竟，侯府的主子多，這口味也不一樣，每處都要上一、兩樣點心的，加起來可就不少了。」

白嬤嬤低垂著眼簾，也不看沈如意，聲音也沒多大起伏，反正就是那一句話——侯府可不光是只有大姑娘妳一個主子，妳這身分放到侯府，還真是有些排不上號。

沈如意氣得臉色通紅，伸手點了點白嬤嬤。「好好好，可真是夠伶牙俐齒，這怠慢主子的事情，到妳嘴裡一說，竟是成了我不體諒妳們了，果然是早就找好了藉口，難怪敢剋扣我的點心，妳們等著，這事咱們沒完！」

撂下狠話，沈如意領著丫鬟就走。她可不是白白到廚房轉一圈的，這會兒也不是要找沈侯爺作主，畢竟沈侯爺是王牌，要到關鍵時候才能發揮最大的作用。

她這會兒啊，是要去找老夫人哭訴。沒錯，就是哭訴。當然，怎麼鬧還得有些講究，至少，她得讓老夫人不能將這事情宣揚出去，拖累了她的名聲。

眼下不是還有沈三姑娘在裡面攪和著嗎？除了三房的人，沈三姑娘可是老夫人的心頭肉，沈三姑娘好吃的名聲可不能傳出去。

「祖母，您可得替我作主。」沈如意一頭撞進老夫人的懷裡，那力氣差點兒沒將老夫人一頭給撞到牆上去，幸好邱嬤嬤眼明手快，一把拽住了老夫人。

老夫人十分惱怒，伸手就推沈如意，可沈如意一個十幾歲的小姑娘，正是吃得好、長身體的時候，而老夫人上了年紀，年老體弱又太過養尊處優，那力氣怎能比得過沈如意？

沈如意是使勁箍著老夫人的胳膊，哭得那叫一個淒慘。「祖母，您可得為我作主，早知道我就不回京了，我跟著娘親住在莊子上，雖說不是錦衣玉食，也沒有這麼多的奴僕伺候著，可是我那會兒是想吃什麼就吃什麼，怎麼樣也能填飽肚子，可現在呢？祖母，您可得為我作主啊。」

邱嬤嬤瞧著老夫人臉色不好，趕緊扯開沈如意。「大姑娘，有什麼話您慢慢說，您這樣沒頭沒腦的，老夫人根本不知道發生了什麼事情，怎麼給您作主呢？您先別哭，先說說到底發生了什麼事情，好不好？」

「祖母您得為我作主啊，我和娘不過是在莊子上住了十多年，這府裡的下人便不將我們當回事了，別人都是主子，就我和我娘不是主子，這府裡的東西先是別人的，最後有多餘的才能輪到我和我娘，祖母啊，您可得為我作主啊。」

實在是老夫人身上的味道也不好聞，薰香太多，再加上頭油的味道，沈如意覺得自己能堅持這麼長時間，已經是很不容易了，所以邱嬤嬤再次扯開她的時候，她就順著邱嬤嬤的力道，往旁邊挪了挪，只是也沒離老夫人太遠。

「到底是什麼事兒！」老夫人滿心怒火，恨不得抽沈如意一頓。「什麼叫不將妳們母女倆當主子？這事情今兒得說個清楚，若真有這樣的奴才，我定是不會委屈了妳們，只是，若沒有……」

老夫人語重心長。「妳也應當知道，咱們侯府不是沒規矩的，咱們沈家也是百年世家，一向寬厚待人。」

沈如意抽抽噎噎地問道：「所以，要是沒有這回事，您就要為了一個奴才罰我？」

老夫人頓時噎住了，這話接也不是，不接也不是，哪怕是最寬厚的人家，也不會為了一個奴才懲罰主子的。哪怕是主子錯了，也得想辦法讓下人擔了這錯處才行。

可她剛才的話放在那兒，若是沒這回事，沈如意做錯了，她還半點兒表示都沒有，之前那句寬厚待人不就成了一句空話嗎？

老夫人總算是發現了，她話說得太早了。誰家的長輩在沒弄清楚事情真相之前，就先威脅自家晚輩？

邱嬤嬤瞧老夫人臉色的變化，忙替老夫人出頭。「大姑娘，老夫人可不是這個意思，老夫人的意思是咱們侯府也是多少年的世家大族，凡事得講求一個證據是不是？大姑娘剛才不是說有人怠慢了您嗎？您得有個證據，老夫人這才好幫您出頭，若是沒有，怕是會寒了下人們的心。」

同樣的意思，但邱嬤嬤這話說得比老夫人高明許多。

沈如意一邊抹淚一邊說道：「這還要什麼證據？事情都擺在眼前了！我早早就讓人去大廚房要了點心，等了一下午，竟只送來了三碟，一碟四塊，總共才十二塊！我和二妹在一起學規矩，祖母也知道這學規矩是很累很累的，到了這時候，得找些東西填肚子才行，畢竟，我和二妹都還是在長身子的時候。

「咱們這樣的大戶人家，那點心做得定不會和平民百姓家的一樣，一塊碗口那麼大！」沈如意伸手比劃了一下，侯府那點心，除了在色香味上下功夫，形狀也是很重要的。

首先，大家閨秀都不能吃太多，要不然就要被人說閒話。點心太大，顯得人太能吃；其次，這點心有的是油炸，有些是烤出來，有些是烙出來，有些是帶油，有些是太酥脆，有些是餡料太碎，總之，一邊吃一邊掉，那是很不符合貴女的規矩禮儀，所以，得一口一個才行。

總共十二塊點心，也就是十二口。

沈如意一邊說一邊哭。「往日裡我們也不指望這點心當飯吃，可大廚房實在是欺人太甚。」

老夫人皺眉。「如意，妳以為這話能糊弄住我嗎？妳之前那幾日要的點心，也不光是妳和雲柔兩個人吃了吧？」

沈如意點頭。「是呀，還有我娘和王姨娘那裡，我都讓人送了，可我這邊送過去，我娘和王姨娘那邊就又送回來了，最後還是我和雲柔吃了，可現在，無端就少了四盤子點心！」

沈如意還特意伸出手指強調了一下。「一大半都沒了！我去大廚房問了，大廚房竟說是沒空做，祖母您聽聽，沒空做！我們侯府難不成就窮得連幾個廚娘都養不起了嗎？還是那些人都看咱們侯府太寬厚待人，所以侯府的主子就不被當回事了？她們說沒空，咱們這些當主子的就連點心都吃不上了？」

老夫人眉頭皺得更緊了，一臉的陰森，上輩子的沈如意就是被這樣的老夫人嚇破了膽，別說是反駁老夫人了，連來老夫人這邊請安都要哆哆嗦嗦的。

可這輩子，沈如意卻不覺得這老太婆可怕了。就算她再厲害又能怎麼樣？一個老婆子，除了罵人，難不成還能出手打人？好吧，即使打人，這將臉面當生命的老太婆，會親自動手嗎？

再者，她們剛回京，老夫人就算要打人，也得等過了這段時間吧？

其實沈如意還是另有打算的，這不都到了用晚膳的時候，沈侯爺差不多就要回來了，沈侯爺當初可是說過，若是小事情，他還是願意開口幫襯兩句。

這親閨女挨打，他總不會作壁上觀吧？

「大姑娘，話不是那麼說的，咱們侯府雖然家大業大，但咱們也不是那等奢靡之家啊。」邱嬤嬤繼續替老夫人開口。

沈如意眼淚汪汪地看她。「我也沒說咱們府上是奢靡之家啊，邱嬤嬤，咱們府上難不成已經是窮得連幾塊點心都吃不起了？」

「這自然不是……」邱嬤嬤頓了頓才說道。

沈如意又哭。「可是我連幾塊點心都吃不上了！就算她們沒空給我做點心，那將別人的分兒多做幾塊給我送過去也行啊。」

「祖母，這廚房做點心的人，若不是故意不給我送點心，那就是太蠢了，連點兒變通都不會，這樣的人咱們侯府怎麼能用？」沈如意看著老夫人，一臉認真。「就比如說，哪天廚房沒有核桃了，正好來了尊貴的客人想吃核桃酥，那她是不是就不給人做點心了？」

老夫人搖頭。「自然不是……」

「可那嬤嬤就沒給我做點心啊，她不是太蠢就是故意的！若是故意的，咱們府上可容不下這樣欺主的奴才；若是太蠢了，就像我剛才說的，哪天說不定就闖禍了，她做的點心是不錯，可也算不上頂好的。」

反正她就是來胡攪蠻纏了，老夫人跟著歪題最好，歪不了她就哭。沈如意正處於發育階段，那聲音早就不是稚嫩的童音，放緩放低的時候，那是十分悅耳動聽的，可若是她故意掐著嗓子，那尖尖細細的聲音，就像是一根根針，扎在心裡難受得慌。

老夫人聽得頭疼，瞪著沈如意讓她閉嘴，深吸了一口氣隨後說道：「既是如此，那就將廚房的人也叫過來問問，看看到底是怎麼一回事，不過是兩盤點心……」

「可廚房的人說是給三妹送過去了！三妹一個人，能吃幾盤點心？」眼瞧著老夫人就要往口腹之慾上扯，沈如意忙將擋箭牌給拿出來。「再說，三妹才多大的年紀？又不是正長身子，六、七歲的小姑娘家，一日三餐吃好就行，這點心最好還是別吃得太多。」

老夫人臉都要氣歪了。「妳和雲柔學規矩知道累、知道餓，難不成佳美學規矩的時候就不知道累、不知道餓？」

「我不是這個意思！」沈如意忙辯解。「三妹到底是年紀小，這會兒學的規矩，能跟我和雲柔的比嗎？我們是一遍遍走路，一遍遍練習站姿、坐姿什麼的，三妹學什麼？三妹是學寫字，就算學規矩，一日也不過是一、兩次罷了。」

不管老夫人說什麼，沈如意都要找個由頭反駁一番。

吵了將近一個時辰，眼看著老夫人的臉色越來越難看，耐性越來越差，沈如意總算是勉強點頭同意讓廚房的人來對質一下了。

一個時辰，若是沈夫人動手快一些，這會兒應當是已經辦完了事情。但願她們行動十分順利，也不枉費她這幾天費盡心思打探沈佳美的動靜，更不白費今兒她和老夫人的一番口舌之爭。

老夫人叫身邊的大丫鬟榮蘭去叫來廚房的嬤嬤，榮蘭去了大約一炷香的時間，回來時臉色就不對了，她神情慌慌張張，一進門就急急忙忙地說道：「老夫人，王嬤嬤已經被拿下送衙門去了……」

老夫人瞬間呆住，好半天才問道：「妳說什麼？」

「王嬤嬤已經被送衙門了。」榮蘭小心翼翼地又重複了一遍。

老夫人那眼睛頓時瞪大得像是一對銅鈴。「送衙門去了？誰送的？什麼時候送去的？」

「半個時辰前，夫人讓人送去的。」榮蘭不敢耽誤，將自己剛才打聽出來的消息流暢地說給老夫人聽。

當沈如意這廂帶著人來哭鬧，另一頭的沈夫人就悄悄派丫鬟去叫王嬤嬤過來。

一個時辰前，陳嬤嬤帶著沈夫人的吩咐去叫人的時候是賠盡了小心，將沈夫人想要給王嬤嬤賠禮道歉的意思傳達得十分清楚明白。

沈夫人母女倆回京沒多久，這府裡的人也知道沈夫人是個能說會道的人，看著氣勢也挺足的。可誰也不知道沈如意是個什麼性子，這些天沈如意只窩在自己的院子裡跟著宋嬤嬤學規矩。

陳嬤嬤很是不好意思。「我們夫人就這麼一個寶貝，在莊子上的時候給慣壞了，什麼都得先緊著她才是。可這侯府，到底不是莊子上，王姊姊妳說是不是？」

王嬤嬤不吭聲，陳嬤嬤低聲下氣地賠禮道歉。「今兒這事情，是我們姑娘莽撞了，王姊姊看在她年紀小的分上，就別和她計較了，這不，夫人知道姑娘在這裡鬧了一番，馬上就讓我來請妳過去了。大廚房損失了多少東西，王姊姊妳估個數兒，我們姑娘年紀小，性情一向平和，這次的事情啊，可是個誤會。」

王嬤嬤心裡冷笑，這是出了事來收拾殘局，想要拿銀子讓自己閉嘴了？希望別傳出沈家大姑娘粗野刁蠻的名聲，所以來求自己了？

不過，送上門的銀子，為什麼不要？

陳嬤嬤十分誠懇地求了幾次之後，王嬤嬤就跟著陳嬤嬤去了正院，可這剛一進院子，側面就撲過來幾個婆子，拽胳膊的拽胳膊，堵嘴巴的堵嘴巴，那行動叫一個配合有度，瞬間就將王嬤嬤給放倒了。

沈夫人出來冷笑了一聲，一句廢話都沒有，直接讓人給王嬤嬤套上了麻袋，隨後叫了沈侯爺書房那邊的小廝進來，將人塞到馬車上，直接送進衙門。

聽榮蘭說完，老夫人是氣得渾身哆嗦，連話都說得不俐落了。「她……她怎麼敢！」

榮蘭小心翼翼地縮著身子不說話，其實心裡也是震驚無比，原本看沈夫人像是個溫和柔軟的人，這兩天看下來，也是端莊賢慧的模樣，可沒想到，一出手竟是連活路都沒留了。

這大家族裡的奴才，犯了事一般都是主家自己處置，很少有處死的，就算是簽了死契的，礙於官府，也不能光明正大地打死，一般都是悄無聲息地給處置了。

像王嬤嬤這樣的心腹奴才，最大的懲治也不過是趕出門去，這往官府一送，可就代表王嬤嬤一家子的賣身契都要送到官府去，變成官奴的。

官奴活得簡直不像人，更不要說王嬤嬤這樣被主家送出去的人，那更是連被賣到好人家的微茫機會都沒有了。

「去將這膽大包天的人給我叫過來！」老夫人氣得臉色發青，伸手指著門外，連聲吩咐道：「去叫人來，咱們家廟小，可容不下這樣的婦人！這侯府，難不成就她一個主子？簡直是欺人太甚！」

沈夫人那邊處置完了王嬤嬤，生怕閨女在這邊吃虧，也是急急忙忙帶著人過來了，正好和邱嬤嬤等人迎面碰上。
邱嬤嬤連一貫的表面功夫都不做了，直挺挺地站在那兒伸手示意了一下。「夫人，請吧，奴婢勸您等會兒說話可得留心點，您已經將老夫人氣得快暈過去了，若是老夫人有個好歹，拚著一條命，老奴也要想辦法讓皇上收回那聖旨。」
沈夫人一臉吃驚。「嬤嬤竟然有這麼大的本事？竟是能說動皇上，讓皇上收回聖旨？難不成，皇上說的話是能隨時隨地收回去的？」
不等邱嬤嬤說話，沈夫人就皺了眉。「我今兒中午伺候老夫人用膳的時候，老夫人還好端端的，這會兒怎麼就病了？是不是妳們這些奴才伺候得不周到？」
邱嬤嬤冷笑一聲。「是不是奴才伺候得不周到，夫人請太醫過來給老夫人把脈不就知道了嗎？」
「不是妳們伺候得不周到啊，我就說呢，邱嬤嬤也是伺候老夫人多少年的老人了，不可能忽然就出了岔子。妳剛才說，老夫人是被氣著了？是被誰氣著了？」說著，沈夫人又是一臉恍然大悟。「我知道了，老夫人定是聽說了王嬤嬤的事情，所以被氣著了是吧？」
看邱嬤嬤點頭了，沈夫人義憤填膺。「我就說，這樣的奴才留不得，竟是將老夫人都氣著了，咱們趕緊進去吧，我可得好好安慰安慰老夫人，為了這背主的奴才，傷了老夫人自己的身子，實在是太不划算了，再說，我也處置了那奴才了，老夫人可不用再操心這事情。」
邱嬤嬤目瞪口呆，再沒見過比沈夫人更能顛倒黑白的人了。

沈夫人也不管身後的邱嬤嬤，讓人打了簾子，一臉關心擔憂地進門去扶了老夫人。「老夫人，您臉色怎麼這麼難看？我剛才聽邱嬤嬤說您被氣著了，您啊，可別為了個背主的奴才氣著了自己，那奴才……」

沒等沈夫人說完，老夫人就爆發了。「跪下！」

沈夫人一臉詫異，伸手指了指自己。「老夫人，您在說我？」

老夫人氣得臉都變形了。「說的就是妳！妳個不孝的婦人！我當日真是瞎了眼，竟然讓妳這樣刁鑽的惡婦進了我沈家的門！我沈家家門不幸啊……」

沈夫人感到莫名其妙。「老夫人，可是兒媳我做錯了什麼？聖旨可還在祠堂供著呢……」

老夫人根本不接聖旨這話，拿著身邊的枴杖就要敲沈夫人。「妳個惡婦！誰讓妳將王嬤嬤送到官府的？咱們沈家多少年的名聲，就因為妳毀了！誣衊家裡的奴才，將奴才送到官府，這豈是當家夫人能幹的事？」

「老夫人，您這話說得不對了，沈家的名聲怎麼會因為我而毀了呢？我這節孝牌坊還在大名府豎著，聖上誇讚我的聖旨還在祠堂供著呢，就算我不出門，我也知道，這京城上上下下能和我一樣在莊子上為公爹守孝十年的，一個巴掌都能數得過來。」

沈夫人一邊躲一邊辯解。「侯爺也是和我說過，如今咱們沈家在京城的名聲可是好得很呢。老夫人您剛才那幾句話，可真是拿刀割了兒媳的心！還有什麼誣衊奴才的罪名，那王嬤嬤貪污廚房的東西，一家子就是碩鼠，偷了主家的東西養肥了自己一家，證據確鑿，怎麼能叫誣衊呢？老夫人您是寧願相信一個奴才，都不願意相信兒媳嗎？」

這些天沈夫人查到了些許證據，就算王嬤嬤能保出來，她這廚房的廚娘位置，也是保不住了。

老夫人一把年紀了，又氣又怒，又要費勁拿柺杖砸沈夫人，看著沈夫人來來回回地躲，聽著沈夫人一句句的辯解，老夫人怒氣攻心，眼前一黑，心思一轉，身子就軟塌塌地趴在地上了。

邱嬤嬤是跟著老夫人多少年的老婆子了，一瞧見老夫人趴地上了，嗓子就喊起來了。「老夫人您怎麼樣了？老夫人您快醒醒？」

說著，邱嬤嬤就眼淚汪汪地回頭怒視沈夫人。「夫人，老夫人不過是想問您幾句話，您怎麼能將老夫人給氣得暈過去了呢？夫人您這樣做，對得起皇太后誇讚您的孝字嗎？對得起皇上賞賜下來的節孝牌坊嗎？」

邱嬤嬤氣勢洶洶，正要繼續往下說，沈如意也一嗓子嚎了起來。「哎呀，祖母您怎麼了？那王嬤嬤實在是罪大惡極，祖母您那樣寬待她，她還要背主，實在是太可惡了，祖母您別因為一個奴才氣壞了身子啊。」

鬧吧！鬧吧！鬧得越厲害，沈侯爺越是不能作壁上觀。

沈夫人連忙命人去請太醫來。

與此同時，老夫人讓人去叫的助手總算是登場了，沈三夫人一邊急慌慌地進門去扶老夫人，一邊揚聲吩咐帶來的婆子丫鬟。「快，趕緊去衙門和侯爺、二老爺、三老爺他們說一聲，就說老夫人被氣得暈過去了。」

說著，沈三夫人語重心長地對沈夫人說道：「大嫂，我知道您不容易，在莊子上住了十年，心裡也苦，可您不能因為這樣，就將老夫人給氣暈過去啊。」

這話說得有技巧，不光是特意說給沈夫人聽，還是特意說給她的丫鬟婆子們聽的，暗示她們等會兒去請侯爺、二老爺、三老爺等人的時候，可別忘記說老夫人是被沈夫人氣暈的。

沈夫人和沈如意都走到這一步了，怎麼可能會允許沈三夫人去敗壞她們母女倆的名聲？所以，今兒沈三夫人的人，是怎麼樣也不能出侯府的大門。

就在沈三夫人說完之後，外面就傳來沈侯爺的聲音。「這是怎麼了？怎麼亂哄哄的？」

話音剛落，人就掀開簾子進來了，一雙鳳眼微微瞇著，冷眼在室內掃了一圈，轉頭問沈夫人。「在鬧什麼？」

誰第一個說話，誰就占有優勢。沈夫人忙開口將事情說了一遍。「老夫人是被那奴才給氣著了，侯爺您可一定不能饒過那奴才。」

沈侯爺微微點頭，上前一步扶了老夫人，將人直接送到內室後，就出去吩咐了自己的小廝。「去請了太醫過來，另外拿我的帖子送到衙門，那樣背主的奴才，沒必要留著。」

沈三夫人忙笑道：「大哥，還是不要送帖子了，這事情是不是和大嫂說的一樣，還得等老夫人醒過來了才知道，萬一大嫂弄錯了……咱們府上豈不是冤枉了人？」

沈侯爺掃了她一眼。「怎麼，難道三弟妹想要本侯夫人向一個奴才賠禮道歉？」

沈三夫人頓時愣住了，她什麼時候說過這樣的話？只是瞧著沈侯爺的臉色，支支吾吾了半天，也沒說出一句完整的話。

沈侯爺也不搭理她，轉身進了內室，坐在床頭看了看老夫人，不緊不慢地和旁邊站著的沈夫人說話。「那王嬤嬤的事情，可是證據確鑿？」

「是，若非這樣，我也不會將人送到衙門去，按理說，咱們這樣的人家，是不好將奴才送往衙門，畢竟，府裡的事情比較多，那王嬤嬤又是大廚房裡的人，接觸後院的女眷較多，若是說了什麼不應當說的話，那咱們侯府的臉面可就丟光了。只是，我又想著，侯爺身為朝廷命官，咱們做事情總得按著朝廷的律法來。」

真要較真，私刑是一律不被允許的。哪怕是簽了死契的下人，也是不允許私底下弄死的。不過，這事情總有空子能鑽，就像廣平侯府這樣的人家，弄死幾個下人，只要往衙門送上說得過去的理由，這事情就不會有人追究，可沈夫人將人送到衙門，這事情也不能說她做得不對。

「那王嬤嬤可真是膽大包天，平日廚房裡的小東西，她時常拿回去也就算了，還將一些珍貴的藥材給換掉。我派人在王嬤嬤家裡搜查了一番，竟是找出不少的燕窩銀耳，皆是上等的好貨，往日裡都是老夫人用的，結果都填了王嬤嬤一家老小的肚子！」沈夫人十分氣憤。

「這樣的人，還敢蒙蔽老夫人，騙取老夫人的信任，實在是太可惡了！咱們家可不能放過這樣的奴才，要不然，下面的人有樣學樣，這府裡的東西，以後還不得都被他們給搬空了？」

沈侯爺和沈夫人知道，老夫人可不是真的昏迷了，因此兩個人說話的聲音並沒有刻意壓低，一句句都說得特別清晰。

「這樣的小事，以後妳自己決定就行了，妳是經過朝廷冊封的誥命，是本侯明媒正娶的夫人，是太后親自誇讚過的媳婦、皇上下旨表彰過的孝婦，我既是已經將妳接回來，妳也得對得起自己的身分。」

沈侯爺懶洋洋地靠在椅子上，視線在老夫人臉上掃了一圈，轉頭又看沈夫人。「妳自己心裡底氣足些，別什麼事情都要和我說一聲，這侯府的事情，妳只管作主，真出了岔子，那還有我在呢。」

沈夫人忙點頭，沒等她再說話，就聽見外面咋咋呼呼的聲音。「娘氣病了？這是怎麼回事？我在衙門正忙著呢，就聽小廝去傳話說娘是被氣病了，娘的身子一向很好，怎麼就被氣病了呢？妳是做了什麼？」

沈三夫人十分冤枉。「我什麼也沒做，我也是得了消息才過來的，我過來那會兒，老夫人已經暈過去了，只有大嫂在……」

她倒是想直接說，是沈夫人將老夫人給氣暈過去的，可這會兒沈侯爺還在裡面坐著，看樣子對沈夫人也並沒有不滿，若是讓沈侯爺聽見而對三房不滿了，那損失可就大了。

沈三老爺和沈三夫人一輩子夫妻，自是將枕邊人的習慣摸得清清楚楚，見她這話說得含糊，只一愣，就動動嘴唇做了個口形。「大哥？」

沈三夫人忙點頭，沈三老爺皺了皺眉，面上露出關切擔憂焦急的神色，一掀簾子就衝進去了。「娘到底怎麼樣了，太醫請了嗎？什麼時候能到？」

沈侯爺掃了他一眼。「娘正昏迷著，別大聲嚷嚷。」

沈三老爺臉色微微尷尬了一下，忙上前看了看老夫人，壓低了聲音。「太醫去請了嗎？娘現在如何了？」

「我瞧著娘現在的臉色平和得很，應該是沒什麼大事。」沈侯爺漫不經心地抬眼看了沈三老爺一眼。「回頭你也說說你那媳婦，整天咋咋呼呼的，事情都弄不明白就派人去叫你回來，這後宅的事情，是你一個大老爺們該管的嗎？你大嫂又不是不在家，些許事情她不和你大嫂商量，反而讓人去衙門將你叫回來，這是什麼意思？」

沈三老爺臉色青青白白，等沈侯爺話音落了才開始辯解。「這怎麼能是小事呢？娘的身體一向很好，怎麼忽然就暈過去了？身為兒子，哪怕娘親只是有些胃口不好，我在衙門都坐不住……」

沈侯爺冷笑了一聲。「你是在指責我不孝順？」

沈三老爺一腦門的汗。「自然不是，大哥你誤解我的意思了，大哥你若是不孝順，怎麼會比我還早回來？咱們家最孝順娘親的就是你了。只是，我媳婦也是因為擔心娘親，她知道我心裡也是惦記著娘親的，所以，只要和娘親有關，不管大小事兒，她都要和我說的，要不然，回來我肯定對她生氣。」

沈侯爺挑了挑嘴角。「你那媳婦倒是個有心的，只是，今兒的事她做得有失妥當，不分輕重，在我夫人當家的時候，試圖越過我夫人作決定，甚至居心叵測地想要誣衊我夫人，這事情……」

沒等沈侯爺說完，老夫人就哎喲哎喲地掙扎起來了。「我這是怎麼了？你們怎麼都在？正信，你也在？你在就好了，我快被人氣死了，你這個夫人……」

「娘，先等等。」沈侯爺笑著拍了拍老夫人的手背。「三弟妹犯下大錯，我先和三弟說這件事情才行。」

「你三弟妹犯了什麼錯？」老夫人頓時瞪大眼睛一臉怒容。「你是不是聽她胡說八道？」

老夫人怒指沈夫人，沈夫人一臉無辜。

沈侯爺微微挑眉。「自然不是，今兒這事情，不管我夫人有沒有做錯，三弟妹的行為都是不妥當的，長幼有序，尊卑有序，我夫人是這侯府名正言順的管家夫人，這府裡的事情，哪怕她做錯了，三弟妹都不能派人到外面去叫三弟他們回來。」

看老夫人張口要說話，沈侯爺的臉色就寒了幾分。「還是說，娘覺得侯府的名聲一點兒都不重要？傳出去，我夫人一品誥命竟是連個侯府都管不了，讓自己的弟妹大呼小叫地到外面替她宣傳名聲？三弟若是管不了三弟妹，正好，咱們就分產不分家……」
朝廷律法規定，父母在，不分家，但是這種規定也是有空子可以鑽的，不分家可以分產，不分居可以分院子。
老夫人想讓沈三夫人管家，打的不就是想讓沈三夫人多撈一些錢的主意嗎？這要是分產了，沈三夫人從哪兒撈錢去？
「沒你說的那麼嚴重。」老夫人立刻就有些氣虛。
沈侯爺冷笑了一聲。「這前前後後多少人看著呢，我夫人已經說了讓人去請太醫，三弟妹卻讓人攔著，反而派人去叫三弟回來，這是什麼意思？」
沈三夫人臉色發白，站在外面不敢進來。
沈三老爺賠笑。「大哥，肯定是弄錯了，她不是那個意思……」
「娘今兒到底是怎麼暈過去的？」沈侯爺含笑問道。
老夫人對上沈侯爺的視線，正要開口，卻聽沈侯爺又說道：「若是被那奴才氣到了，三弟妹叫了三弟回來，是不是想讓三弟去一趟衙門？」
說著，他看了沈夫人一眼。「若不是叫三弟去衙門，三弟妹今兒這事辦得……」
就兩個選擇，要麼老夫人承認自己是被王嬤嬤的事情氣著了，沈三夫人今兒這事情就可以揭過去了；要麼是老夫人死咬著沈夫人，然後沈三夫人被當成替罪羊。
沈侯爺說得很明白，老夫人不用想就聽出了這話裡的選擇，那一瞬間簡直要氣死了，再一瞧旁邊站著的沈夫人，伸手就按著腦袋呻吟了起來。「氣死我了！你們，你們！」

沈侯爺不為所動，聽老夫人嘟囔了一會兒，頗有些不耐煩，有這時間他早在書房看幾本書了，瞧著老夫人還有繼續下去的趨勢，他不禁皺眉。「娘，太醫一會兒就要來了，要不然，先讓太醫給妳把把脈？」

這也算是催促，老夫人立刻就有些說不出話，可她說不出，不代表沈三夫人不能開口。

沈三夫人剛才在外面轉悠了好一會兒，這會兒終於壯著膽子進了內室，一聽沈侯爺的話，忙點頭表態。「大哥說得是，今兒的事情是我魯莽了，一聽說老夫人暈倒了，心裡實在是不安，家裡不能沒有男人，知道大哥事情忙，所以才讓人叫了正武回來的，我知道錯了。」

老夫人那臉色，一時間也說不出是好是壞。再沒人比老夫人更瞭解沈侯爺了，他是一旦作了決定就再難改變的人。這會兒說是給出兩個選擇，那就只有兩個選擇，不管她說自己多難受，今兒都是要作出選擇。只是，到底是有些意難平。

沈夫人瞧著老夫人那臉色，趕忙又笑道：「老夫人原先信任我，將府裡的事情都交給我管了，只是我到底是沒經過這麼大的事，管了這幾天，也有些力不從心，所以今兒想求老夫人將三弟妹借給我用用，老夫人也不用擔心我會累著三弟妹，只讓三弟妹幫我分擔一些，也就一個月的時間。」

在王嬤嬤這件事情上，沈夫人既然是得了好處，這會兒就得讓著老夫人一些。畢竟，老夫人是長輩，真要不管不顧地鬧起來，吃虧的還是沈夫人。所以，這會兒得用一些甜頭，先哄住老夫人。

再者，沈夫人當真是有些吃力。這幾天沒吃好，若不是原先底子打得好，怕是這幾天都要累垮了。偌大侯府，哪怕你聰明得天上有地上無，也不可能是剛一接手就能打理得妥妥貼貼。

主動退一步，一來是讓老夫人先放過王嬤嬤這事情，二來也是讓自己喘口氣，將大廚房捏在手上，以後慢慢再收復別的地方。

「也不知道三弟妹有空沒有，一個月的時間，也耽誤不了三弟妹多少事情吧。」沈夫人笑吟吟地問道。

沈三夫人的眼睛頓時就亮了，自沈夫人回來，老夫人說要將侯府的事情交給沈夫人，沈三夫人就已經有一陣子沒賺什麼油水了。不過，她也不傻，小心翼翼地問道：「不知道是什麼事情，若是太忙了，我怕是就不能幫大嫂的忙了。」

沈夫人忙搖頭。「並非是太忙的事情，就是針線房的一些事情。」

針線房的油水不多，但事情很多。一般說來，府裡的布料用度都是有慣例的，比如說小廝、丫鬟、婆子們，一年四季共八身衣服，這布料也很是普通，哪怕是壓價，也壓不到哪兒去。

而主子們的則由公中所出，一年四季，每季是八身衣服，總共是三十二身衣服。這些已經定了相熟的成衣坊，每一季都有掌櫃的送來衣服樣本畫冊，挑中了之後可直接要衣服，或者直接要布料，就這個是有些油水的。但是，因著是相熟的成衣坊，所以，這價錢還真不好糊弄。

至於誰想要額外做衣服，那就是各房自己出布料了。之所以說針線房的事情多，是因為誰的衣服想多繡一朵花，誰的衣服想要縫一個口子，房間裡的坐墊之類的用品要繡東西，或是靠枕要換枕套、被褥想拆洗之後重新做了，事都不大，卻必不可少。

沈三夫人臉色當即就不大好，沈夫人有些遲疑。「若是三弟妹不願意，我就去請二弟妹幫幫忙，說起來，二弟妹這會兒怎麼沒在？」

沈三夫人忙笑道：「我不是不願意，大嫂也太心急了些。」再不答應這事就歸二嫂了，二嫂也是屬狗的，吃肉從來不吐骨頭，落到她手上，自己還能得什麼好處？

再說，針線房油水雖然少，但蚊子腿再小也是肉啊，總比什麼都撈不著強。況且，以自己的聰明才智，難道還不能將這蚊子腿變成狗腿？

老夫人那臉色，變化了一會兒之後，總算是和緩了一些，也不喊疼了，只閉著眼睛不說話。

正好這會兒太醫也到了，給老夫人把了脈，還是老話一句，年紀大了得保持心態平和，不能大喜大怒什麼的。

沈侯爺嘆氣。「不過是個奴才，哪裡值得娘氣成這樣？那王嬤嬤這會兒既然有膽子偷賣廚房的東西，指不定什麼時候就要做出背主的事情來，娘應該想想，幸好咱們早早發現了，要不然，以後說不定要吃多大的虧呢。」

那太醫在一邊開方子，也沒出聲。

等開完了方子，沈侯爺一個眼神，沈三老爺忙上前笑道：「有勞了，這方子可有什麼要忌口的地方？」

太醫詳細解釋了一遍，隨後被沈三老爺恭恭敬敬地送出門。

# 第十二章

鬧了這一下午，也到了用晚膳的時候。老夫人氣性大，不願意看見沈侯爺和沈夫人，直接趕他們走人。沈二老爺和沈二夫人是姍姍來遲，一進門就賠禮道歉，一個說自己有些頭疼，下午吃了安神的藥睡了一下午，並不知道今天發生的事情，一個說自己在衙門忙到現在，今兒的事情也不知情。

老夫人沒個好臉色，不管他們說什麼，也沒將人留下來，只留了沈三老爺和沈三夫人。

沈侯爺夫妻和沈二老爺夫妻出了長春園的門，沈二夫人就笑道：「也不知道大嫂有空沒有，若是有，我正想請教一下大嫂呢，過一個月不就是老夫人的壽辰了嗎？我想給老夫人繡一幅觀音像，大嫂最是拿手了，我可是厚著臉皮想請教一番。」

沈夫人想了一會兒才搖頭。「這兩天怕是沒空，老夫人忽然就將府裡的事情都交給我了，我實在是有些忙得分不開身。原先我還想著，二弟妹若是有空，想請二弟妹來幫幫我的忙呢，可二弟妹既然是忙著給老夫人準備壽禮，那我也就不煩勞二弟妹了。」

妯娌三個，她原先打算是拉一個打一個，可觀察了幾天，卻發現那兩個是哪個都不能拉攏，一個是心存算計，一開始就心懷不軌；一個是躲在一邊坐觀虎鬥，不管哪個人都有極大可能在背後捅刀，所以沈夫人只能放棄這個打算。

她不能拉攏她們，自然也不能讓這兩人聯手。這針線房的事情，就是沈夫人丟出來的一塊肉，不光是要安撫老夫人，還想要挑起二夫人和三夫人的鬥爭。

若是二夫人能上鈎最好，若是不上鈎，沈夫人只能另外想辦法了。

「幸虧三弟妹有空，還能幫我兩把。妳有事儘管去忙自己的吧，得空了就去我那裡坐坐。」沈夫人笑著說道，伸手拍了拍沈二夫人的肩膀。「侯爺回來這麼久都沒來得及喝口水，我就先回去了，二弟妹也回吧。」說完，就急匆匆地轉身走了。

沈二夫人微微皺眉，轉頭看沈二老爺。「她的意思是，將管家權分給了三弟妹一部分？」

沈二老爺一個大男人家，對後院的事情哪會那麼瞭解，聞言只迷茫地伸手摸了摸自己下巴上寸把長的小鬍子。「我怎麼知道，今兒府裡發生這樣大的事情，妳竟是沒讓人去叫我回來，娘心裡只怕是要不高興了。」

沈二夫人嘆口氣。「是我低估了這位大嫂，我原想著大嫂剛剛回府，一下子就得罪了老夫人，這會兒又想換大廚房的人，老夫人定是會不甘心，再加上三弟妹在一邊煽風點火，怕是大嫂要吃虧。但瞧著大哥那樣子，對大嫂也不像是完全無情的，所以就想著等他們兩個……」

沈二夫人壓低的聲音忽然消失，過了一會兒才有些疑惑地問道：「正文，你說大哥是個什麼意思？他將盧氏扔在莊子上十來年不聞不問，應當是對那盧氏沒有感情，可現在將人接回來，卻十分維護……」

沈二老爺不作聲，只背著手往前走，沈二夫人自己想了一會兒，百思不得其解，一瞧見自家相公走遠了，忙跟上去。

另一廂，沈夫人和沈如意跟在沈侯爺身後，也回了正院。

沈侯爺頗有些不耐煩地看沈夫人。「讓我今兒早些回來，就是為了給妳撐腰？我之前不是說過，這後院的事情，最好別拿來煩我嗎？妳若是做不到，這管家的事情，趁早辭了也罷。」

沈夫人忙賠笑地替沈侯爺倒茶。「我這不是剛回來，手下連個可用的人都沒有嗎？半點兒根基也沒有，怎麼能站得穩腳跟？你別氣，知道今兒勞累了你，我給你賠禮好不好？」

沈侯爺斜眼看她，沈夫人忙起身到內室去拿了一件衣服出來。「我親手給你做了一件衣服，就這兩天做的，當作我的賠禮好不好？」

用了晚膳，沈夫人親自服侍沈侯爺試了新衣服，那長短正合適的尺寸，總算讓沈侯爺的臉色緩和了一些，好歹這女人還沒忘了討好他。

「侯爺今兒不用去書房？」沈夫人一邊幫沈侯爺換衣服，一邊隨口問道。

沈侯爺點點頭，側頭看了沈夫人一眼。沈夫人心情好，在莊子上又吃得好、睡得好，臉色紅潤，唇畔帶笑，長相本就漂亮端莊，再加上皮膚玉白，這會兒就著燈光看，無端就有了幾分風情。

「不去。」沈侯爺懶洋洋地搖頭，坐在軟榻上靠著軟枕，看沈夫人來來回回地忙碌。

沈夫人在莊子上養成習慣，屋子裡較私密的事情喜歡自己做，不大愛叫丫鬟。這會兒就是自己動手將沈侯爺的衣服給疊好，又來來回回鋪床什麼的，忙完了才轉頭看沈侯爺。「我讓人送熱水過來服侍侯爺沐浴？」

沈侯爺微微挑眉。「妳來服侍我沐浴吧。」

沈夫人愣了一下，隨即臉色爆紅。

沈侯爺一手轉著自己大拇指上的扳指，一邊笑著問道：「怎麼，我今兒幫了妳這麼大的忙，妳不會打算拿一件衣服打發我吧？」

沈夫人手足無措地站在一邊，手指捏著自己的衣袖，很是忐忑，她不是沒想過這件事情，不管從哪一方面說，生個兒子對她和如意來說，才是一輩子的保障。

可是，她從沒想過會這麼快。一來沈侯爺從沒表示過對她有意思，二來侯府還沒被掌握在手裡，這會兒真不是懷孕的好時候。

但沈夫人也瞭解沈侯爺，這人因為太聰明，所以也很高傲，若是自己這次拒絕了沈侯爺，那指不定以後就沒有下次了，沈侯爺是從來不會放下身段求人的，更不會再去招惹一個拒絕了自己的人。

可她真的還沒做好準備啊，她都十來年沒見過沈侯爺了，從去年到今年，這才見了幾次面？就算是同床共枕，五根手指也數得出來……

沈侯爺的手指在桌子上敲了敲，那聲音讓沈夫人哆嗦了一下，再一看沈侯爺的臉上已經有些不耐煩，心裡就是一個激靈，難不成這會兒還比不過新婚那會兒？新婚那會兒，可是連見都沒見過呢，不照樣放下床簾就完事了嗎？

「只要侯爺不嫌棄我笨手笨腳的。」沈夫人心裡暗暗思量，要不然，早些將計劃提前了？萬一要真是懷孕了，如意提前接管家事，也不用手忙腳亂了。

沈侯爺從鼻子裡輕哼了一聲，並未說話。沈夫人察言觀色，忙叫人去送了熱水過來。這侯府裡的人，再怎麼對沈夫人陽奉陰違，也不敢在沈侯爺面前鬧么蛾子。

一晚上勞累，沈侯爺早上精神飽滿、紅光滿面地上朝。

沈夫人揉著腰、忍著痠疼去給老夫人請安。這侯府，目前還是老夫人的天下，所以一大早，老夫人的臉就陰沈得像是要下雨，等沈夫人伺候她用了早膳，又非得讓沈夫人留下來伺候她。

「老夫人生病，我身為兒媳，自是要好好照顧老夫人。」沈夫人笑著說道，一邊給老夫人捶腿，一邊請示。「只是，這府裡每天的事情也多得很……」

老夫人立刻接話了。「妳若是沒空打理，就讓妳兩個弟妹去。」

她算是看明白了，有她那傻兒子撐腰，想要讓沈夫人手忙腳亂出錯，那是不大可能的，再這麼下去，指不定沈夫人就要在侯府站穩腳跟了，所以還是先將管家權拿回來比較好。

沈夫人忙搖頭。「倒不是我不放心兩個弟妹，只是，三弟妹已經替我分擔了針線上的事情，二弟妹又要忙著給老夫人準備壽誕禮，我怎麼好意思麻煩兩位弟妹替我管家？我倒是另外有一個主意，現今如意和雲柔的年紀也大了，眼瞧著就要及笄，咱們這樣的人家，針線女紅都是次要的，琴棋書畫也不過是錦上添花，管家理事才是最重要的，所以我就想著，讓她們兩個先跟我學一段時間。」

沒等老夫人說話，沈夫人自己又說道：「不過，我既然要伺候老夫人，怕是沒空指點她們兩個，就想和老夫人商量一番，讓王姨娘在一邊看著，王姨娘雖然以前只管著大房的事情，但多少也算是有經驗，再者，如意自己管過莊子，心裡也有數。所以，昨兒晚上我就和侯爺商量了，這段時間，我來伺候著老夫人，讓她們姊妹倆學著管家，侯爺也已經答應了，老夫人覺得我這主意如何？」

老夫人都想將沈夫人給掐死了，如何？一點兒都不好！

老夫人不高興，沈夫人也不怎麼高興。之前她和如意的計劃就是她先出面，將侯府的管家權拿到手，然後殺雞儆猴，在侯府站穩腳跟，她再想辦法懷上孩子，讓如意幫著管家。

可現在呢，她們都還沒在侯府站穩腳跟，就不得不將計劃提前，先將如意給拎出來管家。只是計劃趕不上變化，她昨晚還在想要不要將計劃提前，今兒老夫人就搬出二夫人和三夫人這一招，果然和如意說的一樣，不管如何，老夫人怕是對她們母女兩個要厭惡到底了。

算了，厭惡就厭惡吧！反正從她進門的那天起，老夫人就沒給過她好臉色。

如意也說了，這侯府最大的主子是沈侯爺，可不是老夫人。果不其然，搬出了侯爺，老夫人臉都發黑了，卻也不得不同意沈夫人的建議。點頭之後，她氣得再也不想說話，直接讓沈夫人趕緊滾。

沈夫人也很識趣，既然達到目的了，管老夫人說的是走還是滾呢。

沈雲柔過來找沈如意的時候，就見沈如意正翻著面前一疊帳本，沈雲柔抿了抿唇，上前給沈如意行禮，又有些遲疑地問道：「大姊，母親今兒早上的話是什麼意思？」

沈如意笑咪咪地拉她在自己身邊坐下。「就是妳聽到的那個意思啊，娘說了，現在咱們兩個年紀不小了，也該學著管理家事。不過，咱們兩個到底沒經驗，說實話，我也不怕妳笑話，這府裡的人，我也就認識那麼幾個，連老夫人身邊的人，我也不過是認識一個嬤嬤、兩個大丫鬟，更不要說府裡的管事嬤嬤了。」

沈雲柔忙點頭。「我也怕自己擔不起來，我雖然認識那些人，但我從沒接觸過這些東西，萬一做錯了……」

「妳瞧，我不認識人，妳沒看過帳本。」沈如意攤手。「這管家的事，可真是個難題，不過既然娘說想要咱們姊妹兩個鍛鍊一番，那咱們也不好推辭，畢竟機會難得，妳說對不對？」

沈如意伸手點了點，沈雲柔是聰明人，看出那方向是指著二房和三房，也趕忙點頭。

「對，母親既然是將事情交給咱們了，咱們不管會不會，總得先試試，萬不能辜負了母親的囑託，大姊妳叫我過來，可是已經拿定了主意？」

「我是這麼想的，妳呢，是認識府裡的管事嬤嬤，卻從沒接觸過帳本之類的東西，我呢，是看過帳本管過家，卻不大認識府裡的管事嬤嬤，所以咱們就將這事情分開管，我負責管帳，妳負責管事，妳看怎麼樣？」

沈如意笑著說道，沈雲柔就有些遲疑。

「若是妳不願意，那咱們就換一換。」沈如意臉上笑意半分不減。「正好呢，娘親拿王嬤嬤立威了，這府裡的管事嬤嬤，不管心裡打著什麼主意，總是得消停一、兩天，就算我不認識她們，以我侯府嫡長女的身分也能壓得住她們的。真有那不長眼打算一路走到黑的，大不了回頭我和父親說一聲，讓父親將賣身契給我，我將人給賣掉算了。」

沈雲柔心思急轉，在心裡比較著兩件事情的得失，管帳就是看帳本，整日裡對著那枯燥的東西，怕是連房門都難得出來了。管事倒是可以威風一把，就像沈如意說的，她可是侯府的姑娘，哪怕不是嫡女，卻也是父親的親生女兒，若是有不聽話的人，回頭賣掉立威了，可不就能確保自己和姨娘在侯府的地位了嗎？

沈如意將帳本往前推了推。「要不然，妳管帳吧？二妹，妳年紀小，那些管事嬤嬤都在咱們府上幹了多少年，盤根錯節，怕是她們會瞧不起妳……」

沈雲柔抿抿唇，伸手將帳本推回去了。「大姊，妳剛才也說了，我從沒看過帳本，這些帳本若是交給我，不出一天，指不定就要變成廢紙了。妳為我考慮，我這個當妹妹的，也得為妳著想啊。」

按住沈如意想要將帳本繼續推過來的手，沈雲柔搖搖頭笑道：「大姊，我知道妳擔心我，那些老嬤嬤上了年紀，一個個狡猾得跟狐狸一樣，大姊是怕我搞不定對不對？」

沈如意臉上閃過一絲懊悔，有些糾結地咬了咬唇，又換成一臉的擔憂。「二妹，我剛才說錯了，正是因為咱們兩個，妳不會看帳本，我不認識那些嬤嬤，咱們才要將事情換一換，妳正好趁此機會學會看帳本，我呢，正好認識一下府裡的管事嬤嬤們，省得以後要讓她們辦事找不著人。」

沈雲柔忙笑道：「我知道大姊是好意，只是咱們兩個剛開始管家，現下這時候，可是不允許咱們兩個出錯，所以咱們最好是先揀著自己熟悉的事情做，等事情都打理得差不多了，咱們再交換回來。」

帳本能幹什麼？除了算今兒用了多少錢，明兒要用多少錢，還能有什麼用？

等自己先將府裡的管事嬤嬤們給捏在手裡，就算以後換過來了，自己想要指揮這些嬤嬤們做點兒事情，那還不是輕而易舉？

先下手為強，後下手遭殃，管事嬤嬤的位置就那麼幾個，自己若是不趁早換成自己這邊的人，等沈如意將人換了一遍，回頭自己就是後悔也沒地兒哭了。

打定主意，沈雲柔更是想盡了各種藉口，拗得沈如意這個連臉色都不會掩飾的村姑不得不同意，讓自己看帳本，沈雲柔去管事。

等沈雲柔喜孜孜地回去，沈如意才鬆一口氣靠在椅背上。「這個雲柔，小小年紀就是這麼難纏，長大了可不得了。王姨娘果然是個聰明人，不過咱們借著王姨娘母女當槍使的意思，王姨娘應當是能看出來吧？」

宋嬤嬤在一邊笑道：「能看出來又如何，現今還有她選擇的餘地？夫人既是給了二姑娘機會，就算這個機會很燙手，王姨娘也得接過去，要不然，以後沈雲柔可就不一定有機會能再摸到管家權。再說，今兒這選擇，對王姨娘來說，若是用得好了，那可真是個大好機會，她們也不吃虧。」

王姨娘能利用這個機會安插人手，若是手段夠高，指不定以後沈夫人就找不出來呢？

沈如意笑了笑，攤開面前的帳本，看帳本這種事情，可不光是看看就完事了的。若是用得好了，這府裡的管事嬤嬤，照樣能換掉一半。

王姨娘果然是個有手段的人，沈雲柔接了任務，第二天王姨娘就陪著過來管事了。沈如意和沈雲柔同在上首坐著，莫名覺得今兒來回事的嬤嬤們，看起來都低眉順目了很多。

「今兒的午膳定下來了嗎？」沈雲柔輕咳一聲問道。

廚房的人忙出來回話。「已經定下來了，二姑娘看看，預算是五十兩銀子，因著老夫人生病，額外多了一鍋湯，用的是鯉魚，要去海鮮行買，乾貨府裡還有一些，不用另外買。」

沈雲柔翻看了一下預算，遞給沈如意，沈如意大致瞧了一眼，比她想的多了五兩銀子。

不過，在侯府，這五兩銀子應該不算什麼，所以發下對牌。

沈雲柔有不會做的事情，王姨娘會在一邊輕聲提醒，沈如意則是不大說話，沈雲柔問了，她才點點頭，應一、兩聲。

一連四、五天都是這樣，慢慢地，那些嬤嬤們回話的時候，也都不瞧沈如意了，只對著沈雲柔恭恭敬敬的。沈如意也不在意，回頭繼續看帳本。

陳嬤嬤偶爾會出府一趟，王姨娘那邊得了消息，讓人暗暗打探了消息，得知陳嬤嬤不過是出府買些小玩意兒，慢慢地也就不放在心上了。

沈夫人母女倆就算有侯爺撐腰也高明不到哪兒去，手下連個能用的人都沒有，她也不用太放在心上，趁此大好機會，將自己的人手慢慢提拔上來才是正事。

而老夫人那裡，一病就是小半個月，天天一大早就讓沈夫人過去伺候著，到了晚上才將人放回來。沈侯爺可不是什麼癡情人，沈夫人回來得晚，他索性就大半時間宿在前書房。

誰都認為在老夫人壽誕之前，這侯府就要這麼平淡地過下去了，可就在這時候，沈如意弄出了一件大事情——讓人綁了小邱嬤嬤，打算送官。

小邱嬤嬤是誰呢？正是邱嬤嬤的兒媳，乃廣平侯府後院的總管事嬤嬤；就好像前院有總管一樣，後院的管事嬤嬤們也得有個領頭羊。這小邱嬤嬤就是後院總管。

這次沈如意沒直接將人送到官府，而是先派人去通知老夫人，又將沈侯爺請回來坐鎮。

沈侯爺一臉不悅。「我不是說過，這後院的事情……」

「父親，這可不光是後院的事情了，小邱嬤嬤的事情，若是不處置好了，那可是整個侯府的事情。再說，您女兒我現在連個幫手都沒有，娘又被祖母扣押在長春園，您不幫我，我定是做不成這事情。」

沈如意難得撒嬌。「父親，您就幫幫我嘛。」

沈侯爺挑眉。「對我有什麼好處？」

「難道父親要眼睜睜看著侯府的東西都變成別人的？」沈如意不滿。「要是一點點也就算了，我知道侯府家大業大，父親眼光高，看不上這些東西，可再這樣下去，侯府就要被掏光了，以後我要是有弟弟了，難不成我弟弟就得守著一個空殼子？」

沈侯爺不在意地拿著書翻了兩頁。「妳也說了，侯府家大業大，不過些許銀錢，若是能讓我少煩心一會兒，就是翻倍給我也願意。」

「父親，您想要什麼？功名利祿，昌盛家族，蔭佑後代，您想要哪一個？」沈如意想了一會兒才問道。

沈侯爺像是覺得這問題挺有意思的，放下手裡的書，摸了摸下巴，認真地思考了一會兒，才掛上沈如意很熟悉的似笑非笑的表情。「哪個都不想要，怎麼，我若是想要，妳還能幫我？」

沈如意撇嘴，果然沈侯爺才是最難搞的一個。

「當然，父親想要什麼，我都能幫忙。」沈如意大言不慚地點頭，她知道以後會是哪個皇子繼位，也知道以後官場上誰會得意，哪怕就知道一個大趨勢，若是利用好了，也是能飛黃騰達。

沈侯爺嗤笑了一聲，明顯是瞧不起沈如意，伸手又將那本書給拽回來，漫不經心地翻著。

沈如意氣惱，將書奪過來放在背後。「爹！」

沈侯爺伸手捏了捏耳朵。「剛才叫我什麼？」

沈如意抿唇不吭聲，好半天才拽著沈侯爺的衣袖撒嬌。「您就幫幫忙嘛，我知道您最是清心寡慾，什麼都不想要，可父親現在穿的衣服，可是天蠶錦，要一百兩一丈，給父親做一身衣服，要六丈長！父親這會兒喝的茶是銀針茶，三百兩一兩，一兩茶能喝一個月！這還只是父親自己喝，不包含招呼客人。」

沈侯爺挑眉笑。「就算是沒有侯府的產業，本侯也穿得起這些衣服，喝得起這些茶葉。」

他本來就位高權重，不說皇上的賞賜，光是下面送的孝敬都能讓他華服美食過一輩子了。再者，沈侯爺也不是沒有私產的，這年頭只靠公中那點兒錢，哪夠花啊，大男人就得有自己的私房。

「那父親何不將侯府拱手送給三叔父？」沈如意歪頭看沈侯爺。「也省了祖母整日裡吵吵嚷嚷，想盡各種辦法為三叔父和三嬸娘謀劃。」

沈侯爺臉色陰沈了一下，側頭看著沈如意，那臉上的笑容雖然沒變，卻無端帶了一股氣勢，沈如意也不強裝，縮縮脖子扮鵪鶉。

「本侯沒空去看妳們為了這點兒錢財爭來鬧去。」沈侯爺端著茶杯抿了一口，很悠哉地往後面靠了一下。

沈如意有些心涼，要是沈侯爺不幫忙，這事情可就難辦了。

「不過，本侯手底下還是有幾個人。」

沈侯爺將剩下的半句話說完，沈如意眼睛立刻就亮了，沈侯爺手底下的人，就是老夫人都得給幾分面子。

「幾個人？」沈如意興沖沖地問道。

沈侯爺斜眼看她。「妳要幾個？」

「唔，要八個，四個小廝，四個婆子。」沈如意想了一下才說道。

沈侯爺點頭。「沒問題。」說完，就叫了丫鬟進來，吩咐了幾句，朝沈如意擺擺手。

「行了，一會兒人過去找妳，沒事的話，該做什麼就做什麼去吧。」

沈如意點頭，十分真誠地向沈侯爺行了禮，這才腳步輕盈地出了書房，直奔後院。

老夫人還在床上躺著，沈夫人在一邊站著，應老夫人的要求，拿著一本佛經抑揚頓挫地唸著。

沈如意進來，乖乖地行過禮，站在一邊不說話。等沈夫人唸完了一節，她才出聲打斷。

「祖母，我今兒過來，是有一件特別重要的事情要和您說。」

老夫人側頭看了沈如意一眼，並不接話。雖然這孫女兒是親的，卻是盧氏那賤人生的，和盧氏有幾分相像，老夫人瞧著就不喜歡。

「我這段時間不是一直在看帳本嗎？前段時間，我發現那帳本有問題，仔仔細細盤算了三遍，發現公中的帳本上，少了三萬兩銀子。」

沈如意也不在意老夫人的態度，她只說自己要說的。「這還是帳面上的，另外那帳本也有問題，雞蛋一文錢一個，但是帳本上寫的是五十文一個，這還是小的，祖母房裡的那個屏風，我特意讓人去問了，底座是黃花梨的，特意訂做的話，一百兩銀子足夠，帳本上寫的是三百兩。

「不過，前些年我和娘親不在京城，也不知道京城的物價，所以這帳面上我也看不出什麼，只是，這帳上的數目是對不上的，虧損的那三萬兩，卻是能對出來。」

老夫人那臉上，已經是做不出表情了。

三萬兩銀子不是小數目，像他們這樣的人家，一年的收入，包括沈侯爺三兄弟的俸祿、侯府名下的莊子鋪子，一年也不過一萬多兩，這還沒算花銷。若是算上花銷，一年頂多能剩下三千兩。

沈如意也不看老夫人的臉色，繼續說道：「孫女兒覺得這數目太大，還以為是自己算錯了，可算來算去，這三萬兩銀子，都對不上號，我就特意查了一下，這三萬兩銀子都是從小邱嬤嬤這裡報上去的。這是帳本，我特意整理過了，祖母您瞧瞧？」

說著，沈如意恭敬地起身，將手裡拿著的帳本遞給老夫人，旁邊的邱嬤嬤臉色煞白，看了看老夫人，往前走幾步就要接過沈如意手裡的帳冊。

沈如意盯著邱嬤嬤看了一會兒，笑了笑，將帳本遞給她，又看老夫人。「祖母，這有問題的帳目，我抄了下來，您瞧瞧，若是有對得上的，我回頭再算一遍也是行的。」

這帳本上的數目，一旦寫好，就是定論了，再蓋上章，那更是誰也沒辦法再動手腳了，除非，另外寫一本。

三萬兩銀子，想要抹平可不是一件輕而易舉的事情，侯府能有多少花錢的地方？吃穿用度，每一筆上都加一兩銀子，那也得加十年才能加出來。可是你願意加，也得別人看不出來啊，小邱嬤嬤說今兒買菜的銀子需要五十五兩，可採買的人怎麼會甘心認下這多出來的銀子？

況且，每一年的帳本，都是有特殊的標記。什麼年的帳本蓋什麼年的印章，誰也不能作假，帳本這東西，就算是真作了假，那外帳房還有一筆帳呢，內院的帳本和外院的對不上，照樣是個大問題。外院的帳房，可不是聽老夫人號令的，而是只聽侯府的當家人。而侯府的當家人正是沈侯爺。

老夫人的手一直在哆嗦，翻開帳本只看了一半，就眼前發黑。她不是惱小邱嬤嬤貪污了這許多銀子，而是暗恨自己竟是沒提前想起這事情。

原先她只覺得，盧氏和沈如意不過是兩個什麼都不會的村姑，就算給她們這帳本，她們也看不懂。後來她認知到盧氏已經脫胎換骨了，早不是十年前那個盧氏，就開始將盧氏拘在身邊，不許盧氏再去碰管家的事情了。

可沒想到她小瞧了一個，這第二個竟也是小瞧了。不過半個月，竟真讓她從帳本上扒拉出東西來了。這還是沒細究，若是細究下來……

老夫人一口氣堵在胸口，腦袋裡一突一突地疼，恨不得立刻能暈過去，可是她此時不能暈，小邱嬤嬤後面是邱嬤嬤，邱嬤嬤後面是她，若是暈過去，指不定盧氏這母女倆會做出什麼喪盡天良的事情來。

「祖母，這證據也算是確鑿了，您看，小邱嬤嬤這事情，咱們應該怎麼辦？」沈如意笑吟吟地問道。

老夫人瞪著一雙眼睛，恨不得將沈如意瞪得灰飛煙滅，只可惜，再一眨眼，沈如意還是在那裡站著。

小半個月的時間，沈如意就算再聰明、有再多幫手，都不一定能查出這帳本裡的問題。可她偏偏查出來了，還一筆筆列出來，讓老夫人無言以對了。

不光是沈夫人表示很吃驚，連沈侯爺都有些驚訝。唯獨沈如意很心虛，實際上若不是她活了兩輩子，這帳本上的問題，她真不一定能看出來。

她之所以知道沈侯爺對老夫人的偏心十分不甘心且用此點來激沈侯爺，甚至能在短時間內就查出帳本上的問題，全都是因為上輩子這事情發生過，在她出嫁之前，沈侯爺可是藉著她的婚事，將邱嬤嬤一家給徹底解決了。當然，沈如意作為其中的一個棋子，在發揮自己的作用之後，也得到了一些補償。

要不然，以上輩子膽怯懦弱的性格，沈如意怎麼可能會在王府平安地待了好幾年？

不過這些現在是沒辦法說出口的，這事情若是再等幾年，由沈侯爺親自來做，那基本上可以將侯府各個主子的班底給全部換一遍。沈如意現在拿出來，效果和當年相比自然是差了很多。

可那也沒辦法，哪怕是再等幾年，沈如意出手還是達不到沈侯爺出手的效用，兩個人所處地位不同，能做的事情自然不同。

沈如意現在是要迫切地幫自己和沈夫人站穩腳跟，所以只要除掉邱嬤嬤一家，就算是達到目的了。

老夫人想暈過去，也得將這事情先給岔過去才行。可沈夫人就在一邊站著，一瞧著老夫人的臉色不對，忙過去掐人中。

「老夫人，您又頭暈了？要我說，這些事情，您不必親自煩心，證據確鑿，讓如意她們處置就行了，再不濟，還有侯爺呢，讓侯爺寫了帖子將人送到衙門，咱們一點兒都不用沾手。」

老夫人就算是想暈都暈不過去了，她開口的話至少能減少損失，能想辦法讓邱嬤嬤她們將後面的事情給瞞住。她若是不開口，只交給沈如意她們母女處置，回頭她的人手就要沒了。

「如意，妳打算怎麼處置？」老夫人急喘了半天才問道。

沈如意有些不解地眨眨眼。「這個，我原先是想著，讓小邱嬤嬤填補上這個缺口就行，可是，三萬兩銀子不是個小數目，我和我娘十年的月例銀子加起來都不到三萬兩呢。」

沈如意再眨眨眼，十分純良地看老夫人。「咱們侯府雖然是寬厚人家，可連這種事情都忍下，那就不是寬厚了，祖母您當了一輩子的老封君，自是比如意更明白這個道理，您說，我說得對吧？」

老夫人不得不點頭，三萬兩真不是小數目，不管是哪家，查出這樣的奴才，一家子打死都算小事，朝廷上的官員貪污的銀子超過八百兩就要被流放了，超過三千兩都要被砍頭了。這侯府的奴才，還能比朝堂上的大人們更金貴？

「所以，這事情不能輕拿輕放，我是這麼打算的，祖母您也聽聽，看孫女兒有什麼遺漏的，您也好指點指點。」沈如意笑盈盈，看了一眼神色不明的邱嬤嬤，心裡倒是對這個邱嬤嬤有些讚嘆，果然是跟著老夫人時間長了，這會兒雖然臉色不好，卻也沒露出半分驚慌，不過，越是鎮定，這人就越是不能留。

「一來，咱們府上的銀子是不能白白讓人貪污的，所以剛才我已經和父親借了幾個人，暫且將小邱嬤嬤家給圍住了，就等祖母您一句話，咱們就能進去查看了。」

老夫人瞪眼。「咱們這樣的人家，怎麼能抄奴才的家呢？沒得丟臉！」

「祖母，三萬兩銀子可不是小事，難不成就因為小邱嬤嬤一家是奴才，咱們是主子，這三萬兩銀子就不要了？」沈如意微微皺眉。「就是皇上要抄貪官的家，也沒說這事丟臉啊。」

老夫人臉色漆黑，沈如意繼續說道：「其次，小邱嬤嬤的家人，得全部送到衙門，祖母也知道，這貪官被處斬，家裡的人也是要跟著遭罪，小邱嬤嬤既然做了這樣的事情，想必也是早早就考慮過後果的，所以……」

小邱嬤嬤不是一個人，這會兒，她背後站著邱嬤嬤、邱掌櫃、小邱管家，以及邱嬤嬤的兒女們……拔出蘿蔔帶出泥，小邱嬤嬤一家子的人可不少。

「不行，咱們府上沒有連坐的規矩。」老夫人一口拒絕。

沈如意微微挑眉。「祖母的意思是，只處置小邱嬤嬤一個人？」

老夫人捏著手腕上的佛珠，陰沈地看著沈如意。「是誰做下的事情，那就誰來承擔。」

「若是小邱嬤嬤一個人擔下來，三萬兩銀子，小邱嬤嬤的性命定是保不住了，另外，小邱嬤嬤的相公，怕是逃不了一個知情不報的罪名，衙門審案可是公平得很，所以小邱嬤嬤兩口子，怕是都要沒命了。」

沈如意很是同情地嘆氣。「只可憐了小邱嬤嬤的幾個孩子，以後就是沒爹沒娘了。不過，小邱嬤嬤若是能供出幕後的指使者，這罪名可就輕了，雖然也是要流放，可這流放的地點、流放的時間，都是能打點的，說不定十來年就可以回來了，至少命是保住了。」

邱嬤嬤臉色更白了，沈如意笑著看老夫人。「祖母，我是覺得，這人啊，咱們還是送到衙門比較好，小邱嬤嬤不過一個後院管事嬤嬤，這麼多的銀子，我瞧著，小邱嬤嬤也沒那個膽子去貪，後面肯定是有人指使。」

說著，沈如意看了一眼邱嬤嬤，邱嬤嬤強笑了一下。「大姑娘這話是什麼意思，難不成是懷疑老奴？」

「邱嬤嬤這話可真沒意思。」沈如意笑著說，也不應話，今兒她就是來和老夫人談條件的，以她和沈夫人現在的處境和地位，是不可能一下子將邱嬤嬤一家送到衙門。魚死網破可不是沈如意想要的，沈如意要做的，就是將自己和娘親的利益最大化，比如說換掉內院或採買上的管事嬤嬤，換掉大廚房的主廚，打壓老夫人院子裡的邱嬤嬤，給沈二夫人和沈三夫人一個威懾，讓老夫人元氣大傷，至少安生三年。

小邱嬤嬤的貪污，不是一個人能辦成的，順著這條線，能挖掘出來的人多了去了。沈如意不介意給老夫人留下一、兩個心腹，這事情若是辦成，最重要的一條就是讓沈夫人騰出空來生孩子。

當然，若非沈侯爺，不管換了誰，這邱嬤嬤一派的人，都是不可能清除乾淨的。尤其是沈夫人，這個孝婦的名聲用得好就是保護牌，可有時候，這個東西也是有些阻礙。

沈夫人可是朝野皆知的孝婦，一回來卻將伺候了婆婆幾十年的奴僕給全部打發了，知情的人會說是持家有方，擔得起主母的擔子，威嚴端莊；可不知情的人，就該猜測妳為什麼要將婆婆身邊的人全都打發出去了。

這世上，多的是站著說話不腰疼的人，沈如意今兒若真是將邱嬤嬤一家全打發了，回頭就該有人勸解沈夫人了——不就是一個奴才嗎？妳婆婆上了年紀，這人都是用順手了，妳何必急忙將人打發了呢？再等幾年，還不是妳想怎麼樣就怎麼樣？

名聲這東西，營造一個很容易，但維護起來，卻是十分麻煩。有時候沈如意都想不顧一切，想做什麼就做什麼，可再想想不要名聲的女人的下場，沈如意就不得不將那些念頭給壓下去。

「邱嬤嬤伺候了祖母幾十年了，沒有功勞也有苦勞，再說，祖母也習慣邱嬤嬤伺候著了，哪怕是為了祖母，我也不會動邱嬤嬤的，即使邱嬤嬤當真在這事情裡有什麼不乾淨的地方，我也會留下邱嬤嬤繼續伺候祖母，讓邱嬤嬤戴罪立功，所以，邱嬤嬤不用怕。」沈如意笑著說道，看著邱嬤嬤的眼神，讓想要嚎啕大哭的邱嬤嬤一個哆嗦，忽然就開不了口。

沈如意拍拍手，對外面喊了一聲。「將小邱嬤嬤他們帶過來，怎麼說他們也是伺候了祖母幾十年，說不定這次去了衙門，就再也回不來了，怎麼也得給祖母磕個頭道別才是。」

外面有人應了一聲，很快，就有四個粗壯的婆子拽著人進來了。被捆住手腳堵著嘴巴的是小邱嬤嬤，被拖在地上的是小邱嬤嬤今年十四歲的大女兒，原本是在三房當差，其後被拽著進來的是小邱嬤嬤的么女，今年六歲，還懵懵懂懂不知道發生了什麼事情。至於小邱嬤嬤的相公小邱管家，以及兩個兒子則被扣在外院。

一進門，小邱嬤嬤的小女兒就盯上了邱嬤嬤。「祖母、祖母，快救救我！我疼，這些人闖到咱們家抓了哥哥和爹爹，還抓我和娘、大姊！祖母，妳快救我！」

老夫人正想發話，可等看清楚那幾個婆子的相貌，嘴巴動了動，就有些張不開口了，而旁邊的邱嬤嬤本來就慘白的臉色，這會兒更是半點兒血色都沒有。

「老夫人，我瞧著您臉色不大好，這事情，不如交給如意處置？之前您不是說，要讓如意和雲柔學著處理一下家事的嗎？」沈夫人適時地開口，老夫人抿唇不說話。

「祖母，我剛才說的處置方法，您覺得如何？」沈如意跟著問道，老夫人還是沈默不言。

沈如意側頭擺了擺手，婆子立刻將小邱嬤嬤嘴裡的布團給拽出來，沈如意也不嫌麻煩，親自將剛才自己說的那些話，又對小邱嬤嬤說了一遍。「妳看，妳是和小邱管家到衙門坐坐，還是供出幕後指使者？」

小邱嬤嬤臉色鐵青，看了邱嬤嬤一眼，又看看自己的兩個女兒，實在不知道該怎麼選擇。等再看了看老夫人，忽然就定下心來了，正要說話，就聽沈如意又笑道：「小邱嬤嬤也別著急，雖然我父親不愛管這後宅的事情，但他到衙門打個招呼還是能的，好歹小邱嬤嬤也在侯府幹了這麼些年，怎麼也得讓衙門好好招待小邱嬤嬤一番。」

說著，沈如意轉頭和沈夫人說話。「說起來，祖母這病的時間也太長了些，娘，回頭和父親商量一下，再換個太醫給祖母瞧瞧？祖母到底是上了年紀，若是耽誤病情，後果可就嚴重了。」

一個是位高權重侯府實際的當家人，一個是風燭殘年，誰也不知道什麼時候就會死的老太婆……

小邱嬤嬤原本的決心立刻就動搖了，沈如意再笑道：「若是小邱嬤嬤據實以告，說不定我父親心情好，就能網開一面呢？我想著，我父親在京府尹那裡，應該還算是有點面子吧，不管是死刑還是流放，說不定都能幫上忙？」

豈止是說不定啊，簡直就是肯定，沈侯爺可不是當年那個顧忌、這個也顧忌的毛頭小子了，十幾年下來，沈侯爺已經是朝中重臣，再也不是老夫人能拿捏的侯府世子。

眼瞧著小邱嬤嬤開始動搖，老夫人急得都快喘不過氣了。「如意，我覺得妳之前的方法很好，小邱嬤嬤好歹也是伺候了這麼些年，我著實不忍心看他們一家都沒了生路。」

要真是讓小邱嬤嬤一家子死絕了，以後誰還會願意給她這個老太婆賣命？

「那祖母的意思是……」沈如意回頭問道。

老夫人喘勻了那口氣，才接著說道：「要我說，小邱嬤嬤自個兒做下的事情，沒得連累旁人，就是小邱管家，怕也是不知情，咱們只要追回那三萬兩銀子，就不要禍及他人了。小邱嬤嬤送官府，小邱管家和他的兩個兒子就送到南邊鹽礦，女孩子家怕是受不住那個苦，沒得鬧出人命來，就打發出去得了。」

「祖母，這處置太輕了些吧？三萬兩銀子哪，要真是這樣處置，以後誰要是有樣學樣，只要豁出去自己一條命，就能讓一家子過上好日子，這買賣也太划算了。」沈如意皺眉，一臉不贊同地搖頭。

老夫人看沈如意，沈如意笑盈盈地回看，老夫人那一身的氣勢挺震懾人，只可惜沈如意上輩子不是沒見過比老夫人地位更高的人。

再說，不過一個病病殃殃的老太婆，她可有沈侯爺的人手在，難道還怕這老太婆撲上來咬她兩口嗎？

「邱嬤嬤一家，也打發出去。只是，邱嬤嬤到底是伺候了我這麼些年，忽然換了人，我倒是不習慣了，所以邱嬤嬤是一定要留下來的。」老夫人也說出自己的底線。「另外，我識人不清，竟沒想到親手提拔上來的小邱嬤嬤是這樣的人，實在是氣得……」

老夫人手捂胸口拚命地咳了幾聲。「我要靜養一年。」

沈如意很是擔憂。「祖母到底是上了年紀，之前一個王嬤嬤就氣得病了將近一個月，這小邱嬤嬤是內院的管事嬤嬤，而邱嬤嬤又是祖母您的心腹嬤嬤，我實在是擔心祖母您的身子，我很是盼著祖母能健康長壽，長長久久地陪伴著我們，不若靜養三年吧？」

老夫人將怒氣斂下去，臉上都能掛一層寒霜了。「不用妳操心了，我自己的身子，我自己明白，一年足夠了，若妳實在擔心，不如我去莊子上靜養三年？」

真要將老夫人送到莊子上，沈夫人那節孝牌坊可就要毀了。

「好吧，祖母心裡有數就行，我這也是擔心祖母。不過，祖母要靜養，總不好身邊沒個伺候的人，二嬸娘和三嬸娘正好沒什麼大事，不如讓二嬸娘和三嬸娘也過來伺候您？加上我娘，妯娌三個一人一天，保證能伺候祖母您開開心心。」

沈如意笑咪咪地說道：「雖然我娘既要管著侯府的各種瑣事，又要來照顧祖母，比二嬸娘和三嬸娘可辛苦多了，但身為晚輩，孝敬長輩是應當的，我娘心裡也是很樂意。」

沈夫人忙點頭。「是呀，老夫人不用擔心我伺候得不周到，這些天都是我伺候您，早就習慣了，也摸清了您的喜好。按理說，要我一個人一直伺候老夫人也是應當的，但二弟妹和三弟妹那裡怕是會不樂意，都是老夫人的兒媳，這種盡孝的事情，我若是搶著做完了，倒顯得二弟妹和三弟妹不孝了。」

老夫人掃了沈夫人一眼，閉了閉眼，又看沈如意。「就按妳說的辦吧，只是，小邱嬤嬤雖有過錯，卻也有苦勞，萬不可讓她太受罪了。」

說完，老夫人盯著小邱嬤嬤看了一會兒，沈聲保證。「妳只管去吧，人總是要為做出的事情付出代價，妳既然做錯了，就要認這個罪。妳且放心，妳婆婆是我看重之人，妳的家人、兒女，我都會讓人看顧一二的。」

小邱嬤嬤眼神飛快地變化了一番，終是認命，給老夫人磕了個頭，就不再說了。她一個人的性命，加上一家子的性命，她能掂量出輕重。

沈如意笑了笑，朝那幾個婆子點點頭，三個婆子拽著小邱嬤嬤母女三個出去，剩下那個則是直奔前院，找沈侯爺要人去抄家了。

小邱嬤嬤家裡自是找不出多少錢，這個抄家也是做給邱嬤嬤看的。最後這銀錢，還是要從邱嬤嬤身上找，邱嬤嬤拿不出來，但邱嬤嬤的主子，是一定能拿得出來。

沈如意趁此機會，將明顯屬於老夫人那一派、往日裡和小邱嬤嬤走得非常近的人給盤算了一遍，堅定派的撤掉，牆頭草的先放著，被排擠的提上來。

除了從莊子帶來的人，沈夫人和沈如意在侯府並沒有心腹，只能先將人提拔上來，然後慢慢地收攏人心。至於王姨娘之前安插進來的人，沈如意一個也沒動，現在還不是和王姨娘翻臉的時候，且先放著。

只要知道王姨娘安插的人是哪幾個，想要處置，還不就是一、兩句話的工夫？

這個換人的事情，可不是動動嘴就行了，管庫房的換成看院子的，這差別可大了，讓沈夫人和沈如意是忙得昏天黑地，沈雲柔前兩天還來湊湊熱鬧，後來也不知道是王姨娘說了什麼，還是沈雲柔自己看出了什麼，後面幾天就託病縮在院子裡不出來了。

內院的管事嬤嬤，並沒有用沈夫人的人，而是用了沈侯爺的人。之前沈侯爺借給沈如意的幾個婆子，都是在前院伺候的，用完之後沈如意就磨著沈侯爺將人留在了後院。

大廚房的主廚總算是換成了趙嬤嬤，另外，因著老夫人需要靜養，這一日三餐，就不在老夫人那裡用了，而是各房在自己的院子裡用，月例銀子是固定好的，每日裡誰想吃什麼，都提前擬好單子送過去，超出的銀子自己補上去。

沈夫人每天早上去請安一次，輪到她伺候老夫人了就留在長春園，輪不到她的時候就回來繼續管家。

不過，因著有能幹的沈如意在旁，沈夫人還是能抽出很多時間關心沈侯爺；比如做一身衣服，替他端茶、倒水或燉湯，或者跟著去書房紅袖添香一下，不管沈侯爺心裡是怎麼想的，反正是將他伺候得十分周到。

# 第十三章

沈如意對小邱嬤嬤一家的處置起到了作用，震懾了侯府九成九的下人，對於沈夫人的吩咐，再沒人敢不當一回事。無形間，母女倆輕鬆了很多，不用再花費心思指揮那些人了。日子好過，不勞心勞力了，再加上夫妻生活很和諧，於是，不出意料，沈夫人在年底的時候，被診出了喜脈。

沈侯爺雖然一向感情淡薄，對子嗣也沒有什麼特殊對待的意思，但到底是血脈延續，說不定還是個嫡子，也稍微激動了一下。

「妳年紀不小了，這一胎懷得不容易，以後有什麼事情，可別自己動手了，周圍丫鬟婆子一大堆，抬抬手、動動嘴，自有服侍妳的人。至於家事，我覺得如意上次做得就不錯，這段時間，還是交給如意吧，雲柔年紀也不小了，正該好好學規矩，倒是我疏忽了。」

沈雲柔站在一邊咬唇不說話，王姨娘臉上還是保持著溫婉的笑容。「奴婢也正想和侯爺商量這件事情呢，三姑娘小小年紀就開始學規矩了，雲柔這會兒可都已經十二歲了，過了年就是十三，按照慣例，就是應當學規矩了。」

頓了頓，王姨娘又笑道：「只是奴婢見識淺薄，並不知道應該如何去請教養嬤嬤，所以才沒敢開口。宋嬤嬤到底是大姑娘的教養嬤嬤，奴婢也不敢太過於煩勞宋嬤嬤。」

這教養嬤嬤以後若是不出意外，是要跟著姑娘出嫁的。尤其是大姑娘這兒的宋嬤嬤，那教養嬤嬤就肯定是不能離開的。這樣一個只將忠心給了大姑娘的嬤嬤，怎麼能用來教導自己的女兒？

沈侯爺看了一眼沈雲柔，十二、三歲的小姑娘，雖然還沒出落成大姑娘的樣子，但身子也長開了些，青澀而美好。

「這事情就交給……」沈侯爺頓了頓，沈夫人剛懷孕，年紀也不小了，可不能胡亂耗神。沈如意年紀小，光是管家怕是都忙不過來了，再者，這京城裡有名有姓的人家她都弄不清楚呢，怎麼去請教養嬤嬤？

王姨娘也不開口，只柔柔順順地站在那兒等沈侯爺拿主意。

「父親，我有個主意。」沈如意笑咪咪地在一邊開口。

沈侯爺側頭看她，沈如意不好意思地捏著手指。「這不是要過年了嗎？祖母要靜養，今年怕是出不了門，娘親的身子已經兩個多月了，過年的時候，正好是三個月，也能出門走走了。」

沈侯爺挑眉，沈如意繼續笑道：「到時候可以讓娘親請人幫忙啊。」

沈雲柔暗地裡瞪了沈如意一眼，轉頭就對沈侯爺撒嬌。「爹爹，我不要嘛，你都親自為大姊找了教養嬤嬤，輪到我了，怎麼也得……」

王姨娘沒來得及阻止，沈侯爺微微皺眉，王姨娘趕忙要上前賠禮，倒是沈夫人很大度地擺手。「雲柔說得也有道理，只是雲柔啊，妳也得多體諒體諒妳父親，這到了年尾，妳父親朝堂上的事情也多得很，怕是抽不出空來，妳且放心，這教養嬤嬤的事情，我一定給妳找個最好的。來，妳先和我說說，妳喜歡什麼性子的，嚴厲點兒的還是溫和點兒的人？」

這事情真不能讓沈侯爺去辦，要不然，沈夫人這個當家主母的臉面就是扔在地上讓人踩了。誰家的姑娘請教養嬤嬤，不是嫡母出面？沈如意這個屬於特殊情況，可沈雲柔請教養嬤嬤是沈夫人在京城的時候。

沈雲柔這些天不是白白被王姨娘教導，當即就明白自己剛才的話說得不對了，但她太要面子了，這會兒就彎不下腰賠罪了。

沈夫人天性寬和，也不願意和一個小姑娘計較，只笑著問道：「過年那會兒我見的人多，到時候請幾個靠得住的夫人幫妳打聽打聽，咱們一定給妳請個好的教養嬤嬤。」

「多謝母親了。」沈雲柔彆扭地道謝。

沈侯爺忽然想起一件重要的事情。「說起來，明修今年六歲，過完年就七歲了對吧？」

王姨娘忙點頭，沈侯爺又皺眉。「前段時間，夫人和如意回來的時候，妳說明修病著，我就沒提送他上學的事情了，這過完年他都七歲了，也該搬到外院了。」

說著，他轉頭看沈夫人。「妳覺得外院院子，哪個比較合適？」

王姨娘表情沒多大變化，身子卻是微微僵了一下，沈雲柔則是著急說：「爹，怎這麼著急啊？弟弟才七歲，七歲還是很小的，弟弟本來就嬌生慣養的，忽然住到外院去，他肯定受不了。」

沈侯爺沒說話，沈夫人瞧瞧沈侯爺又瞧瞧王姨娘，想了一會兒不確定地問道：「要不然，就住在墨香閣？」

這墨香閣屬沈侯爺的地盤，是一間大院子，有書房、正房、臥房和廂房。院子兩邊，則是散布著一些小院子。

王姨娘臉上的神情鬆了一些，沈侯爺似笑非笑地挑了挑眉轉頭看沈如意，沈如意亦笑咪咪地點頭，她娘親的這招才是最高，放在沈侯爺眼皮子底下，既安了王姨娘的心，又在沈侯爺心裡樹立無私、善良的光輝形象。

至於沈明修以後會不會和沈侯爺更親近，沈夫人和沈如意是半點兒沒放在心上的。就算更親近又如何？嫡庶在那兒放著呢，王姨娘又不是蠢人。

再者，這後院不平靜，有時候，也是要一個靶子的。

王姨娘當然不會看不出沈夫人的用意，但這個靶子，她還不能不要。因為沈明修本來就是庶子，若是再不討沈侯爺的喜歡，以後在侯府可就半點兒地位都沒有了。不管是不是靶子，實際上的好處，是一點兒都不少。

「也行，那就墨香閣吧。」

沈侯爺無所謂地點點頭，反正又不用他親自去養孩子，不過是得空了問問，心情好了指點一番罷了。真正的教導，是學堂裡的先生給的。

「行了，那就這樣。時候不早了，該用晚膳了。」

見沈侯爺起身，沈夫人忙跟上。「侯爺今兒要不要去跟老夫人請個安？我有身子這個事情，還沒和老夫人說呢。」

「等會兒一起去。」沈侯爺點點頭，王姨娘等人忙跟上。

用了晚膳後，沈夫人和沈侯爺一起去長春園，沈如意也跟著，今兒輪到沈三夫人伺候老夫人，大約是三房實在是太討老夫人喜歡了，哪怕是靜養，只要沈三夫人在，老夫人就一副樂呵呵的樣子。

只是，老夫人一瞧見沈侯爺和沈夫人進門，臉色就不怎麼好看了。「這會兒過來可是有事？我這會兒正靜養呢，若是沒事，你們也就別過來了。」

沈侯爺行了禮，隨意在一邊坐下。「是好事，我覺得應該告訴娘親一聲，讓娘親也高興高興，說不定娘親心裡一高興，這身上的病痛就能減輕幾分。」

老夫人狐疑地看他，沈夫人忙笑著說：「是這樣的，今兒下午我忽然有些不舒服，就請了太醫過來把脈，太醫說……」

沈夫人一臉嬌羞地伸手摸了摸肚子。

老夫人愣了愣，轉頭去看沈侯爺。「這是有了？」

沈侯爺笑著點頭。「是啊，娘親妳這會兒該放心了，說不定我這次就能得嫡子，就算這次不是，也還有明年、後年，三年抱兩應該還是可以的。」

實際上，說不定生了這一胎沈夫人就再也懷不上了。

老夫人眼神有些複雜，又看了看沈夫人的肚子，這才掛上笑容。「不錯、不錯，妳是立了大功，我這輩子，最擔心的就是正信的子嗣問題，雖然有明修在，但明修到底只是個庶子，現下妳若能得個嫡子，這侯府可不就是你們母子幾個的了？」

沈夫人但笑不語，王姨娘又不在，這挑撥離間的話是說給誰聽？她抬眼瞧了一眼沈三夫人，沈三夫人道行淺，這會兒臉上的複雜之色還沒褪下來。

「現下正信能得個嫡子，我就是死了也瞑目。這侯府，總算後繼有人了。」老夫人十分感動，雙手合十地唸了聲佛。「妳要好好養著才是，管家的事情，不是還有如意嗎？平日裡妳也不用操心，只管養著自己的身子，給我生個白白胖胖的孫子才好。正信啊，婉心懷孕了，你以後得好好對她，可別為了不三不四的人，惹她生氣知不知道？」

沈侯爺勾勾唇，並未作答。

老夫人好像是一夕之間換了性子，那叫一個慈祥和善，殷切叮囑沈夫人要注意身子，還讓人去找保胎養身的方子；又叮囑沈如意平日裡注意哪些，孕婦要忌諱的東西可不能太大意了；又勸沈侯爺這段時間擔待些，別惹著了沈夫人，那態度差點兒沒讓沈夫人嚇掉了下巴。

幸好現今她的表面功夫已經是練到了爐火純青的地步了，不管老夫人說什麼，她都能笑盈盈地點頭應是。

「我知道你心疼你媳婦兒和閨女，如意太忙了，但她年紀還小，正長身子呢，只是咱們家又沒有人能代替如意管家，所以我就想著找個人幫幫如意。如意現在是要照顧婉心，又要照顧你，還要管家，索性就讓如意只處理管家這些事情吧。」說著，老夫人看向沈夫人。「妳和正信身邊，我另外派幾個人過去，兩個照顧妳，兩個去照顧正信，妳覺得如何？」

不等沈夫人開口，老夫人又說道：「妳有了身子，想要照顧正信怕也是有心無力，你們院子裡的幾個姨娘，老的老、蠢的蠢，別說是伺候正信了，別惹了正信生氣就是好的。」

沈如意這才恍然大悟，原來最終目的是在這兒。再仔細想想，有沈侯爺的支持，自己管家這事，老夫人是真沒辦法反對了，所以就只能乘機提出一點別的要求。

可這當婆婆的，想要送幾個小丫鬟去伺候懷孕的媳婦，這不是光明正大的事情嗎？老夫人怎麼就非得繞這麼一大圈？

沈如意還沒想明白呢，就聽見沈侯爺十分不耐煩地說道：「不用了，我們院子裡自有丫鬟婆子，若是實在不夠用，就從下面挑選幾個過來，娘正在靜養，這些事情就不用管了。」

老夫人的臉色當即就有些不好看，不過目的尚未達到，也只能忍氣吞聲。「那怎麼可以！婉心和如意才回來幾天？滿打滿算，連四個月都不到！她們哪知道什麼人好用，什麼人不好？」

說著，老夫人還不停地看沈夫人，按照規矩，這會兒就應該是沈夫人站出來，畢恭畢敬地賠罪說自己沒想到這一點，然後恭敬地將長輩賞賜下來的人領回去，哪知這盧氏和木頭一樣，只坐著不說話。

老夫人提高聲音。「婉心，妳說是不是？不管是哪家都是這規矩，身為媳婦，就得替自家相公將什麼事都設想周到！妳有了身子不能伺候正信，那幾個姨娘又不夠細心，妳說，是不是該找幾個人替妳伺候正信？妳若是實在不放心，那回頭妳找好了人，我將賣身契都給妳？」

這話說得有點兒誅心，當長輩的想給兒子弄個通房丫鬟，那是光明正大、天經地義，誰也不能說不對，哪怕是皇上站這兒，也不能說老夫人做得不對。

可沈夫人覺得這婆婆弄來的人不可信，非得要賣身契，這是打什麼主意？可老夫人不主動給，妳是萬萬不能主動要的，這是不孝啊。

「老夫人說哪裡的話，您辦事，我還能不放心嗎？」沈夫人忙賠笑。

沈如意眨眨眼，十分疑惑不解。「祖母，為什麼非得另外找人伺候我父親？二叔父和三叔父也很忙，他們身邊也有伺候的人嗎？咱們府上丫鬟婆子不少吧，為什麼還要找小丫鬟？」

沈侯爺微微挑眉，沈二夫人和沈三夫人就有些尷尬了。

沈二夫人忙起身行禮。「老夫人，佳美有些不舒服，我先帶她去花廳拿些點心吃。」

沈佳美正要開口，卻被沈二夫人拽了一把，隨後母女倆就急急忙忙告退了。

沈雲柔有些迷茫，沈夫人忙笑道：「妳是當姊姊的，快去看看妳三妹如何了。」

這些話題不管小姑娘們能不能聽懂，反正是一律不許聽的。哪怕對沈如意來說這些都是小兒科，不就是弄個通房什麼的嗎？可她還沒成親，就是不能聽。

沈侯爺臉色也有些不好看了，老夫人總算是想起來，自己剛才竟是忘記將這些孫女兒們先趕出去了。

沈侯爺已經快忍耐到極點了，伸手在桌子上敲了敲，又看向老夫人。「娘，您是忘了我幾年前說過的話吧？您既然上了年紀，該吃就吃，該靜養就靜養，我這院子裡的事情就不煩勞……」

沒等沈侯爺說完，沈三老爺就怒了。「大哥你什麼意思！有這麼和娘親說話的嗎？娘再怎麼樣也是為了你好，你不領情就算了，還出言頂撞？」

說著，他冷笑一聲。「果然是官兒當大了，這官威就出來了，不光是在朝堂上對別人使，那不過癮，回頭還要對自己的老娘使，大哥果然是厲害！」

沈侯爺輕飄飄地看了他一眼。「三弟，你若是不會說話那就閉嘴，或者，我抽空送你到西北待幾年？」

沈三老爺臉色鐵青，他現在是有點兒小本事，可沈三夫人的娘家沒助力，沈侯爺可有本事，說將他調走，就能連這個年都不用過了。

「老大，你什麼意思？」老夫人更怒。「我還沒死呢，你就要想辦法將你弟弟給弄走？」

沈侯爺沒出聲，老夫人占據最有利的優勢，他就是有再大的本事，也不能完全不將老夫人放在眼裡。再說，那是親娘，沈侯爺更是不可能出手將老夫人弄死弄殘的。

只是，到底是有些氣悶，沈侯爺一甩袖子便起身走人了，沈夫人忙跟上。

沈如意忙上前一步扶著沈夫人，陸嬤嬤和宋嬤嬤在院子裡站著，瞧見她們出來，也沒敢出聲，一左一右護著沈如意母女，跟著沈侯爺回正院。

沈侯爺臉色有些鐵青，坐在軟榻上半晌不說話。

沈如意上輩子就有些好奇，難不成沈侯爺不是老夫人親生的？怎麼老夫人那態度，對著親生兒子就跟對著敵人似的，雖然沒當仇人，那也是瞧哪兒就哪兒不順眼。

「父親，現在外面那麼冷，您晚上也別去前院了，就留在這兒吧？我讓廚房做些酸湯，您就著燒餅吃一些？」沈如意笑嘻嘻地問道。

沈侯爺到底功力高深，緩了緩神色，就差不多調整過來，端著架子點了點頭。

沈如意忙出去吩咐，大冬天的，晚上喝一碗酸酸辣辣的湯，再吃兩塊熱騰騰的糖燒餅，倒是一大享受。

吃完飯後，沈如意離去，將房間留給那夫妻倆。

沈夫人扶著腰起身，慢吞吞地到沈侯爺身邊坐下。原先，沈夫人對沈侯爺還是有些害怕，可真在一起過了幾個月，那點兒害怕就沒了。

沈侯爺不打人，連一句重話都沒說過，還挺維護她們母女兩個，沈夫人怎麼可能會怕沈侯爺？

當然，沈如意知道沈夫人想法的時候，還慶幸了一番呢，果然是傻人有傻福。自家娘親不開竅，也有不開竅的好處。

「侯爺，不如，咱們要兩個丫鬟？」沈夫人伸出手指示意了一下。「一個都不要，老夫人就太沒面子了，這眼瞧著要過年，為了這個和老夫人鬥，太沒意思了。那進了咱們院子的丫鬟，將來要做點兒什麼，還不都是要聽咱們的吩咐？」

沈侯爺冷笑一聲。「妳就不怕她們是聽了老夫人的吩咐，來弄死妳肚裡的孩子？」

沈夫人瞪大眼睛，沈侯爺大約是想到什麼不好的往事了，微微蹙眉，不大願意繼續往下說。「妳就歇了那個心思吧，現今，妳最重要的事情就是安分待著，等過幾個月，平平安安地生個孩子。」

說完，不等沈夫人反應，他自己叫了丫鬟婆子進來伺候，洗了澡就躺床上睡覺，沒等沈夫人換好衣服，那邊已經是呼吸平穩了。

沈夫人猶豫地在床邊站了一會兒，也跟著躺下。

第二天一早，沈如意就來打聽情況了。「我瞧著父親昨晚上那臉色不大對勁，娘有沒有開解父親幾句？」

沈夫人現在已經習慣遇事都會拿出來和沈如意商量。「我想了想，會不會是當年老夫人給的幾個姨娘弄出了什麼事情？說起來也奇怪，我剛進沈家大門的時候，妳父親還有兩個姨娘，一個是江姨娘，一個是寶姨娘，現在回來，竟好像是府裡沒這兩個人一樣。」

這麼一想，事情好像就很清楚了——定是老夫人當年送給沈侯爺的姨娘，在沈侯爺的子嗣上做出什麼事情。

沈侯爺從來不是個守身如玉的人，膝下竟然只有沈明修一個兒子，不說在同等地位的男人中比了，就是府裡的沈二老爺和沈三老爺，沈侯爺都比不過。

「王姨娘定是清楚這裡面的事情吧？」沈夫人悄聲問道。

沈如意擺擺手。「娘，這事情妳就別去打聽了，一來事關父親的面子問題，妳看這府裡，那兩個姨娘就好像是從來沒存在過一樣，若不是妳說，我都不知道有這兩個人。」

就連上輩子，沈如意都沒聽說過什麼江姨娘、寶姨娘的。

「父親既然不願意讓人說，妳這麼急忙去打聽，父親知道會怎麼想？」沈如意耐心勸道。

當然，她也是有好奇心，沈侯爺一向高高在上，不管是上輩子還是這輩子，毫不誇張地說，那是猶如天神一般的存在啊。這樣的人，竟然有八卦可以打聽，說不定很多年前，他有過很多挫折，還吃過不少虧，當年是個愣頭兒青！

一想到能打聽沈侯爺以前的八卦，沈如意心裡那股隱密的興奮感讓她的臉都脹紅了。只是，衝動過後，理智就回來了。

以前的沈侯爺，那也是以前了。現在的沈侯爺，那可是個摸不得的睡老虎，看著挺和藹，可真要惱了，那是誰都不敢上前摸毛。

沈如意很清楚自己和沈夫人的斤兩，那是沈侯爺一口吞下去都不帶嚼的，連塞牙縫都有些小，所以捋鬍鬚將老虎叫起來的事情，她們兩個可擔不起。

「再者，咱們不清楚這其中的因由，貿然去打聽，說不定一個疏忽，就讓別人當槍使了。娘，妳現在最金貴的就是自己的肚子，拿一個還不知道真假的八卦去和妳肚子裡的孩子比較，哪個更重要？」

那還用問嗎？沈夫人摸摸肚子，立刻點頭。「那行，這事情咱們就不問了。不過，老夫人那裡……」

沈如意不在意地擺擺手。「娘，您是聽我父親的，祖母也是要聽我父親的，回頭祖母要是再和妳說這通房的事情，您只管往父親身上推就行了。若是祖母強逼著帶回幾個丫鬟，回頭妳就送到父親的院子裡。」

沈夫人有些猶豫。「妳父親會生氣吧？」

「反正只要不朝妳撒火就行了。」沈如意笑咪咪地說道，和往常一樣，彎腰趴在沈夫人的肚子上聽聲音。

沈夫人哭笑不得。「這都沒顯懷呢，什麼聲音都沒有，妳聽個什麼勁兒？」

沈如意伸手摸摸沈夫人的肚子。「我天天聽，他什麼時候有動靜了，我不就知道了？娘，妳等會兒就在屋子裡散散步，讓陳嬤嬤扶著妳，至於那個針線……」

因著沈夫人和沈如意能回京，最大的恩人是太后娘娘，其次是何夫人和高夫人，所以沈夫人總得有些表示。高夫人那邊算是沈侯爺的政敵，不能太過於重視，所以只備些家常禮送過去就行了。

至於何大人是要當首輔的人，又和沈夫人的父親盧大人當年是同年，所以得重視。而太后娘娘那裡，雖然不很在乎沈夫人的那點兒東西，但沈夫人不能不做出表示，所以這兩人，沈夫人打算親手做一些東西：何夫人那裡是一個抹額，太后那邊是一本佛經。沈夫人從回京那天就開始做了，卻因相當忙碌，做了幾個月也沒做完。

好不容易等沈如意接管侯府的事情，沈夫人得空了，卻有了身子。懷孕的時候若針線活做多了，對眼睛很不好。

沈夫人笑著搖搖頭。「並無大礙的，那抹額已經做好了，佛經也就剩下幾頁了，我一天就做那麼一炷香的時間，已足夠了，妳就放心吧。這會兒時候不早了，那些管事嬤嬤也該來回話了，妳快去吧。」

沈如意點點頭，又叮囑陸嬤嬤。「一定不能讓母親做太多針線活，反正我也學得差不多了，回頭補兩針也是可以，讓我娘多休息，怎麼照顧孕婦，妳心裡也有數，我可就全拜託妳了。」

陸嬤嬤比沈如意還上心呢，她這輩子都要伺候著沈夫人，那自然是沈夫人的地位越穩固她越放心。

至於沈雲柔，因要學規矩，頂多得空來幫沈如意搭把手；王姨娘一整個冬天都窩在自己院子裡教導沈明修怎麼討沈侯爺喜歡；沈老夫人已說要靜養，也沒怎麼干涉侯府大小事；沈二夫人和沈三夫人更沒資格管侯府的事情，於是整個侯府差不多就是沈如意的天下了。

只可惜沈如意的輩分太小。這不，她才接管數天，一日早上，她一如往常聽管事嬤嬤們彙報大小事，就聽見丫鬟來稟，沈二夫人帶著人上門了。

——未完，待續，請看文創風276《如意盈門》2

2015年3月出版

# 如意盈門

文創風 275～277

出身侯門，
別家的嫡女活似寶，自家的嫡女猶如草？
再不想辦法贏回自己的裡子和面子，
未免太愧對她「如意」之名了～～

宅門心計，鋒芒暗藏／暖日晴雲

身為侯府嫡女，雖名為「如意」，前世的她卻與此徹底絕緣，
貴為侯爺的老爹不疼也就罷了，
嫁作王妃竟還被側妃給扳倒，連自己的小命也賠上……
幸虧今生重來一回，讓她得以扭轉命運，
當初父親既以孝為由，將她們母女倆安置到莊子上冷待十年，
如今她也能讓母親以孝婦的美名風光地重回侯府！
不過，這侯門深似海還真所言不虛，
沈老夫人不知與長房結下什麼冤仇，一回府即給足下馬威，
平日更是處心積慮要她們母女倆難堪，
更別說在後頭窺伺家產爵位的嬸娘們了，各個都不省心。
可她沈如意也不是什麼省油的燈，
既然這宅門戰帖已下，
她也就摩拳擦掌，準備出招！

2015年3月出版

# 當家主母

文創風 273～274

且看史上最衰穿越女，如何施展絕妙馭夫術——
左打小人、右抗小妾，夫君的心手到擒來～～
古代女子的端莊＋現代女子的勇敢＝自己幸福自己爭！

自成風流　妙筆生花／于隱

別以為穿越成了宰相夫人，就能從此過得前程似錦！
李妍尚未從穿越的震驚中回神，就遇上家賊盜賣財產的糟心事，
更別提丈夫在外遭叛軍包圍、性命堪憂，令她不免驚呼——
難道她連夫君的面都沒見過，就要直接當寡婦了？！
此番內憂外患苦不堪言，好不容易盼到相公歷劫歸來，
才明白先前的艱辛不過小菜一碟，這宰相夫君才是最不好惹的主！
他看似溫文爾雅，實則心思深藏不露，任眾妻妾勾心鬥角也不為所動，
那彷彿洞悉一切的雙眸更令她頭皮發麻，深怕「冒牌」身分被揭穿！
擔心歸擔心，日子總要過下去，誰教一家大小的吃穿用度全靠她張羅？
唉，就盼夫君大人高抬貴手，別再尋她開心，主母難為啊～～

文創風 275

# 如意盈門 1

國家圖書館出版品預行編目資料

如意盈門 / 暖日晴雲著. --
初版. -- 臺北市 : 狗屋, 2015.03
冊 ; 公分. --（文創風）
ISBN 978-986-328-428-4（第1冊 : 平裝）. --

857.7　　　　104001127

| | |
|---|---|
| 著作者 | 暖日晴雲 |
| 編輯 | 黃鈺菁 |
| 校對 | 黃薇霓　蔡佾岑 |
| 發行所 | 狗屋出版社有限公司 |
| 地址 | 台北市104中山區龍江路71巷15號1樓 |
| 電話 | 02-2776-5889～0 |
| 發行字號 | 局版台業字845號 |
| 法律顧問 | 蕭雄淋律師 |
| 總經銷 | 知遠文化事業有限公司 |
| 電話 | 02-2664-8800 |
| 初版 | 2015年3月 |
| 國際書碼 | ISBN-13　978-986-328-428-4 |
| 原著書名 | **《重生之一世如意》**，由北京晉江原創網絡科技有限公司授權出版 |

定價250元

狗屋劃撥帳號：19001626

網址：love.doghouse.com.tw　E-mail：love@doghouse.com.tw